书房系列｜等候　　明阿星 绘

读库
2304

主编　张立宪

新　星　出　版　社　　NEW STAR PRESS

DUKU
读
库

特约编辑　杨　雪
装帧设计　艾　莉
图片编辑　黎　亮
助理美编　崔　玥

特约审校：黄英｜吴晨光｜朱秀亮｜刘亚｜马国兴

目录

1　饥饿的高中 ……………… 右手
与生理上的饥饿相比,生活贫乏、精神困顿、信息闭塞都很容易被忽略。

97　和衡水中学在一起的2557天 ……………… 杜萌
什么是社会化?社会化是个体对社会的认识与适应。

141　二砂建设始末 ……………… 童欣
东德援建中国的郑州第二砂轮厂项目,戏剧性地以"冒进"始,以"拖延"终,走了一条"欲速则不达"的弯路。

185　一个不得不失败的产品 ……………… 王小我
文学家林语堂之外,重新认识一个似乎"空忙一场"的发明家林语堂。

225　《魔笛》背后的权力游戏 ……………… 王星
这完全是一场在帝国衰落期难得的德意志式民众狂欢。

280　后赵的崩溃 ……………… 张璟琳
一场谋杀引发整个政权的崩溃,中原再次失序。

饥饿的高中

右 手

> 与生理上的饥饿相比，生活贫乏、精神困顿、信息闭塞都很容易被忽略。

1990年，我考上了县一中。9月1日，我和二姐夫搭乘一辆一三零轻型货车，一大早从家赶往学校报到，路程五十公里。

汽车刚开进县城一公里左右，就停在一个灰突突的水泥大门口，方形的门柱，钢管和钢筋焊接的对开大门，如果不是门楣上写着"赤城县第一中学"，会以为是个不景气的工厂。字上的红色漆料斑驳脱落，愈显大门老旧，甚至有几分破败感，像是二十世纪七十年代建成后就再没修缮过。等到下车后，透过大门看到门内的操场，才有了学校的意味。

大门朝东，门内一条笔直的大路通向校园深处——门是唯一进出校园的大门，路是唯一进出校园的大路。门不大，路显得更宽，两侧钻天杨齐刷刷地一直排到教室旁，显得比大门威风。一进大门的路北，五六米远是两间小平房，一间是小卖部，一间是传达室。传达室既不挨着大门也不靠着路边，所以看门大爷并不在传达室内，而是在大门口内设一张小桌，端坐在桌后，有一搭无一搭地看着学生进出，不问不拦也不查。路南侧是操场，有栅栏与路和钻天杨隔开，操场里有跑道和篮球场，篮球场是沥青铺地，跑道则是黄土垫道，天长日久，跑道被磨出环形的浅坑，远看如土星逃离后留下了它的土星环。也确实是"土"啊。

姐夫扛着书箱，我抱着行李卷，沿着这条校园大路一直向深处走。路长不过三百米，新生报到处就设在大路南侧，操场西端，靠近一排教室的山墙下的空地上。位置如此显眼，加之新生和家长川流来去，不用细寻，一目了然。几张桌子一字排开，老师们就在这里为高一新生办理入学手续。北方的秋日艳阳高照，上午的太阳虽未至最毒辣，但在室外迎接一上午新生，也是苦差一件。

入学手续非常简单：把录取通知书交给第一桌的老师，老师依据通知书上的姓名，查看班级和宿舍分配情况，自己记住即可；转到下一桌，交学费和书费；再到下一桌，交粮油关系证明，买饭票和菜票。迅速办理完毕，就可以先将书箱、行李和生活用品送去宿舍了。包括被褥、衣服、餐具和洗漱用品等，一切个人生活用品皆自带。

赤城县一中九〇级共招生六个班，我被分在九〇三班。高一男生宿舍安排在校园西南角的一排西房，九〇三班宿舍是中间的一间。后来我才知道，西房宿舍是高一男生的标配。

二姐夫把我送到宿舍，安顿完毕就匆匆走了。他对这个校园非常熟悉，因为刚离开才一年。1987年至1989年，他在这里脱产学习，读的是县初级师范学校，与县一中同在这一所校园。事实上，1951年建校之始，校名即为"河北省赤城县初级师范学校"，正是县一中的前身；自1955年转入初中，历经初级中学、县城关中学、县东方红中学、县五七中学、县高级中学，直至1978年改为"赤城县第一中学"，至今。

我把书箱推到自己的铺位下面，生活用品尚来不及整理，就按照刚才入学手续的通知，立刻去教室报到。九〇三班的教室在刚才进校园大路的尽头，几乎是整个校园的中心点。沿着校园大路一直向西，走到尽头，迎面是一道影壁，高六七米，宽约三米，正面写"为中华之崛起而读书"，背面写"团结紧张 严肃活泼"或是"团结奋进 求实创新"，再或是"教育要面向现代化，面向世界，面向未来"——可能是中间重新写过，有些记不清最初是哪个了。影壁前方是个微小的半圆形花坛，四周围着矮小的栅栏。虽然是花坛，但里边无花无草，裸露的黄土地上散落着早落的杨树叶。以影壁为中心，四个方向各有两排平房，其中六排各有三个教室，东南角一排教室自西向东是高一的四、五、六班，西北角自西向东是高一的一、二、三班，九〇三班教室的窗外刚好看到影壁的背面。刚才的新生报到处正是在九〇六班教室的山墙下，九〇六班的墙外隔条小路便是操场。

去教室报到，其实就是向班主任报到。九〇三班班主任王铭老师个子不高，面色微黄，唇色紫黑，身体不太好的样子，年龄并不很老，但看上去像个老人家。王老师之前是一中初中部知名的语文教师，1990年县一中撤销初中部，重点发展高中教育，一些优秀的教师便升至高中任教，九〇级是这些老师任教的第一届，王老师即在此列。

三十多年后的今天，已记不起王老师对我们新生讲了什么，除校规校纪，应该有一些激励大家努力学习、准备考大学的话吧。然后就是领课本，计有语文、英语、代数、立体几何、解析几何、物理、化学、生物、政治、历史等十几本。抱着一大摞课本二次回到宿舍，入学报到就算结束，高中生活正式开始。

坐在床铺上，看着其他人与一起升入高中的初中同学嬉闹成一片，我有些不知如何融入的忐忑。大姐为我新做的西服也增加了我的拘谨，即便新同学几乎都是笑脸，挨着我睡的刘春斌已经搂着我的肩膀把我当兄弟了，但浑身的不自在已出卖了我内心的紧张，这情状任谁都读得出来。虽然高中住校不是我第一次离家过集体生活，但在距家百里之外的县城，独自面对未知的三年住宿生活，还是第一次。

坑洼的黄土操场，破旧的水泥大门，阴冷的西房宿舍，简陋的平房教室，但这已经是我县最好的高中，也是我唯一的求学之路。若想继续学业，除了高中，我没有其他选择余地，因为我是初中往届生，参加过两次中考，无论成绩如何，都没资格上中专、中师等学校。

复读

1989年，我自赤城县蔡庄子乡中学毕业，参加了第一次中考，毫无意外地落榜。

蔡庄子乡中学八九届的初三有两个班，毕业考试后，学校依据成绩高低，让低分学生带着毕业证离校，成绩尚可者留下，合并为一个班，继续复习，参加中考。我的成绩放在一乡之中学尚能排在前列，投入一县之中学便毫不起眼，因为我们乡中学的教学水平早已不复上世纪五六十年代的辉煌了。不只是我没考中，全班几乎全军覆没，包括往届的复读生，即便参加中考的学生已经是通过毕业考试筛选后的"好苗子"，也毫无竞争力。

我被中考失利的响雷一下击蒙了，尤其是新学期开学后，我不知去处，虽待在家里，却如丧家之犬，惶惶不可终日。当时可走的路有两条：一是换个教学水平高的中学复读；二是终止学业，出门打工。还有一条不用"走"的路，就是在家帮父母种地，当一辈子农民。那一年我十五岁，身体尚未发育，个子矮小，身板瘦弱，上学坐第一排，看上去完全不像是个打工或种地的材料。即便是决心当农民，也为时尚早。但前两条路又面临着同一个问题：去哪里？

不知道。

姐姐比我高一届，同一个中学毕业后，已经赋闲在家了。每天想的就是如何走出去，像她小时候对母亲说过的那样"要出去挣钱,挣很多钱"。但是,去哪里挣钱?不清楚,没路子。后来终于托表舅的关系,在张家口市里找了个工作,但也仅维持了三个月,难以为继,又回到家中。

对于我,选择最后一条不用走的路,父母必不甘心。在他们的思想中,从来没想过让我脱离上学这条路。我中考失利,在他们为我规划的上学之路上炸了个现实的深坑,差一点就炸断了路。他们焦虑的是如何才能快速爬出这个坑,把前路铺平。我焦虑的是,父母到底有没有办法"解决"我。父母不是不告诉我该怎么办,而是他们确实没想到现实可行的办法。

十五年来,我第一次给父母出了难题,我给家庭带来的是前所未经的新困难。此后,我的学业再未遇过如此严峻的时刻。那时候,我才真正理解了父母日常唠叨的"你除了上学,没有其他路"的言语,到底意味着多沉重的分量。

前途未卜,我失魂落魄地躺在炕上,连翻个身都觉得轰隆隆震天响。我甚至不敢出门,怕看到邻里的眼光和询问。也可能是看到我的状态不佳,知道我已然认识到教训之惨痛,父母并未借此机会严厉教育我,只是在默默地想解决之道。

那两年,村里也有在相邻的田家窑乡中学上学的孩子。当时,中学按照户籍入学,任何一个乡中学都不会随意接收外乡学生,我们对口的就是蔡庄子乡中学,更何况田家窑乡中学的教学水平远高于蔡庄子乡,借读就更有难度了。那么，那些已在就读的外乡学籍的学生是如何办理入学的呢？我们一直没深入了解过，最大的可能是动用了有效的人脉关系，可我家没有任何人脉关系可利用。

一天，父亲吃罢晚饭，坐在炕沿边抽烟，突然对母亲说："要不，我去找找徐老师？"

母亲正在锅台边洗锅，回头说："也可以，碰碰去吧。虽说是没啥来往，但碰了总比错过强。"

父亲没继续说话，嘶嘶地抽完自己卷的烟叶，跳下地，带着一串咳嗽声出门了。

徐老师在田家窑小学教书几十年，与父母同龄。虽然祖辈同村，但我家住南头，他家住北头，平日素无往来，除多年前徐老师家盖房子，找父亲帮工瓦房之外，几无交集。如此关系，怎好开口？父亲之所以问那么一句，而不是径直去找他，也是在犹豫。徐老师能否帮忙？即便想帮，是否有门路解决？都是未知。尽管他在邻乡任教多年，但一直是在小学，与小学对门的中学有无直接关系，我们完全不了解。但已无他路可寻，父亲只得去碰碰运气。

母亲在屋子里继续洗锅，我在院子里转悠。北方，中秋节前后的傍晚，天气已是接近零度的冷。

没过太久，父亲回来了。我跟进屋子。"徐老师答应得非常痛快，他说第二天一上班就去中学了解情况。并透露，初三班的一个班主任是他曾经的学生，应该可以。"说罢，父亲又卷了一支烟，嘶嘶地吸着说，"听话音，差不多。"

母亲赶紧接着话来宽慰我说:"既然徐老师这么说,那就差不多。"

希望陡升。月光透过两方小小的玻璃窗,打在炕上,被磨得光滑如镜的炕席反射出去,轻柔地映在墙上;屋顶上,一秋天积攒的灰尘也被反射的月光打透,显得不再沉闷。我有些如释重负的激动,眼泪就要流下来,赶紧转身走出屋子,抬头看着天,月光很亮很亮,中秋节要到了。望着那弯月,我急切期待着月光彻底放大,完全照亮我家小屋的黑暗。

果然成了。初三的二十二班班主任梁占银是徐老师的学生,一说便中,爽快答应可以到他班里复读,让我下周一报到,别误了早上八点上课就可以。

喜中有忧的是,报到时既要交钱,又要交粮:一百六十元的借读费和六十斤小米。田家窑乡中学在距离我家正西七里的镇子上,我家没有自行车,而每天走着来去上学不现实,只能住校,小米是作为住校的伙食。然而我家既没钱,又缺粮。秋收刚刚开始,谷子还在谷穗中汲收最后的营养,等待半个月之后才能收割。家家户户几乎都到了靠田里的豆角、玉米度饥荒的日子。不过,贫穷是我们日常生活的习惯路径,如何辗转腾挪,虽非胸有成竹,但肯定是难不倒了。

学校对住校生交粮有规定,必须是小米。如果各种杂粮都可以,我家还可以凑一凑,只要小米,就难了。事不宜迟,晚饭后——还是晚上,尽管没有人知道你去做什么,但出门去借，总是失面子的事，心里是怯的——兵分两路，父亲去姑姑家借钱，我和母亲去二舅家探探小米的情况。

到了二舅家，进门寒暄几句，等着舅妈洗罢锅碗，才进入正题。舅妈听说来意，用围裙擦擦手，推开腰门，只见门后戳着一个口袋，舅妈指着口袋说："有。"刚好前日，舅妈的大姐接济她家这口袋小米。装满小米的口袋直挺挺靠着躺柜，口还扎着，有六十多斤的样子。就这样，还没来得及倒入自家米缸，舅妈就给我们倒了一大半，边倒边说："我们多少留点儿，你这还是不够啊。"

回到家中，母亲左思右想，最终求助邻居聋姥爷，总算凑够了六十斤小米。姑姑听说是我上学的学费，自然支持。

钱粮已备好，不耽误星期一去报到。梁占银老师一看我的个头如此矮小，直接在靠墙一列的最前边加了一桌一椅，我成为名副其实的"插班生"。

终于，在学校开学两周后，我又坐进了初三的教室里。

这一回，我自觉学习，每一科都突飞猛进，期中考试便名列前茅。学得最好、兴趣最浓的科目是化学。化学老师许万青是中师毕业刚分配来的年轻教师，尚缺乏教学经验，有时候一道题讲整整一节课，拖了堂，还是没讲清楚。第二天，班主任兼物理老师梁占银一登上讲台便说："今天的物理课先讲一道化学题。"然后板书带讲解，不过五六分钟，便清清楚楚。原来，化学老师也毕业于该中学，此前还是梁老师的学生。不过，化学老师非常勤奋，自己订阅《中学生数理化》，经常让我到她办公室一起做题，因此《中学生数理化》是我接触最早的，也是唯一的初中教辅读物。

这一年的住宿生活非常艰苦。一个平房大宿舍，几个班的学生混住，大概有二十多人。第一学期，很快就到了冬天，宿舍里的火炉无人照管，经常冻得不敢伸出手脚来。学校食堂在冬天只有两顿饭，基本只有两种伙食搭配：早晚都是小米饭，或早晨小米稀粥和馒头，晚上小米饭。饭菜的色香味不必详细描述，大锅烩菜，都是陈粮，小米粥上面经常漂浮着米虫子的尸体。除了睡觉，我们几乎不回宿舍，通常是把饭端到教室去吃。非常感谢那一年与我分享咸菜的胡志强和何桂英同学，遗憾他们初中毕业后，都没再继续上高中，我们仅同学了一年。

复读生活虽苦，但感觉日子过得飞快，第二次中考转瞬就到了。这一次，我心里特别踏实，却又不甘。对成绩没有怀疑和担心，不甘的是我只有上高中一条路可走。

按照成绩，参加中考的初中生可以报考中专、中师、高中、技校（如卫校、农职）等，其中，中专是中等专科学校，中师是中等师范学校，二者与普通高中、技校的最大区别是：转户口。二十世纪九十年代，如果一个普通的农家孩子考上中专、中师，户口会由农业转为非农业，意味着吃上商品粮，端上铁饭碗。对于城乡二元制下的农民家庭来说，这就是登天了。中专和中师还有一个重要的现实优势是，学制三到四年，毕业包工作分配，就可以挣钱，中师甚至在上学时就有每月三十多元现金补助，实为可观。上高中虽然有高考机会，但同时意味着不可预知的学业风险，变幻莫测的高考政策，还有三年的学杂费……显然，如同其他大多数农民孩子一样，对我和我的家庭而言，中考最好的出路不是高中，而是中专和中师。

但是，中学教育和中考制度正在发生变化，已连续两年，中专和中师取消往届生报考资格，只录取应届生。所以，无论中考成绩高出中专和中师录取分数线多少，往届生也只能上高中，或者就此中断学业。但是，复读不就是为继续上学吗？所以，高中就成为往届生没有选择的唯一道路。

那一年，我的中考成绩上中专绰绰有余，所以特别不甘心。在中专和中师把一批优秀的农家子弟收走之后，我拿着县一中的通知书去报到，臊眉耷眼的。尽管内心没有太大的挣扎，也没有挣扎的空间，但还是渴望上中专，一是觉得自己应该属于优秀的行列，二是可以尽早替家里减轻经济压力，因此坐在高一教室里的我既乏欣喜，亦无渴望，而高考这条希望的险途尚在远处，无恐无畏，有的只是初来乍到的新鲜。两周之后，最直接的感受就是高中课程的难度陡然上升，学习紧张程度甚至远甚中考复习阶段。

与我的想法不同，父母一直更为高瞻远瞩，他们认为上高中才是更好的选择，目标明确又坚定：考大学。哪怕三年高中的学费和生活费必然会让家里的日子更紧张，但他们坚信考大学才能"飞得更高，走得更远"。其间最重要的差别在于，唯有考大学才能离开家乡，而中师和中专大都要回到原乡工作。父母的首要愿望虽然不是要我离开家乡，但和大多数农民一样，他们自觉一辈子在这片土地上过得并不舒心，辛苦、贫困、受压制，小时候遇到战争，刚成家养育孩子的年龄又遇到灾害，之后是政治运动，导致他们对这片贫瘠的土地虽无憎恨，但绝无深爱。

父亲心中的世界，远比我当时目之所及广阔得多。他是一个喜欢看书的人，阴雨天不能下地劳动，经常在家中捧读，这在农村是绝对的异类。除了四大名著和"三碗酱"（即评书的杨家将、呼家将、薛家将），《东周列国演义》《中华上下五千年》等书籍外，农业、兽医、相马、易经等都曾钻研一番，尤其易经的知识和应用，远超远近闻名的阴阳先生。与专业研究者相比，父亲阅读和自学的内容杂而不精，不求甚解，甚至不乏谬误，但若以农村整体的文化水平衡量，与村里的农民兄弟们相比，那父亲堪称博学。

那时候，我家有人民文学出版社的老版《封神演义》《隋唐演义》《水浒传》等书。《封神演义》分上下册，目录页前有人物绣像。初中时读这本书，直觉书中人名无比怪异，妲己、比干、微子、伯邑考、土行孙……全都不像日常所见的人名。在我的认知范围内，"江河湖海，志强文武，云英明亮"才是起名常用字。像我大姐的名字用"潘"，是父亲所起，是否受到这些书的影响，不得而知，我也从未问起过。我对这套《封神演义》视若珍宝，后被母亲最小的堂弟借去，只还回一本，且书封残破，书页缺角，另一本不知所终，至今想来仍耿耿于怀。《水浒传》只有上部，也因此直到高中毕业我也没看过下部，用金圣叹评水浒的标准，这恰是读了精华。《说唐》倒是完整的一本，所以我至少看过两遍。

冬闲时候，父亲经常在晚饭后去给村民们讲故事，我们称为"叨古"，就是他在这些书中读到的内容，三国、水浒、隋唐、杨家将都讲过。父亲讲三国故事的时候，总要先讲一段"转世投胎"的前情。刘邦托生为刘协，彭越为刘备，英布为孙权，蒯彻为诸葛亮，韩信转世为曹操，害死韩信的吕后转世为伏后，让韩信借曹操的身份报仇……老乡们最喜欢听因果报应、转世轮回的情节，这是他们对现世不平的寄托和希望，少有人关心马谡字幼常、马超字孟起，但父亲照样会把每一个出现的人物姓字名谁都讲完整，说到司马懿字仲达、周瑜字公瑾等人物的"字"的时候，自有一种庄重感。

我初以为这些内容是父亲为吸引听众，编了"仇报仇来冤报冤"的故事，因为我看的《三国演义》里并没有类似情节。后来才知道，他一定是看了《三国志平话》或者《喻世明言》中《闹阴司司马貌断狱》一卷。前者开篇就以司马仲达在阴间断案开始情节推进，用轮回转世的说法对三国主要人物的来历做了颇具历史感的人设；后者是同样离奇的故事，大概率是抄《三国志平话》的作业，因为"三言"为冯梦龙纂辑,其中部分为宋元话本旧作。司马貌断狱对人物安排更加全面细致,樊哙托生张飞,项羽托生关羽,纪信托生赵云,项伯、雍齿为颜良、文丑,乌江分尸的那六个死鬼就托生成关羽过五关斩六将的那六位……司马貌断案有功,被安排托生为司马懿,结束三国乱象。如此,西汉的开始与东汉的结束形成完美闭环,感觉是同一拨人折腾了一个朝代。

有一次,父亲在看易经方面的书,我有兴趣问了几句,他就给我讲起东汉云台二十八将对应天上二十八星宿的故事来:角木蛟是邓禹,尾火虎是岑彭,井木犴是铫期,奎木狼是马武,参水猿是杜茂,等等。我根本记不住这些,父亲却是倒背如流,他教我易经手相和六十花甲子在手掌中如何推算,如当日午时到底是哪个星宿在值日,我以无心学为由,推掉了。父亲的记忆力超级强,这都是他看书自学的,人物故事娓娓道来,可惜我没有遗传到这个优点。

父亲喜欢看书的习惯,对我上学有潜移默化的影响,母亲则完全是精神支持,但脱离土地的思想更重。我对农民没有天然的敌对,但一直被灌输的是离开的执念,大家也都认为我的"小身体"根本不适合当农民,考大学既是我人生跃升的希望,也是挽救自己的现实需求。

我也逐渐认识到自己确实不适合当农民,有一件小事为证:十二三岁的时候,秋天起山药——我们把土豆称为山药,起山药就是收土豆——拉回家全堆在院子里,两个姐夫跟我开玩笑，用一口袋山药把我压住，我用尽全身力气挣扎，还是起不来，证明自己连掀翻一袋八十斤山药的力气都没有，由此认清了现实，如果我去种地，那也是对土地的不尊重。

借钱

1996年实施乡镇合并，蔡庄子撤乡，并入田家窑，田家窑升级为镇，蔡庄子乡中学转为小学，初中部并入了新的镇中学。因此，虽然我在两所不同的乡中学读过初中，但事实上最终只有一个初中母校。

高中录取通知书到来的同时，学费、书本费、生活费的考验也到了。分文全无的日子，在家里是能过下去的，但学费和书费是刚性需求，为此，母亲还得出门去借。至今提起来，母亲仍是一声叹息："这辈子，借过太多次了。"

那个年代的农村，乡亲们相互借钱是生活常态，读书、盖房、生病、婚丧嫁娶、青黄不接、意外事故……谁家都有缺着短着的时候，所以邻居、亲戚之间总会相互帮衬。但借贷终归不是体面的事，所以只要提到"借"字，母亲总不免叹息。唯一例外的是，2005年我在北京按揭买房，听到房贷数字，母亲只是惊叹，想必那个数字远超出她已有生活经验的范畴。倏忽十年，我的生活和所处世界她已不再熟悉。

母亲在家是长女，上有一兄，下有三个弟弟和两个妹妹，加上直系的堂亲和表亲，共有四十多个兄弟姐妹。她在姥爷姥姥两边的家族女孩中都是老大，弟弟妹妹们称她为"大姐"，缝缝补补没少得到她的照顾，遇事也习惯找她商量。所以，母亲在她的家族同辈中是有威望的。家族亲戚中，若细分远近亲疏，按传统是本家近于姑表，但还有一句是"姑舅亲辈辈亲，打断胳膊连着筋"，所以实际来往情况主要看长期以来的感情和相处经验，年龄相近，有共同生活经历，自然来往更频密些。母亲与表弟妹们来往更多，其中她的大姨住在邻村，大姨育有二女和一养子，两个女儿都在她们本村成家，母亲在家盘算有余钱且方便开口的亲戚，最靠谱的借钱对象首选就是这两位姨妹，我的表姨。

那天，母亲带着我步行来到五里外的表姨家借钱，两个姨热情接待，均表示供孩子念书，支持。大姨说："钱是有，但前不久被邻居借去买檩子了，邻居要盖新房。我这就去收账。"出去不一会儿工夫，果然收回了六十元。二姨对母亲说："大姐，你看我手头没有富余钱，但圈里有两口大猪，秋天再攒攒膘，卖出去就有钱了。您先和别人周转一下，卖了猪，我给他还上。"六十元，距学费和一学期的生活费不足一半，虽不多，但总算是凑到一笔，没碰了钉子，心情是好的。

天近傍晚，母子一路向东往家返，道路两边的庄稼在晚风中轻摆，尖尖的谷叶沙沙作响，谷穗弯腰低头，已然黄了梢，夕阳照过来确是金黄色；黄豆叶已是一片明黄，豆荚坚硬饱满，正在由绿转黄的前夜；山药秧苗浓绿一片，还在疯长的样子，地里面的山药开始膨大，地面被撑出裂缝，正是山药淀粉沉积的最好时候；黍子长得密不透风，原本一垄一垄的间隙已被旺盛的黍叶与黍穗填满，风吹过来，像一整块黄绿相间的毯子在浮动；菜籽的荚已经开始泛黄，一周之内就得连根拔起，否则会被太阳晒爆，菜籽颗粒重回大地……我和母亲一边走，一边品评哪块地的庄稼长得好，这块地是谁家的，村子里谁是庄稼地的好把式，谁最能受（勤劳）。母亲说："今年的庄稼都不错，可惜它们现在还变不成钱。"后秋是庄稼吸收、积蓄营养最关键的时期，所谓早长的是苗，晚长的才是粮，镰刀还要再等半个多月才能动起来。

揣着六十元钱，回程感觉比来时的路近了许多。回家后，母亲还得继续想办法。

一天早晨，母亲正在给猪喂早食，听见隔壁院子里有陌生人说话，像是在谈收猪的事儿。以前，每家每户都养猪养鸡养羊，养猪少则一年一口，多则两年三口，鸡和羊数量不等，大都也各有七八只，所以经常会有收鸡蛋和生猪的买卖人串着村子做生意。收鸡蛋的大都是来自十五公里外日本人留下的龙烟铁矿附近的妇女，一大早挑着担子，沿着这一道川的村子，吆喝着"收鸡蛋嘞"，一上午准能收满，挑回去卖给龙烟铁矿的工人。收生猪活羊的，是专做屠宰生意的买卖人，一般秋后来得比较多。秋天地里的庄稼熟了，各种粮食收回来，谷瘪子、碎玉米、碎豆子、小山药、谷糠黍糠，都能让猪羊鸡的生活大大改善，平日烂菜帮碎草叶、稀汤寡水度日，秋天急速养膘，入冬之前是出栏的最好时候。否则到了冬天，天寒地冻，不适合喂养一口大猪，粮食还得省着消耗。羊和猪不一样，夏秋可以备草料，好让羊过冬。

我家也是三牲全养。春暖杏花开之后，散养鸡会产下第一颗蛋，伏天歇息，秋天再开始，天冷后再歇息，直到下一年春暖，年复一年。母鸡产蛋高峰是秋天，一年产蛋期四个多月，一只母鸡每年产蛋六十颗左右，这已是高产。散养土鸡一般都由自家母鸡孵化小鸡长大，种性退化严重，鸡蛋个头很小，十几个鸡蛋才够一斤，因此一只母鸡每年产蛋大约五六斤，一斤鸡蛋一元左右。如果一个家庭有十只下蛋母鸡，一年收入也不过六十多块，但这个数字已够支持很多日常开销。初中复读前，我和姐姐从小学到中学的书本、纸笔等费用，油盐酱醋茶等家庭日常支出，基本靠鸡蛋换钱支撑。卖猪羊是笔大收入，会存下来，以备各种大项支出。直到九十年代上学费用日渐增长，才值得动用这些"大收入"。

一个农民家庭的经济状况若想得到快速提升，还得靠副业。除了手艺人，多数家庭的副业也只有饲养家禽家畜。然而，人缺口粮，牲口自然等而下之，夏天有草，秋天有庄稼，较容易度过，冬春季节的牲口就难过很多。北方的冬天冰天雪地，枯草都被西北风一扫而光，虽然也会把羊放到山坡上，但还是要靠秋天存储的草料和少量的粮食补贴才能度过。春种秋收的农耕作业完全没有机械化，主要依靠马车拉驴子驮，每家都养着马、驴、骡子等大牲口，草料还得先尽着它们吃，所以，秋收后，养好膘的猪都会出栏，冬天再抓个小猪仔养着；羊也要减少数量，留着几头大母羊，来年生羊羔，保持香火不断，其他的能卖则卖。散养鸡虽然可以自己找食物，夏秋可以用菜叶杂草拌着糠做饲料，但冬春要喂粮食、剩饭，若想提高产蛋率，夏秋也需喂玉米、谷子等正经粮食。这些成本加上劳动时间，通过禽畜换回现金。

每年9月1日新学期开学之前，正是猪养膘的时候，尚未到出栏的最佳时间，这时卖就亏了。我家的那头猪看上去尤其惨，长而瘦，既不上相，也不压秤，如果不贴秋膘，卖不了好价钱。与现在的生活方式不同，那个时代人们肚子里普遍缺油水，足够肥厚的白肉才是好猪肉的标准。收猪人看猪的肥瘦分级定价，每一等级的单价有一两毛之差，如果一等猪每斤一块五，三等猪每斤最高只有一块二。我家那口猪大概是典型的三等模样。

听到隔壁疑似收猪的交谈，母亲赶紧放下猪食盆，边解下围裙，卷一卷放在猪圈的墙头上，疾步迈出大门，走进邻居院子里。果然是上门收猪的买卖人，母亲把收猪人领到我家，路上预先把我家那口猪的情况做了一点儿铺垫："膘还没攒起来，有点儿瘦，本来秋天还可以再攒一攒，但孩子要去上高中了，拿学费，不卖不成。您呢，也别太亏我们，适当定个级，出个价……"收猪人相看了一眼圈里的猪，皱下眉头，不过确实没有乘人之危，最终按中等价收走了。

直到今天，如何借钱，怎么卖猪，八十二岁的母亲仍记得非常清楚，但那口瘦猪到底卖了多少钱，却模糊了。她只记得，给我带了学费和一学期的生活费，还剩下一些。母亲从剩下的钱里先拿出六十元，准备还给表姨，其他都包到包袱里，把包袱放在躺柜底下，等我下学期用。"不能欠账，迟早要还，晚还不如早还，免得总要惦记着。"她说。

这次，是这口瘦猪救了我。总归，是母亲的辗转和辛劳救了我。

高中报到后，交了书费、学费，买了一个月的饭票和菜票，还剩大概不到一百元，这些钱要够三个多月的生活费。在学校，我每天的伙食约为一斤粮票——粮票也是用钱换的，五毛左右的菜票，生活费差不多一块钱，一个月三十元就够了。

西房

赤城县一中九〇级高一男生宿舍，是一排蓝砖垛子土坯墙混搭的西房，足有十多间，南边六间住着九〇级六个班的男生，靠北两间是教师食堂。教师食堂北山墙相连一段矮墙上有月亮门，穿过去，西房继续向北延伸，分别是水房、煤房、学生一食堂和二食堂。学二食堂占了一个拐角，一半与学一食堂相连，另一半转向与学三食堂共用一个大厅，已是正房了。

九〇三班的男生宿舍是西房最中间的一间，门口对着的正房是八九级女生宿舍。宿舍房间不大，间道宽不过七米，深不过六米，几乎是方形，南、北靠墙两个大通铺，一面铺上睡七个人，地面中心放个小铁炉子，用于冬季取暖。

西房最南端宿舍与校园西南角的厕所毗邻，冬天厕所结了尿冰，同学们不愿走进去，无所顾忌地尿在宿舍山墙外的空地上，尿冰面积随时间增厚扩大，到了春天冰消雪融，浓烈刺鼻的尿臊味儿一直飘散不尽。尽管有管理检查宿舍的老师，但"宿管治尿"始终未见成功，每年冬天都是冰封厕所。更有甚者，起夜的学生听着外边寒风嘶吼，萎缩不出，索性站在宿舍门内，尿到门外，再赶紧钻回被窝了事，第二天宿舍门前一溜子尿冰。毕竟这么做的人是少数，成不了气候，尿冰也就很快融化吹干，但味道却会久久不散，所以男生宿舍难免发出一股尿臊味。

北方山城冬天的冷，若无亲身感受，只凭形容是难以理解的。赤城县隶属河北省张家口地区，张家口是个多方交汇的地带，按照区域划分，处于京、冀、晋、内蒙古交界处；地貌上，是太行山、燕山和阴山山脉交汇处，同时又是华北平原与内蒙古高原的交界带，地势呈西北高东南低，大多数人生活在群山起伏的丘陵地带。张家口地区一个典型的地域特征是，拥有两个截然不同的地貌单元：坝上和坝下。坝上属高原地区，是内蒙古高原的南缘；坝下是盆地，但山峦起伏、沟壑纵横，海拔最高的山比高原海拔还要高一千多米。赤城县位于张家口市东部，在张家口地区下辖的十个县中又处于特殊地带，恰恰是从盆地的丘陵地带向高原的过渡区。赤城县县城位于群山之中，平均海拔近一千米，北高南低，向北五十公里，过独石口，海拔陡然而起，最高处有两千多米，便是坝上地区的沽源县了。县城的东、西、北三面环山，东临白河，城北又有一条由西向东的支流与白河主流汇合，高原上的寒风顺着这两条河道流经的深谷源源不断送进来，十分强劲。作为军事要地，依山傍水而建的赤城县城，应该是没考虑选址正在从高原向平原过渡的风口上，冬天经常狂风大作，尤其是夜间，北风嘶吼，呼啸不止，如闻群狼对峙，十分骇人。

冬天宿舍里生火炉取暖，值日的同学负责管理火炉，早晨离开宿舍要封火，晚饭后再解封，添煤。如果炉子灭了，值日生则负责生火，浓烟四起，门窗大开，未暖之前先被风冷透。所以炉子灭了，最好的办法不是生火，而是去其他宿舍用生煤换一块正在燃烧着的煤炭。另外，值日生还要打扫宿舍、打水、领煤。每个宿舍有两只镀锌铁桶，一个是打水桶，冷热水通用，一个是领煤桶。每周领一次煤，不够烧，就去煤房偷。烧锅炉的大爷兼顾照料煤房，住在紧挨煤房和水房的一个小房间内，看得甚紧。但魔高一尺道高一丈，借领煤时的混乱场面，没有学生偷不出来的煤。

即便烧再多煤，宿舍还是冷，因为房子太破太旧，窗户不严，玻璃窗导热快，墙体又薄，根本挡不住冬天的严寒。西房日间见光时间短，尤其是冬天，即便有太阳，低矮的小玻璃窗透光微乎其微。后墙外边属于校园外的世界，起初我并不知道是什么状况，直到有一次到校外闲逛，才发现墙外地势高，墙体一大半被隆起的土地遮挡，虽然挡住了西北风的肆虐，但墙体一旦被冻透，整个冬天都会保持冷冻的状态。房间取暖完全依靠一个小铁炉子，每天的煤量仅够晚饭后到睡觉前这段时间烧，其余的时间，炉子都要封住，何以解冻？每晚睡觉，被窝里冰冷，双腿蜷缩，第二天醒来依然保持着同一个蜷缩的姿势，小腿和脚还是没有焐热。就这样在西房里蜷缩一整个冬天，度过寒冷而漫长的高中第一学期。高二宿舍换到正房，西房又留给下一届的高一男生。真是土打的西房，流水的新生，学校总把最艰苦的考验留给新入学的高一学生，是有意暗示"天将降大任于是人"么？

水房紧挨着煤房，打开水最初是用镀锌的铁桶提回来，饭后往饭盒、饭盆里倒一些喝，就完成了全天饮水量。上课期间，男生都和骆驼一样，干着，从没见谁用过水杯。女生不同，她们有暖水瓶，渴了就回宿舍。男生最初也有带暖瓶的，但很快就碎没了。打开水是件危险的事，尤其冬天，很容易滑倒，被热水烫伤。有一年冬天，我班的孙秀荣打水时被烫伤，我们赶紧把她送到县城南的样田乡，该乡有一家专治烧伤烫伤的世家。效果果然很好，初去时，孙秀荣被烫伤的腿上全是透亮的水泡，一周后，我们再去接她，表皮已平整，只有颜色之差了。

入学报到那天，我一进宿舍，就把被褥放在北铺靠墙的第二个位置。靠墙第一个是刘春斌，始终一脸笑意，一旦把笑放开，齿白声朗，是个每说话必脸红的好学生。他是我进宿舍之后记住的第一位同学，不只是因为他习惯性的笑意透露着友善，还因为他有与众不同的口音。赤城全县大部分区域的方言属晋语，最大的特点是清浊不分，还有很多入声字，唯有东部的东卯乡（现东卯镇）与北京接壤，属北方官话，口音接近普通话。刘春斌便来自东卯乡，在我们宿舍，他成了语言的少数民族。高中毕业那年，他与同班的王旭东应征入伍，未参加高考，甚至毕业考试也没参加，学校准予发毕业证，算是提前毕业了。此后一别，我们再没见过面。

高一第二学期，南北铺调换，我换到南铺靠窗第二个，靠窗第一个是申玉清。自此之后的两年，我们又换了两次宿舍，我始终挨着老申，而且总是他睡靠墙第一个，我睡第二个。

大通铺的铺位一个紧挨一个，且位置拥挤，每人不足一米宽，自带的褥子全都铺不平，要两边折回一些。铺面铺多宽，没有标志，也没有标准，全靠自觉。褥子并不直接铺在硬木床板上，而是垫一个厚厚的草垫子。这个草垫子的宽度事实上决定了所占铺面的宽度，当然，太宽的也不能全占，褥子还要让出一部分。每个人的草垫子和褥子的厚度不一，所以整个大通铺高低不同，花色各异，既不平整也不干净，更谈不上舒适和美观。

宿舍不是看守所，尽管老申睡第一个，也并不是"头板"，可以多占。而且他是班长，以身作则，宽以待人，他也绝不会多占。

学生宿舍是个相对最能体现平等的场域，住校生来自各乡镇，农家子弟多，经济条件相差不大，生活条件基本一样，差异不过是谁的被褥更厚一些，谁带的咸菜、干粮更足一些。但同班同学有城乡差异，其间分野就非常明显，并无任何事件将这种分野推向分裂，形成鸿沟，但始终保持着界限和距离。城乡二元的最大差异和分歧，从某种程度上来说就是贫困与富裕的文化差异，当然这不是否定农村也有富足之户，城市也有赤贫家庭，但总体上，城乡经济水平的差异决定了其他方面的差距。县城的学生明显比住校生穿得要好得多，他们显然有更丰富的课余生活。我的高一同桌董立军，热爱集邮，带我去他家看他集的邮册，真是大开眼界，原来方寸天地居然如此浩渺。董立军从小学美术，善工笔，课间在我语文课本的书口画一虎头，惟妙惟肖。一年后，文理分班，他自然选择了文科，我们的来往就少了，直到毕业再无联系。据说他后来一直在县一中担任美术老师，可是，我上高中的时候，并没有美术这门课啊。

县城的同学会有我们从没见过的电子产品，如随身听。

他们开始哼唱小虎队的《青苹果乐园》《红蜻蜓》，林志颖的《十七岁的雨季》，以及四大天王、童安格、王杰、齐秦等，都是我从未听过的旋律。我勉强能在理发店门口听到"我家住在黄土高坡"之类的音乐，直到上大学第一学期才被《祝福》《晚秋》《一封家书》《笑脸》《爱拼才会赢》《风中有朵雨做的云》《爱的代价》《星星点灯》灌满耳朵，对谭咏麟、张国荣也是好一顿恶补。高二的时候，九〇级师生在县影院举办联欢会，生物老师卜明东高歌一曲《毛主席的书我最爱读》，天哪，太好听了；一位县城的女生居然会跳霹雳舞，完全没见识过，一时间怀疑，她真是那个平时寡言少语的同班同学么？

大多数县城的同学不会和住校生深交，放学后，他们骑着自行车飞快离开，很少在学校逗留。关立强是个例外，而且几乎是唯一的例外。他家在县城，并不住校，却从入学报到第一天起就跑到我们宿舍，并迅速锁定同好，很快热络起来。至今我也不清楚，他为什么会跟我们一起来到西房，县城的其他学生甚至高中三年都没进过我们的宿舍。

同学们都在互相试探着聊天，想尽快熟悉起来。我坐在床铺上一本一本翻看刚领回来的课本。关立强盘坐在大通铺上，与申玉清、张文渊等人说笑，并不时瞄我一眼，一身正气却一脸坏笑，又帅又痞，我不明其来意。以我的生活经验，这非常危险。初三复读住校的时候，我被不认识的同学围在宿舍围墙下毫无缘由地打过一次。初中生的恶意主要来自青春期蓬勃却无处散发的精力，学习好的外来生恰是他们最适合下手的对象。后来，据他们说是一场误会，他们要攻击的目标不是我。错被霸凌，也不能转变为喜剧。尽管上高中后很快就把这些学生忘得一干二净，但留给我的是对陌生人习惯性的心生恐惧，毫无来由，即便对方毫无恶意。

果然，小关对我在陌生环境中的紧张感产生了坏想法，偷偷把我的一本课本藏在怀里。其实，我也注意到了，但并没言语，只是来回翻找，以示我已发现课本莫名其妙少了一本，但也不敢多看他一眼。他却认真地看着我找书，最后笑眯眯地说："怎么？少了啊？"我点点头，才借着对话的机会，直视了他一下。他笑盈盈地从怀里把书拿出来，又逗了几个来回，才把书还我，像猫捉老鼠。之所以明知道书被他拿了，却始终没敢直接要回来，是因为我猜不准他来意善恶，不想开学第一天就惹事。而且很明显，如果争执起来，我根本不是他的对手。

县城的学生，一脸不明所以的笑，这是最危险的。虽然没显露威胁性，但我并没有把握他不会瞬间翻脸，恶意陡生，那么，不出声算是对自己最大限度的保护吧。当然，关立强并无真正的恶意，他只是在众多的同学中看到了我掩饰不住的紧张，便对我"下手"。如此方式，是他在释放善意，消解我的紧张。新同学，刚见面，我哪里能领会，但辨别人的善恶并不难，他稍一示好，我很快就完全放松下来。就是从入学第一天的藏书把戏，开始了我们之间持续至今长达几十年的情谊。除了对学习不太上心之外，关立强热诚、大方、实在、仗义，非但没有瞧不起我们这些穷孩子，且始终与我们亲密无间，成为我高中三年最好的同学之一。

农村来的学生穿三种鞋。一种是手工方口布鞋，纳的鞋帮，黑色灯芯绒鞋面，胶皮底；第二种是买的黑色灯芯绒方口布鞋，棕红色或者白色塑料底；第三种就是白球鞋和其他零星款式的鞋子。第一种嫌土，第三种嫌贵，都不多见，最常见的是第二种。三年高中，我穿的也大多是这种红塑料底黑灯芯绒布鞋。有一次，中午回宿舍吃午饭时，我发现洗干净晾晒在宿舍窗台上的鞋没了。一双鞋的价格三五元，听起来不多，也够我一星期的饭菜钱了。学生偷东西不太常发生，但也从没杜绝过，小则丢一袋子洗衣粉、一块香皂，大则丢双鞋，最大听说过丢大衣的。瞄准我这种看上去比较弱的同学下手，即便败露了，大概率也不会招致强有力的回击和报复。住宿生的世界并不大，我们很快就知道，偷鞋者是邻居宿舍九〇四班一位满脸青春痘的同学。小关说："我去找他要回来？"

我想，捉贼要拿赃，没证据，不能贸然而为，就说："算了吧，不值得。"

小关又说："那我找人修理他一下。"

我觉得这就更不必要了。小关交友广泛，不缺能"修理"人的朋友，但我不想让他因为我的一件小事而与同学交恶。大家每天见面，忍一忍就过去了。偷鞋同学的姓名如今我已全然忘记，但小关当时说的这两句话记忆犹新。尽管心疼鞋子的损失，但生出一种"大人不记小人过"的宽容心，也就没那么难过了。

高二重新分班，一至四班是四个理科班，五、六两个班是文科班。关立强选择了文科，转至五班。虽然不同班，但他还是经常和我们在一起，像始终没有分开过一样。重新分班是个诡异的事情，即便同住宿舍两年，从五、六班分过来的同学与老三班的也始终没有完全融合，如同手术后连接在一起的器官会发生排异一样，很难达到"血脉相通"的状态。而从三班分出去的小关却始终和我们"连"在一起。睡前，我看霍达的《穆斯林的葬礼》，熄灯后正要入梦，他溜进宿舍，不由分说挤在我的被窝里。他正在热恋，恋爱谈到深更半夜，校园大门早已上锁。

临近高考前几个月，二姐托人给我带了五十个生鸡蛋以增加营养。我觉得没必要，宿舍里也不方便煮鸡蛋，就要送给小关，但他坚决不肯带走。后来这些鸡蛋到底温暖了谁的胃，我已不记得了，只是很久也没想明白，我们好几个饿鬼一样的高中同学一起去他家打牙祭是常事，他为什么非要拒绝我的鸡蛋呢？1991年的中秋节，关立强带我们六个男生去他家吃饺子。我们犹如七匹狼，饿狼，狼吞虎咽。在此之前，我不知道饺子馅可以放这么多肉，茴香的清香也超越了我的想象。对于每天在食堂吃窝头、小米饭和馒头的高中男生而言，饺子是美味的天堂，简直太解馋了。

食堂

饥饿，是我诸多青春体验中绝对的第一位。被学校食堂供养的胃清淡、空荡，每天都散发着四处逡巡的饿意。但控诉食堂是没有意义的，尤其是三十年后的今天，越发没必要，但可以了解一下那时一个县最好的中学食堂的伙食原貌，以及它是如何"滋养"饥饿的高中生的。

食堂提供的日常三餐是这样搭配的：早餐是小米稀粥、玉米面窝头或馒头，没有菜；午餐是馒头或小米饭，菜是素炒白菜、圆白菜或芹菜、萝卜；晚餐是小米饭或玉米面窝头，菜是熬萝卜或白菜、山药。饭菜口味难以下咽，但也无从选择。虽然有三个学生食堂，但伙食基本一样，且一样的差，一样的难吃。可调配的空间是：同一食堂的晚餐与午餐尽量不重复，不同食堂的同一餐尽量不重样。只是"尽量"，如此逼仄的食谱——如果称得起食谱的话——做到不重复，是对食堂大师傅排列组合计算能力的极大考验。

显然，唯一的细粮只有馒头。但面粉是多年库存陈粮，蒸出来的馒头如浮肿的大腿，手指按下去就是一个坑，再也弹不回来，看着发青，闻着发酸，吃着粘牙。一个松软粘牙的馒头，捏扁了，实际不过丸子大小。即便如此，馒头总比玉米面窝头强很多。窝头是用粗玉米面和的，几乎不发面，在蒸笼上铺二寸厚，上锅蒸，出锅后按照固定的尺寸划成方块。多层笼屉，有时候蒸不熟，窝头中间就是夹生的，吃下去，胃里如灌铅一般，顶得难受。以两块厚度和硬度都堪与砖头媲美的窝头做晚餐，也仅在我的高中食堂见过和吃过。三餐调配只是做到尽量，但不能保证质量，曾有连续两周，三个食堂只有窝头和小米饭，没有馒头。学生们实在熬不住，把半生不熟、黄中夹白带红的窝头倒在食堂门口，用勺子敲着饭盒，"咣咣"声四起，表达抗议。食堂对面是文科教研楼，中午放学，老师们正陆续从办公室出来，准备骑车回家吃午饭，场面很像一场不太体面的欢送仪式。

巧妇难为无米之炊，食堂大师傅也没办法，学校后勤能保证的粮食供给就是如此质量。即便粗粮占大半，每餐仍是限量供应，馒头和窝头一餐最多买两个。住校生人手一张餐证，每两周换一次。餐证是一张纵向为日期、横向为三餐的卡片，每次打饭，先要把餐证递进窗口，大师傅在对应的表格内打钩完毕，接收粮票菜票，才给打饭，没有餐证或餐证已打钩，概不供餐。主食用粮票，一份小米稀粥一两粮票，小米饭一次最多半斤粮票，一块窝头或一个馒头则需二两粮票，每餐限量两个。馒头会买到最高限量，这顿没吃完就留到下顿，冷馒头也好过热窝头。一餐吃不完两个馒头的时候绝少，可存下馒头的机会唯有某位同学午餐不在，而这顿刚好是馒头，借用他的餐证可多打一份。这还得满足两个条件：一是你能优先搞到同学的餐证；二是只能是冬天，夏天气温高，馒头存不住，会发馊。冬天用筷子扎半个馒头，放在炉子上烤，被火炙烤后的馒头会有焦香，从而使得面香更加浓郁，味道比正餐好太多。

食堂早餐没有菜，学生以自带的咸菜佐餐。新学期到校时，咸菜是住校生早餐必不可少的下饭菜。咸菜有两种，一是咸菜干，二是咸菜丝。两者差异主要不在形状，而在性状。咸菜干是把咸菜疙瘩切成条，晒成干，析出盐分，又干又硬，可以直接吃，讲究的也可以用醋泡软了吃，风味不同。咸菜丝是用礤床礤成丝，晒到蔫，或者不晒，用油炒一下，装在大玻璃瓶子里，可以直接食用。两者各有利弊，咸菜丝好吃，但不能久存，咸菜干口感不佳，但保质期长，所以开学后我们都是优先吃咸菜丝，吃完后，空瓶子里装好醋，咸菜干泡进去，几天后接着吃。大多数人带不了许多咸菜，精打细算，最多坚持半个学期，已经是最会过日子的了。后半学期，早餐还能就咸菜的学生，简直令人羡慕嫉妒恨。

住校生习惯搭伙，一般是两个人，最多三个人，独自一人吃饭的同学很少。每个月合伙买饭票菜票，一起打饭一起吃。我和陈爱军、艾庆生搭伙三年，每月轮流买饭票菜票；申玉清和张文渊初中便是同学，他俩和赵文权三人搭伙。我们六人同时也是一个分散的组合，比如饭菜票是三个人合在一起用，但咸菜是六人一起吃，往往学期还没过半，咸菜瓶子就见底了。不是我们拿的咸菜少，而是六个人无法均匀每一天的量，必然消耗得快。同宿舍两人或一人吃饭的，控制得就很好。我们免不了馋人家的咸菜，公认高占军带的咸菜最好吃，而且他的咸菜消耗量控制完美，从不见底。殊不知人家确实带得多，可以不断把口袋里的咸菜干往罐子里加，只是我们没看到箱子里的咸菜口袋到底有多大。这可不能露富，万一被哄抢了怎么办，就不能过有咸菜的精致生活了。

如此伙食水平和生活方式，饥饿自然是常态。

一天当中，最饿的时间是在上午的第三四节课。到了第四节课，教室内的空气中仿若弥漫着饥饿感的酸腐味，那些青春的肠胃发出有声的抵抗和申诉。因为早晨的一份稀饭和一块窝头，实在顶不了一上午的时间。有时候因为难吃，或者晚起，吃得就更少。干粮带得多的同学，第二节课后会跑回宿舍补充一下，没干粮可充饥的只能挨饿等午饭。捱到第四节课的下课铃一响，同学们便如逃脱鹰爪的野兔，向食堂奔跑，抢先一步为的是抢占有馒头的食堂窗口，没抢到馒头，那就只有窝头伺候了。这就显示出搭伙人多力量大的优势，也知道为什么拖堂的老师遭人恨。青春最有活力的部分不只在操场和教室，同时也在食堂等待午餐两个馒头的队伍中。

如果没有食物，解决饿的最好办法是什么？睡。

睡着了最好，睡不着，就躺着。然而，饿的时候是很难睡着的，所以，大都是躺着。当你看到一位同学静静地卧床，并没有睡着，他不是在默记，不是在思考，也不是失恋，十有八九是饿的。有干粮充饥、吃饱了的同学去教室复习，做作业；有点儿饿，但还能坚持到第二顿饭点的同学，

33

最好的选择就是躺下。这是科学的，躺着比立着节省体能，运动就别想了。

饿极了，坚持不住的时候，也只好去校园门口附近买食物充饥。老申他们三个人经常是上半个月花光，下半个月紧张。赵文权饿到躺在床铺上不愿下地，陈爱军实在看不下去，就到大门口的小卖部买一两个烧饼给他充饥，真救命。

一周之中，最饿的是周末两天。到了周六周日，学校食堂只供应两顿饭，夏天天长，即便晚饭开得早，中午不补充一顿，也是难以捱到。若中午不补，到晚上也会饿得熬不住。我们三个人或者买几个烧饼，或者去吃煮方便面。校门口小卖部销量最好的就是方便面，同学的妈妈在做这个生意，不论买几包，免费煮好。我们三人买三到六包，每人也能平均一大碗，五毛钱一包，三个人一顿周末加餐，最多花三元。出了一中大门右转向南走，大概三百米就是县汽车站，站前有一些小吃摊，方便来往的人们充饥，有稀粥、烧饼、面条、馄饨等，花样要多一些，但我们从来没去过，因为那里的消费肯定比三元要高。

艾庆生的本家爷爷在县城工作，那时候已退休在家。到了周末，他偶尔去爷爷家打牙祭，有时候会带一些点心之类的干粮返校。周日的晚自习，小艾悄悄地带我和陈爱军回宿舍，营养一下缺少油水的胃。之所以避开众人，实在是狼多肉少，同学都在宿舍时，是不方便拿出来的。一筷子挑走一整包泡好的方便面，这样的惨剧时有发生。

每学期开学之前，先要把粮食交到乡镇的粮库，粮库会给学生的粮油证上做好记录；学校依据入学时候的粮油证明，按照一定的折扣价卖给学生饭票。食堂一份菜需三毛到五毛菜票，三顿主食需一斤到一斤二两饭票，一天的餐费合计一块钱上下，因此，一顿加餐的支出看似不多，实际上却等于食堂的一日三餐了。一顿吃掉一天的伙食费，这样的日子自然不能常有。

就在高考前的几个月，学校教师食堂供应的小炒对高三学生开放，菜价在一元以上。偶尔买个小炒改善一下可以，但让生活成本长期翻倍，是难以为继的。一个学期的生活费在开学时就带够了，因为离家远，中间没有接济的可能，更因为家里也没钱随时增补，所以尽管有改善的机会了，但并不具备改善的条件，我们大多数学生依然是在三个学生食堂轮转。大家都是穷孩子，不省着花，挨饿的还是自己。

改善就只能等三个学生食堂"吃结余"。国家对学生口粮有规定，高于普通人标准，甚至高于劳动力的标准——记忆不一定准确，普通口粮标准是每月约二十斤，学生是三十斤——学生日常伙食吃不完口粮标准量，就会有结余。食堂不定期以提高伙食标准的方式消化结余，如每月吃一顿肉包子，或者做一两个肉炒菜、主食为大米饭。吃结余必须三个食堂同时开，即便如此，卖餐小窗口一打开，排队秩序分分钟一片混乱。每次吃结余，饭菜倒在身上的事都有发生，甚至会打起架来。

《厨房里的哲学家》一书作者、法国美食家让·安泰尔姆·布里亚-萨瓦兰有一句名言："告诉我你吃什么,我就能知道你是什么样的人。"如此,我们在高中正长身体,吃着窝头读书,那就是最需要营养却在挨饿的年轻学子。高一和高二又恰好是我的发育期,两年长了二十多公分,正是猛吃猛喝、需要充沛营养的时候,却在营养不足的粗粮、旧粮与饥饿中度过,因此,我痛恨夹生的窝头和小米饭。在看美食纪录片《谷物星球》时,有一段是一对辛劳的农民夫妇在山头耕种谷子,午饭不回家,就在原地生火做饭,他们吃的就是小米焖饭,我们称之为焖白粥。劳作了一上午的夫妇对坐,吃着刚出锅的焖白粥,很有胃口的样子,但看到他们吃小米饭,我的胃就翻江倒海,加速蠕动,疯狂摩擦起来。三十年后的胃对曾经的食物记忆犹新,说明胃具有比大脑更强大的记忆力。

高中生活之前对饥饿虽不缺乏体验,但三年学生食堂实在加深了我对饥饿的理解。饥饿就是长期不断与身体的第一本能对抗,这不仅导致胃的疼痛,肉体的虚弱,神情的萎靡,真正长期的饥饿同时让精神备受折磨。饥饿表现在胃液发酸,胃壁灼痛并相互摩擦;表现在体力不支,气力匮乏,精神欠佳;表现在神情急躁,缺乏耐心,无力抗争;又表现在你本想走出原乡,但又被饥饿打击到想回归,去立刻驱赶饥饿,因此必须要养成与饥饿做斗争的意志,并坚持下去,如遇到恶,你必须更恶,否则你就败北,滚回家去。最终,在意志上赢了，但在身体上输了。同时获得附赠的是，我根本不会被赞美饥饿的语言与腔调打动，任何诗意化饥饿的态度和论调，我都躲之唯恐不及。即便是打着青春的旗号，把身体、知识、精神的饥饿并列为青春三大饥渴症，赞美为青春的姿态，我也报以淡漠。饥饿不是别的什么，除了疼痛，它还是击碎尊严的最强大武器，吃不饱，谈别的什么，都有点儿扯淡。

上大学之后，我对饿了该做什么有了新的答案。大学宿舍同学海涛告诉我：饿了就去吃啊！为什么不吃呢？我竟一时无言以对。能和他讲"何不食肉糜"的晋惠帝吗？能说让农民吃布莉欧的法国公主吗？显然不合时宜。我也理解，那个时代大多数同学的家庭虽无山珍海味，但温饱无忧、想吃就吃的生活是有保障的，他们对难以下咽的食物与长期的饥饿感缺乏体验，对贫困生活的认知不充分，因此对"饿了就去吃"这种朴素道理都不懂的我发出诘问，是非常自然的。同时，我也承认他们观察生活、认识世界、体验生命的角度和经验是主流的，在经济不那么拮据之后，我也"学会"晚上饿了就到大学南门外的小面摊，呼噜呼噜吃一小碗热汤面，五毛钱。大碗是八毛，奢侈一下还可以直接点一个砂锅面或砂锅馄饨，面更足，汤更鲜，锅底还垫着青菜和绿豆芽，那就得给卖面大姐一块五。啧啧，够买三小碗面了。

食堂的餐费和周末加餐几乎是我高中伙食费的全部，加上蓝天牙膏、白猫洗衣粉、蜂花洗发水和霞飞润肤露，是我全部的生活日用品。大家的日用品，除了牙膏，其他几种用的时候拿出来，不用的时候要锁在箱子里，否则会被许多同学快速消耗殆尽，甚至不知所终。

每个住校生都会自带一个箱子，里边放换洗的衣物、干粮、新课本等物品，甚至包括钱，因此全都上着锁。二舅是木匠，高中入学前，母亲让他为我做了个小书箱，工和料全由他包办，做好后，母亲用旧报纸里里外外糊了两层，直到现在这木箱还在我家的老屋炕上。学生的书箱如姑娘的嫁妆，很容易出卖贫富，个头大小、木板薄厚、木料材质、形状和做工精细程度，都是判断因素。最好的是小型的揭盖箱，外刷青漆，光滑油亮，虽说是小型的，但也远比一般书箱大很多。每人的箱子都放在自己铺位的下方，床铺不够高，稍大的箱子放不进去，只好靠墙，刚好当饭桌，把饭盒放在上面。

我的生活用品也一样锁在箱子里，除了自己用，偶尔会给申玉清用。老申比我大几岁，很有老大哥的样子。他当了三年班长，同宿舍同学几乎没有谁敢和他争执，除了我，而且还会被我逼到生气，狠狠地说"也就是你……"。与我没能读中专的不甘相比，老申上高中才是"怎一个惨字了得"。他是我身边被中考制度捉弄了命运的活生生例子。1989年，他考上中等师范专科学校，已经入学报到，开始上课，但被人举报是往届生，学校做退学处理。他不得不回到原中学又复读一年，九〇年上了高中。也就是说他至少读了三年初三，县一中八八、八九级都有他的初中同学。

此前的中考制度对复读没有限制。举个例子，我上小学的时候，村学校规模还是可观的，有学前班和初中一年级，加上小学五个年级，共有七个年级的学生。初入学，我上了半年学前班，我们称之为"半年级"，隔壁班是初一，有一位初一年级的学长经常在课间逗我玩，可到我上初一时，这位学长还在读初三，可见他在初三读了几年。他最终没考上中师或中专，然后我上高一，他在读高三，后来高考考取的还是中专。前者初中毕业生考的中专被称为"小中专"。

申玉清最终高考落榜，大概家里再没精力供他复读，学业就此终止。他家在农村，上有两兄两姐，下有一弟，养大六个孩子，家境之艰，父母精力之竭，可想而知。

1993年，我上大学，同年艾庆生读中专，老申、小陈和赵文权在同城一家汽车厂上班，我们依旧常常见面。我保存着大学入学不久小艾、小陈与我在公园水边的合照，三人瘦到风一吹就会落水的样子。就在这一年，我们的加餐从每人一块钱的方便面变成三块钱一碗的牛肉面。我们真正分开后，我才感觉到高中三年他俩默默给了我多少支持和慰藉。大学期间，心情烦躁时，就坐着公交车，跨区去找小艾，一起吃个食堂再回来，就心安多了。

读村上春树《袭击面包店》的时候——这是一本对"饥饿"有描述、有认识、有反思的书——总得吃饱了再看，否则会有胃疼的煎熬。他分析饥饿的来源，我深以为然："为什么会产生饥饿感？当然是由于缺乏食物。为什么会缺乏食物？是因为没有等价交换物。"是啊，我经历的并不是一个普遍饥饿的时代，之所以受饿，究其原因，就是因为没钱，贫穷。当然，不能苟同的是村上春树接下来的结论："那么我们为何没有等价交换物呢？恐怕是由于我们想象力不足。不，说不定饥饿感就直接来源于想象力不足。"显然，这是他为故事服务的结论，无可厚非。现实中的饥饿来源于贫穷，而导致贫穷的原因就要复杂得多，天时地利人和的反面，只要有一种，便足以导致贫穷，但勤劳木讷的农民又有何办法呢？所以还得认同村上最终的结论："并非饥饿感驱使着我们奔向恶，而是恶驱使着饥饿感袭向我们。"是的，如果说饥饿是我青春的底色，是求学求知岁月里不间断的和声，但我并没有因为饥饿而"奔向恶"。当饥饿旷日持久、坚持不懈的时候，我唯一的抵御手段就是放低身段，趴着、躺着，等待下一顿窝头和小米饭的到来。如此循环了三年。

饥饿也没有带给我太多正面的影响。即便如今我在只敢吃到七八分饱的冷静日子里回溯，也没有得到饥饿激发了我积极正面人生的诠释。至少饥饿不是我如今生活的决定性前提，也没有蕴含着我在饮食上习惯轻简的奥秘——不浪费，得益于父母的教育。我只是深刻地体味过那种不好受的滋味，如同享受过的美味一样，难以忘却。"Stay hungry, Stay foolish."这句名言，我总以为是"保持饥饿，难得糊涂"并列式的人生信条，但结合经历，它更可能是"保持饥饿，因而愚蠢"的因果式冷嘲热讽——当然，流传更广泛的译文是"求知若饥、虚心若愚"。人饿久了，难免失去理智。海明威在放弃新闻记者职业的一段时间内生活拮据，日子狼狈，对饥饿有切身体验。《流动的盛宴》中有一篇他关于饥饿的文章，他认为饥饿总能让人头脑保持清晰，饥饿是良好的锻炼，能从中学到东西。我觉得那是他饿得还不够，不够深，不够久。当然，我们远没有达到《丰乳肥臀》所描述的极端饥饿状态。

所幸的是，我毕业之后，赤城县一中的食堂很快迎来了改革，学弟学妹们不用再体验窝头充饥的日子。高中毕业的第二年，1994年，新任县一中校长包志忠——我入学的时候，他是教导主任，据说为改变一中落后现状，他去校长王乐堂办公室请命，自荐当校长，立志办好县一中——学习其他先进中学的管理体制和改革经验，推行伙食管理的责任目标承包制，成立伙食管理委员会，副校长、书记，甚至有两位住校生代表都是管理委员会委员，设管理科，使伙食管理由管理型变为经营型，由大锅饭变为多灶经营，互相竞争，无论服务质量还是饭菜水平，都得到了极大提升。同年，一中兴建了新的学生宿舍，我们住过的西房也被淘汰了。

又过十年，2004年，学校改建三个食堂，开辟了五百个座位的学生餐厅。我们那时候是要带着饭盒去食堂打饭，端回宿舍，或蹲或站，或坐在大通铺的边沿进餐。这年还修建了锅炉房和洗浴中心。洗澡对大部分北方人来说是件奢侈的事情，也不是每日生活习惯之内的事，所幸县城西十五里外的地方有一著名温泉，称为"关外第一泉"，郦道元的《水经注》对这处汤泉有记载："渔阳之北，实有汤泉，去燕京三百里。"但我们也不是经常去，甚至达不到每学期一次的频率。

课堂

都说吃饱了容易犯困，学习效果肯定不好，但饿着更容易犯晕，学习效果也好不了多少。

高中上午四节课，前两节多为语文和数学，后两节一般是物理、化学、英语。到了第三四节课，胃里的粗粮食物已经消耗殆尽，身体发出饥饿的信号，然而毫无补给，饥肠辘辘且辘辘。我开始习惯性趴在课桌上听课，物理老师赵国梅曾问过我，为什么上课要趴在桌上，我不好意思说是因为饿得难以支撑，只好说头疼。化学老师卜素兰以为我不喜欢上她的课，私下与物理老师交流我的这种表现，已经"掌握情况"的赵老师替我解释说，他是因为头疼。

那个年代特别流行练功，气功、香功到处传播。赵老师见我体质不佳，也是为我操碎了心，劝我去练功，有助于更好地完成学业。本不爱运动的我没听劝，选择的方式是养精蓄锐，把不多的精力放在课堂上。幸好没练，后来听说一位师兄练到走火入魔，不得不退学。

有一次物理课上，我拿了一本《小说月刊》放在课桌下偷看。赵老师发现后，突然停止讲课，点名提问我，我"唰"地一下站起来，但完全不知道问题是什么，脸腾地红了。赵老师微微瞪了一眼，没有批评，让我坐下。她有一种不怒自威的气质，没谁敢在她的课堂上偷懒耍滑捣乱。上课看课外书有一个技巧：先把杂志倒放，倒着读到中间，然后再正过来读，这样保证露出桌斗的杂志最大面积不超过二分之一。我以为如此缩小目标便可掩人耳目，后来有机会上讲台才知道，其实课堂上每一位同学在做什么，站在讲台上的老师一目了然，只要不是特别过分，老师对学生五花八门的课堂行为大都置之不理，实在是见惯了，管也管不过来。我倒是因为如此"读书"，练就了字体倒着和正着几乎一样阅读速度的本事。

高三前两次模考，我的物理成绩惊人地差，连平时成绩中游的同学都赶了上来，我却跌下来和他们相会。成绩下滑，物理课上我不敢和赵老师对视，下课绕着她走，但赵老师不想放弃我，还是逮住问：你怎么了？到了模考的阶段，我总觉得以我的成绩第一年很难考上大学，复习就不够努力了。但我没敢和赵老师说出这个心思，最终她也没法子，估计视我如扶不起的阿斗，放手去吧。

和班主任王铭老师一样，赵国梅老师也是一中取消初中部后，从初中升入高中的老师，九〇三和九〇四班是她教的第一届高中学生。正是拼事业的年纪，她对待第一届高中生非常认真，希望教出成绩、教出质量。她是真心希望我努力学习，成绩好。果然，赵老师很快成为一中名师，之后辞职到北京的一所民办中学任教。

教英语的车玉萍老师是一位走路带风的女子，一上讲台，硕大的近视眼镜后先投射出一股傲视群雄的眼神，然后才收敛回去，风风火火开始进入正题。她讲课总有种在"赶"的感觉，赶着讲完，赶着下课，赶着离校。确实，她很忙，据说经常被县政府借调出去谈外贸合作，做翻译，所以经常请假，假期时长不等。她一请假，就会给我们找代课老师，如果只是一两堂，那就由一、二班的英语老师代劳，如果时间久也会请高二、高三的老师代课。有一次，请来一位"英国绅士"，时常一身白色西装，配白皮鞋、白礼帽，若换了黑西服，必然是配黑皮鞋、黑礼帽。上得讲台，先推一下金丝边眼镜，微微抬一下礼帽帽檐，是向学生起立的致谢。第一堂课讲了什么，我完全不知道，感受最深的是，黑色西装上竟然没落上一丁点儿粉笔灰。现在想来，他很少板书，口语极好，是我们从来没听过的伦敦音，不管我们是否听得懂，他只管说下去。

这位老师与我们在同一个空间，却不在同一个世界。他到底是谁？来自哪里？我全然不知。在一个灰头土脸的北方县城里，有一位英国绅士范儿的人，太拉风，太耀眼，太特立独行了。他锃亮的皮鞋映衬得这个普通老师三天不换衣服、学生一学期也只有一套换洗衣服的北方小县城越发灰头土脸。他的语言和语音与眼前这个世界隔着遥远的距离，无论是中文还是英文。这种距离，让我从没敢接近过他。他也完全对我们没有兴趣，保持适当的微笑，上课的时间来了，下课迅速就消失了。每次课，他都像是飘着来又飘着走。我虽有兴趣，但没胆量，从未和这位老师有过课堂之外的任何接触。很后悔那时候没有找他说几句话，也许可以了解更多。他是我对县城以外的世界唯一的具象，除了其他的想象，我知道有一个世界是他这样的。他应该就是从一个我从来没见过但真实存在的世界来，那我得去看看。

车玉萍老师果然还是没教完我们三年，就调离了，听说是去张家口市工作。临走的时候，她把我叫到办公室，从抽屉里取出一本浅黄色封面的书，书封中上部印着一行隶书：教学参考书。她把书递给我，盯着我的眼睛说："我走了，你也不用担心，不管哪个老师，都会按照这个教。"语速还是那么快。我如获至宝，原来老师在课堂上讲的知识点，基本都在这本教学参考书中。每一门课的任课老师手中都有一本教学参考书，有的老师上课时会带着，以便在备课不充分的情况下翻看一下，以免漏掉教学规定的重点。感谢车老师，尽管只有高二上学期这一本，但她为我打开了英语学习的后花园。

那时候，我们没有任何现成的教辅，课本之外的学习资料全靠抄黑板，或者刻蜡版、油印，包括期中、期末的考试卷，复印机和电脑、打印机尚未出现在这座小县城。帮老师在黑板上抄作业、油印复习资料是常事，包括刻蜡版。刻蜡版和油印是相对复杂的事情，这个工作的工具和材料包括：铁笔、蜡纸、钢板、油印机，油印机需要的油墨和滚子。先把蜡纸铺在纹路细密的钢板上，再压上丁字钢尺，一是压住蜡纸，二是依着钢尺刻字，保证整齐工整。用铁笔在蜡纸上写字是个技术活，重了会划破蜡纸，就作废了，轻了刻痕不够深，印出来不清晰。像练书法，需平心静气，用力均匀。听铁笔与钢板摩擦沙沙作响，神圣又神秘，像地下工作。

把刻好的蜡纸铺在油印机的纱网上，白纸铺在下面，用蘸好油墨的滚子，在纱网的蜡纸上一压一滚，下边的白纸就印上了刻好的文字；印好的纸要拿开晾干，不能叠放，否则油墨会糊。这个工作最好是两人合作：一人推滚子，一人抽走印好的纸。两个班需要印六七十份，油印的卷子便会铺满办公桌，甚至地上。油印比刻蜡纸技术含量低，但把蜡纸铺在纱网上要小心翼翼，不能有折痕，推滚子要用力适中，速度均匀，才能保证油印清晰。

一套卷子至少两三张A3纸，刻一套蜡版需要挺长时间，刻完手腕酸疼。油印比较轻松，只是油墨味实在难闻，但是与抄黑板时不断擦黑板的满面粉尘相比，刻蜡版和油印是美差，更带劲。美差如美食，如同食堂的包子，吃结余时才有，帮老师油印卷子也只有期中和期末两次。当然刻的不是期中期末考试卷子，而是针对考试的复习题。

帮老师做得最爽的事情是判卷子。考试一结束，老师希望马上把卷子判完，尤其是期末，学生们等着放假，恨不得考试一结束，成绩就公布。考完试，老师一招呼就跟上去，在老师办公桌边拉把椅子，按照标准答案判，英语大部分都是客观题，留给车老师判的只有作文；物理主观题比英语多，赵老师用时久一些。判完卷子，然后按姓名登记成绩，登记的时候再核一遍，两人合作，以免出错。

判卷子比刻蜡版不知轻松多少倍，可能也是源自心理的因素，"考"和"判"自然大不同。

班主任王铭老师习惯戴一顶褪了色的天蓝色八角帽，手指间长期夹着一支烟，边走边吸，进教室门之前，盯着指间的烟头，眯着眼猛着深吸几口，再扔掉。上讲台，先脱帽，放在讲台右上角。拿起粉笔，唰唰几下，"种树郭橐驼传"，快且美，瘦金体和米芾的结合，让人立刻佩服起来。王老师的板书写得自然流畅，无论大字小字，正写歪写，都潇洒漂亮。新课文的第一节，王老师总会把题目写在黑板中间，一行大字，有疏阔之美。

高一第一学期假期，语文作业是写一篇游记。开学到校，我才赶着完成，假期除了帮家里干活，就是在家待着，哪有"游"的体验，只好写从家到学校一路的景致，大概写出了这几十里路山川地貌、草木村庄的不同之处，王老师居然当堂点赞，树为范文第二名。现在想来其实不过是学生文笔，也许只是堆砌了几个辞藻，不至于写出"方方的月亮门"这样的笑话而已。但王老师一番出乎意料的表扬，确实让我从此对写作文有了更大的信心。

王老师给我们留下一个至今津津乐道的课堂笑话。高中语文课并没按照课本顺序讲，而是先讲古文，后讲现当代的内容。刚开学不久的一堂古文课上，王老师一不留神讲快了，距离下课还有十几分钟，备课内容已全部讲完，王老师拉下老花镜瞅瞅我们，觉得不能浪费这十分钟，索性把课后练习过一遍吧，笑话就出在这没有准备的课后练习。"星队木鸣，国人皆恐。曰：是何也？曰：无何也，是天地之变，阴阳之化，物之罕至者也。怪之，可也；而畏之，非也。"这是出自《荀子·天论》的一段文字，意思很简单，人们对星星坠落、林木怪鸣等现象皆有恐惧感，这到底是什么现象，什么原因呢？荀子认为，这没啥可奇怪的，就是天地、阴阳变化，因少见而感到奇怪是可以理解的，但恐惧就没必要了。其中"星队"之"队"是通假字，通"坠"，在题目下已有注解。王老师因没备课，当时也没发现注解，嘴里念叨着"星队、星队……"突然顿悟，解释说："哦哦，是星星排队。这星星排队是……"开始解释星星为什么会出现排队这种天象……同学们已忍不住笑出声来。王老师拉下老花镜，扫了一遍课堂，问："笑什么？"笑声戛然而止。从此后，"星星排队"成为我们最常传播的天象奇观。

王老师确实如看上去那样身体不太好，高二那年有一段时间请了长病假，学校安排五、六两个文科班的语文老师、五班班主任庞绪英老师代理班主任并兼语文课，与由初中部升任高中的王老师不同，庞老师已是教过好几届高中毕业生的老资格了。一天下午自习课，他踱进我们教室来，背抄着手，进门后就一脸坏笑地看着我们说："王老师病了，让我代你们语文课并代管你们班。我呢，是顾问，顾得就问问，顾不得就不问。"听到他对顾问的阐释，我们笑出声来。他完全不理会我们的反应，在讲台下边来回慢悠悠地踱着步，接着说："我不问，不说明我不管。等到要我管了，你们就没机会问了。"他是和我们玩文字游戏，拿话绕我们。其实，我们早对他"了如指掌"，整天和我们玩在一起的关立强就在五班嘛。最后，庞老师推了推扁鼻梁上的大眼镜——这才发现他戴了一副特殊的眼镜，一边有镜片，另一边是个空镜框——总结道："你们自觉点，别让我问就行了。"

一本正经的态度，漫不经心的话语，油腔滑调的声音，一副奇特的眼镜，小到像没睁开却又透着狡黠的眼睛，代理班主任庞老师的开场让我记忆犹新，神态始终鲜活。在庞老师代管那段时间，我们有没有自觉不重要，重要的是上他的课很舒服，效率真高，他语速不快，话也不多，但重点清楚，语言风趣，自带幽默，在他的课堂上，我的注意力很难从他那张滑稽的脸上移开。不过，庞老师的板书实在不敢恭维，与王老师之距不可以道里计。

数学是我所有学科中的噩梦。其实，初三复读我已经赶上来了，但到高中，迅速被打回原形，又开始跌跌撞撞。

数学老师李军是四班班主任，刚从河北师大毕业，我们三、四班是他的第一届学生。李老师年少气盛，对数学成绩不好的学生大都采取放弃的态度，因此有时候遇到不会解的题，我也不好去问他，就直接请教同班的董淑琴同学。董同学大都先是脸一红，说我装不会，表示拒绝解答。其实我是真不会，她数学比我好很多。尽管这么说，但她不保守，多问几次，还是会给我讲，偶尔敷衍，算是对我堪忧的智商表个态吧。1993年高考，董淑琴是我们班唯一考上专科的学生，我是唯一考入大学本科的学生，因此她进一步坐实我是在装不会。后来听说她学业未完成就病休了，再后来听说她已去世。好不容易熬过饥饿的高中，人生的好日子还没到来，她却走了。

董淑琴是文理分班的时候从五班分到三班的。在她来之前，三班学习最好的是刘彬雁。她是来自县城的才女，各科成绩都不错，作业字迹工整，日常有礼貌，标准的好学生。是的，她是我们班的学习委员。她语文很好，作文尤佳。第一学期王老师点名的两篇作文范文，第一篇便是她写的。高考之后，她到哈尔滨读了财经类的中专，大学期间我们尚有书信来往。在信中，她与我分享大学第一学期的寒假去看望王老师的情形，透露王老师对我考上大学后没有回校感谢师恩的行为大为不满，"大学考上了，父母满意了，自己的前途有了，把老师忘记了也是应该的"。殊不知我对所上大学的不满情绪一个学期未曾消散，尚未成熟的心智实是无暇他顾，大学的第一个假期在北京度过，第二个假期在校养病未归，恐父母担心，也没告诉他们实情，再之后返回母校探望的心情就淡了，确有愧对老师之心。中专毕业后，刘彬雁分配到宣化县保险公司，现在省城工作，我们联络渐疏。

老师馆阁庄严，学生调皮捣蛋，是学校的常态。有一次下午自习课还没到下课时间，我们就开始离座乱窜，恰王乐堂校长路过，本来已经走到影壁处，忍无可忍，遂掉转回身，进了教室，面色铁青，开始训话。晚自习作业完成之后，我们就开始纵论一切，经常"论"得不可开交，理论对方不过，声音逐浪高，校党委书记周桓已进了教室，我们因闹得太凶，全然不知，依旧忘我辩论，周书记慢条斯理地教训我们，一寸光阴一寸金，寸金难买寸光阴之类的。被忙碌的校长和书记单独训话的殊荣，除了我们班，可能再无他人"享受"过。

课余时间，我去学校图书馆借书。图书馆有两位年龄接近退休或是退休返聘的女老师，都非常和蔼，遗憾的是，我现在只记得她们的相貌却想不起她们的名字了。我去还《红楼梦》上部，较年轻的老师只看我一眼，也不问我是否续借，就把下部从书架上找了过来，然后继续在她的工作簿上唰唰地写着书名，非常飒爽的硬笔字。我借叔本华，老太太非常惊讶，眼神从老花镜框的上沿透出来问，你还有时间看这个啊？

她的言外之意有二。其一是这种哲学类的书，你作为高中生也看不懂太多，若是钻研，需要很多时间精力。但她只是一说，也不给我任何建议。我也并没有借机向老师们讨教一下该看什么书，如今想来甚是遗憾。或许她们本也给不了我什么有价值的建议，偶尔聊几句，大多是在校的生活与学习，没有留下记忆。叔本华确实没太看懂，没完全明白他所谓"表象""意志"发生关系的逻辑，"意志"到底是一种什么样的神秘力量，是否会随着人的长大与学识的增长而不断改变，除了他的名字之外，我唯一的收获是"宿命论"和悲观主义的长期影响。后来，我想如果当时读的是莱布尼茨，是不是就完全不同呢？教训是，启蒙读物不能随便选。

其二是基于常识的认知，即高中生都在准备高考，属于闲书一类的图书，暂时被排除在学生阅读范围之外。事实上也是，高中图书馆虽然不大，藏书也不多，以那时高中生的学识眼界和阅读视野，若无人引导，也就仅限于四大名著之类，即便如此，也乏人问津。两位老师之所以对我熟悉，就是因为借书的学生太少了，至少我去借书还书的时候，几乎没遇到过其他同学，借书卡大都一片空白。大多数来自农村的孩子以学业为重，努力抓住高考这条转变命运的绳索，拼命摆脱贫穷，图书馆受到冷遇，是可以理解的。

两位老师若还健在，如今都是九十多岁了吧，我始终记得她俩抬眼透过老花镜看我的眼神。

其实，我在学校有一位地位高级的亲戚。他是县一中副校长，名为武占功，是我母亲的奶奶的娘家人，论起来是老姑舅亲，且和母亲是初小同班同学。母亲恐我在校受孤，叮嘱我入学后去认这门亲，也好有个依靠。我倒是觉得没必要，所谓穷不走亲，但也没反驳，只好硬着头皮到办公室去找他。武校长面堂黝黑，唇紫黑，身材高大挺直，一副中正威严之相。我按照母亲的话叙述了我们之间的"渊源"，武校长既不冷淡，也未见热情，说有什么事就可以找他。我入校的时候，他正在教高三复读班语文，和高一学生无交集。我能有什么大事需要惊动校长呢，除了饿，其他的事情自己能解决，但总不能向他借钱充饥，所以认亲之后，三年终未再去找过他。作为学校的"大人物"，肯定也不会主动来问我的需求，三年后，他应该已经不记得我了。所以从现实功利的角度出发，这次认亲没有意义。

无论软硬件还是师资力量、教育理念、学生基础，比较之下，县一中正处于起跑的临界点，教学水平尚未脱离教育洼地的现实。当时，我也知道这个基本的现状，在与大学同学交流之后，得到完全实证，且比想象的还低。无论与当时其他地区的高中相比，还是与后来的学弟学妹相比，我高中的学业紧张程度都是宽松的。但不能说轻松，高考压力不可谓不大，那时候的高考录取率比十年之后要低很多。河北省历年参加高考人数在全国处于前列，反映的社会现实是，年轻人除了高考，其他的社会上升通道少之又少。1990年大学本科的录取率百分之十四左右，在全国处于中上游水平，但重点大学（后来的211、985）的录取率不高，仅在百分之四左右，在全国处于下游水平。这是河北的平均水平，而赤城县一中在河北属于中下游。此后高考录取率逐年上升，十年之后，河北省的录取率达到百分之五十以上，如2000年约为百分之五十八，一本在百分之二十以上；再十年后达到百分之七十，如今更高。相对而言，二十世纪九十年代初，高考录取比率低，对学生形成的压力要比现在大很多，但教育环境、教育理念、价值取向、家庭影响、个体追求等因素共同形成的高中学习生活，实际感受到的压力比如今还是要松快一些。

除了上课、作业和看书的时间，我们的高中生活基本处于"放"的状态，与后来的"锁"完全不同。我几乎不记得高中大多数的学习场景，只有夏天的晚饭后到操场上去背政治题。行动的表面是背书，但往往把书撂在一边，开始坐而论道，直到夜色降临，回到灯火通明的教室，写作业，继续聊天；回到宿舍，继续聊天；睡觉前聊天……真不知道有多少值得聊的，吵的，闹的，总之，时间也会被填得很满，生活的贫瘠和日常的饱满就这么和谐地共存着。

自习课完全是自习、写作业，课外更是无人问津，睡觉起床时间完全靠自觉；高三时候也有年级主任值班检查学生在熄灯后是否安睡的情况，但这个制度也是兴致而来，无疾而终。作业完成之后，我们不是在教室里聊天就是在宿舍躺着，不是在宿舍躺着就是在操场坐着，教室、操场、宿舍三点一线，花样不多，但金庸古龙梁羽生，《红楼梦》《查泰莱夫人的情人》《平凡的世界》，周国平顾城陈忠实，随便看，没人管。无论是时间还是思维，天马行空的自由，只是我们不懂规划，无人引领，大好的时光荒废了。充分的自由并不代表无限驰骋，某种程度上，我们享受了自由的高中，也浪费了宝贵的青春时代。

非常惭愧，那时候我们应该都没有特别宏大的理想与抱负，影壁上"为中华之崛起而读书"的高远目标的激励，快要被现实的饥饿消耗尽了。同学们只有一个现实一致的目标，就是考中，大学更好，中专也可以。

假期

我读高中时，假期没有补课班，学校也从未组织过任何假期补习形式，高中三年的所有寒暑假，依照法定时长按时按量放足。

最长的假期是中考结束、高一尚未开学的那个暑假。拿到高中录取通知书后，父母让我和二姐去探望居住在三十多里地之外的奶奶和大姐，也是去报个信。那一年，奶奶七十八岁，大姐的儿子刚过百天。一切安好，准备返家那天，我去奶奶家告别，发现老人中风躺在炕上，已然不省人事，只有微弱的呼吸，赶紧雇人雇车送回我家。等到躺在家里的炕上，奶奶一息尚存，微微睁了一下眼，嘴唇微动，用手试一试鼻息，越来越弱，直至消失。奶奶的离世出乎意料，尽管大姐、大哥和二姐三个家庭都出力不少，但葬礼的开销仍让本不宽裕的家庭更加紧张，这也是我不得不借钱入学高中的具体缘由。

1990年，庚午年闰五月，奶奶去世的那一天是后五月初八日，阳历6月30日。也就是说，即便从拿到高中录取通知书算起，到9月1日开学，这个假期也有两个多月。这是自上学及至工作到现在最长的一个假期。

北方暑假期间，是夏锄正忙的时候，除了土地比较贫瘠，作物产量较低的庄稼，如胡麻、菜籽、莜麦等只锄两遍之外，北方旱地大都要锄三遍，有的人还会锄第四遍。第四遍不再是助庄稼生长，而是锄草为主，松土为辅，拉着锄头过一下地皮，或者干脆只拔草即可，目的是不能让草活到秋天，饱满成熟的草籽落地，养了一秋天的根系更加发达，明年春天准会荒草遍地，那时再锄会加倍费工夫。

虽然都是用锄头除草、松土，但锄头遍地叫锄，二遍叫套，三遍叫耧。耧，本是耕种用农具，多用于种植谷物，借用它表示锄三遍地，我猜是因为耧入土较浅的意思吧。

不论什么庄稼，锄头遍地都用小锄头。小锄也叫薅锄，所以锄地也叫薅地。薅锄长约一尺半，木把铁头，锄头略小，使用起来较轻便，蹲着锄地，利于精耕细作。刚出土的小苗经不起折腾，松土的动作不能过大，否则伤到根系，就死了。秧苗小的庄稼，锄二遍地仍用薅锄，秧苗高大的就要用大锄。大锄，顾名思义比较大，木头把长过腰，加上宽大的铁锄头，立起来及胸高。用大锄是站着弯腰锄地，因为把长，站在一处不动，只转身就可锄到更大的土地面积，效率远高于小锄头。锄三遍地就全用大锄了。

大锄锄地动作大，面积广，入土深，效率高，缺点是容易伤到秧苗，也更费力气，所以相较锄二、三遍地，头遍是慢工细活，入土浅，省力，但需要仔细对待，一是苗小易伤，二是需要间苗。庄稼是否需要间苗，与耕种方式有关，主要是谷类作物，谷物用耧耕种，为了保苗，下籽不能太稀，先要保证有足够多的苗，锄头遍地的时候再进行间苗。间苗是技术活，锄地时按照适当的株距，留下比较茁壮高大的幼苗，把瘦弱的小苗和草一起锄掉。间苗的株距大小是根据作物种类、土地肥沃程度和长期耕种经验确定的，虽然不需要精准，但一定不是株距越小、留苗越多收成就越好，必须保留适当距离，才有利于作物生长。谷子的株距大约为一拃，黍子、糜子、莜麦等就不足寸余。山药、玉米以及大多数豆类，都是在耕种时即确定了株距，所以锄的时候无须刻意间苗，而且要减少伤苗。因谷子间苗需更为准确，所以头遍谷子最耐锄。

秧苗是否容易被伤害，关键还是看作物种类，而不是大小。谷类作物根系虽小，但耐旱，抓土牢固，所以经得住锄头翻动；豆类幼苗虽然根系粗壮，但因含水较多，毛细根尚不发达，反倒十分脆弱，且不耐旱，锄头一旦碰到，几乎必死无疑。豆类的植株和株距是种的时候就确定好的，锄伤一根少一根，有时候不小心把茁壮的苗锄断，真是心疼。也因此，锄地要选天气，不同的天气状况适合锄不同的庄稼，有句农谚"干锄谷黍湿锄豆"，意思是天气阴郁、土地潮湿，比如前几天刚下过雨，适合锄豆类，而干旱、太阳高照的天气适合锄谷类作物。苗难活，草难死，锄头不到，杂草不会自然死掉，人类驯化、培植的植物远不如自然天择的杂草生命力旺盛，所以锄地大都在晴天，好让锄出来的杂草当天被晒死，如果土地湿润，顽强的杂草会重新生根，继续生长。这也是为什么要锄三遍地的原因之一，一次根本锄不净的。

锄二遍地之所以叫作"套"，除了除草松土之外，有的庄稼需要给苗覆土，以保障作物根系稳固发达，有助于秧苗生长，秋天才能籽粒饱满；对于块茎类作物，覆土有助于块茎在厚土层下生长，如山药，土埋得不够厚，个头小或者有的会裸露出土面，既不利于生长，且易被晒成绿色，产生毒素，无法食用。夏天辛苦锄地，让秧苗茁壮成长，目的自然是为保证秋天有个好收成。

锄地除了可以除去杂草，免得它们与农作物抢夺土地的营养，松土也有利于植物的根系向土壤深处生长，以便获取湿润的深土层中的水分和营养，所谓"锄头底下有雨"，意思就是庄稼吸取深土层水分，作用相当于下雨，因此，天越旱，越需要锄地。尤其是北方干旱气候的农业生产，锄地是非常重要的生产步骤，可以起到粮食增产的作用。我的家乡处于丘陵地带，一部分是坡地，一部分平地，联产承包到户后，大片平地也划分为亩数不同的小块，分到各家各户，因此缺乏像平原地区那样大片平整的土地，机械化农具无法施展，锄地是完全手工劳动。直到如今，现代农业技术也仅限于少量的大棚蔬菜和种植地膜玉米，锄地依旧是无法替代的农业劳动。

我家三十多亩土地，靠父母二人春种夏锄秋收，大哥和大姐都在生产队上过多年的工，锄地都是好手，只是那时候他们均已独立成家。即便一半的土地需要锄三遍，一半只锄两遍，这一夏天父母也要锄约八十亩地，若平均一天一亩，也要锄近三个月。除了下雨天不能下地，一整个夏天，他们几乎每天都在地里锄地，早出晚归。

不知道其他同学的假期是如何度过的，是否像在学校一样刻苦学习，我在家时却很少学习。除了假期作业要完成，我的所有学习时间都在学校，暑假在家，我会和父母一起锄地，我能锄的作物有山药、黄豆等苗大的庄稼，头遍、二遍都可，需要细耕作的谷物类，父亲很少让我参加。锄地如洗澡，是要浑身上下、里里外外的干净，不是只洗头洗脸，除草只是目的之一，要保证松土到位，脚印不杂沓，锄过后不能一摊混乱，如被猪拱过一般。我是新手，锄地速度慢，表舅蹲在地头看我锄地不在行，教我说："锄头总是往前送，才出活。"当然这不是让我瞻前不顾后，会锄地，得是多年练就的功夫。

我出身农民，而且有属于我的那份土地，但我是个业余农民，身份暂时是学生。尽管春种夏锄秋收的劳动都参加过，但都是帮手而已，除了锄地，耕种和秋收都没有独立完成过。

大多数的年份，锄二、三遍地的时候刚好是三伏天，一年中最热的时候，庄稼也长大了，人在其中劳作，浑身闷热，头顶上太阳炙烤，汗不能止。汗滴禾下土，锄过地才有最真切的体会。有一年夏天，我不听母亲劝，撸起胳膊锄了一上午山药，中午回家午饭的时候，才感觉到前臂肌肉群被晒伤，骨肉分离般的痛。

一天劳作结束，父亲通常会蹲在地头抽根烟，歇一会儿再提溜着藤锄回家。夕阳投射过来，影子拉长到刚锄过的庄稼地里，黑黜黜一个人影覆在秧苗上，秧苗清爽如在河水中刚刚洗涤过的少女的发，远山的影子也悄然走过来，重叠、覆盖出更大的阴影。是该收工回家吃晚饭了，庄稼会在夜里悄悄生长。把式锄过的地，疏松细腻，脚印整齐，秧苗像刚刚梳洗打扮过一样干净精神。种得整齐，锄得干净，长得旺盛，尤其是一块地全部锄完，提着锄头回头看它被伺候好的样子，非常美，一身的乏累也因此感到疏松、缓解。在庄稼地劳动是美的，因为锄过的秧苗是美的，秋收前的庄稼是美的，谷场上成堆的新粮是美的。劳动本身值得赞美，但劳动的辛苦和辛苦所得无几的贫困并不值得赞美。或者说，笼统赞美劳动是美的，有点儿轻飘飘。大多数对劳动的赞美太理想化，空洞甚至虚伪，缺乏对劳动结果的关照，是从未长期体验真正劳动生活的人才会发出的。

比起夏锄，秋收更为忙碌、劳累——果实累累嘛。锄地是陪伴成长，秋收是"女大不中留"，庄稼成熟不等人，所以秋收也被称之为抢收。莜麦、荞麦等是早熟的粗粮，胡麻、菜籽拔起来可以放在地里或者拉回谷场，先不做处理，山药、玉米是可以稍微晚一些收也不会有损失的作物，谷黍和豆类的收割时间比较刚性，既不能早也不能晚，收早了籽粒没养熟——秋天才是作物果实灌浆、积蓄营养的时间，所谓"早长的是苗，晚长的是粮"，收晚了籽粒脱落、雀鸟抢食，会有损失，这还不算风雨秋霜等气候影响。因此，秋天收割庄稼、上场、打场等的忙碌远甚于锄地。

对此，祖辈劳作在这片土地上的先人早就总结好了经验：花搭着种。花搭，就是穿插搭配着种。自家土地肥沃贫瘠程度适合哪种庄稼是清楚的，同一块土地，上一年种植哪种作物也是记得的——有的庄稼不能连作，即同一块土地连续几年种同一种庄稼，俗称"撞茬"，连作的作物易受病虫、杂草危害，植株退化，造成歉收；最近几年哪些粮食的价格更高也是有预计的，那么，依据生长期的长短不同，确定哪块地里该种哪些作物，这就是经验。如此耕种就可以把秋收的战线拉长，收完一种收一种，而不至于大片庄稼同时熟，让秋收无比紧迫。完全不可以所有的土地全种一种作物，即便这种作物产量、经济收入最高，也不能，因为春种夏锄秋收三季劳动全都忙不过来，雇人会增加成本，得不偿失。而且你忙他也忙，谁不是在自家的土地上进行同样的劳动呢？

假期虽然要劳动，但在家可以吃饱吃好，即便同样是小米饭、馒头等食物，品质就完全不同了。不是说家里粮食的品质一定比学校高，除了自家地里产的可以品质有保证，粮店购买也要碰运气，流通来的大都是陈年旧粮，面粉已经失去筋道，做起来粘手，吃起来粘牙，营养肯定也大量流失。与学校食堂相比，家里的食物主要是做得可口、花样丰富。菜色简单，腌菜与熬菜为主，但主食就多了，虽然主粮只有小米、白面和莜面，但莜面及莜面与山药结合起来的食物就有二十多种：莜面饸饹、莜面猫耳朵、推窝窝、莜面鱼儿、搅拿糕、粑饸饼、蒸莜面卷、蒸莜面夹、豆角下鱼儿、蒸山药丝、蒸山药丝饼、粑山药饼、蒸山药窝窝、烙山药暄饼、打块垒、摊山药塌子、蒸毛毛饸饹、蒸山药拨溜、蒸山药洋板、黑山药饸饹、黑山药鱼儿……以上食物即便名称中未出现莜面的，实际全部掺了莜面。所有烹饪方式为蒸的，均需要蘸料食用，蘸料丰俭由人，可荤可素，可蛋可菜，可猪肉可羊肉，但都须咸度足够，才可入味。加了山药，尤其是熟山药的，非但不会节省莜面的用量，反而比纯莜面食物需要的面量更大，山药只起到改善口感与口味的目的，又因为口感口味得到改善，所以助长食量，消耗的莜面自然增多。大约在我高中毕业十年后，其中的几样莜面食物成为北京一家西北菜餐馆的主打餐，我对此兴趣不大，一是习惯了的口味不适应其改良做法，二是母亲在家就能做，且口味更佳。

莜麦是燕麦属草本植物，喜寒凉，耐干旱，抗盐碱，且生长期短，四五月种，六七月开花，八九月即可成熟，生长期三个月左右，是荞麦之外最早上场的作物。莜麦产量不高，若底肥不厚，亩产不足百斤，换新品种，施肥得当，亩产能翻番，但买化肥是九十年代农民家庭最大的生产成本，买不起，大都只靠农家肥。莜麦产量不高，可优点也很明显：一是生活食物所需；二是可以与其他作物的耕种收割间隔开；三是生长发育期短，可以避开秋冻；四是重耕补种的最佳选择。如果原本耕种的作物发芽率太低，或春苗被倒春寒冻死，就需要毁田重耕。只有生长期短的作物才适合用来补种，可选的仅有三种：荞麦、糜子和莜麦。荞麦产量最低，且食用不广，不扛饿，除了用来做凉粉，我们很少用荞麦做主食，但它生长期最短，若春寒来得迟，就只能补种荞麦；糜子的禾苗、穗子与黍子基本一样，但植株较低矮，穗子小，产量低，一般秋收前即可成熟，脱壳后可如小米一样熬粥、焖饭或磨成面粉蒸而食用，也可用来酿酒，但因为粮食不足，很少有人这么做；莜麦有早种早收和晚种晚收两个品种，晚收的称为秋莜麦，即为适合补种的品种，秋莜麦生长期也较短，因此磨成莜面的筋道会稍差一些。三种当中，能适当保证产量的，以秋莜麦为上选。

莜麦的蛋白质含量非常高，居谷类粮食之首，释放的热量等同于猪肉，近十几年被推荐为糖尿病患者的健康食品。但莜麦属粗粮，难消化，对动力不足的肠胃是个考验，也正因为此，莜面是最能扛得住饿的食物之一。我们那里流行的一句俗谚，是对不同主食扛饿的分级评价："三十里莜面四十里糕，二十里荞面饿断腰。"所以夏锄期间，午餐以莜面居多。如同米饭与稀粥的区别，同样都是莜面做成的食物，每一种的扛饿效果差异巨大——在温饱线上游走的时代，解决饥饿依然是生活的重中之重——诀窍无他，关键在用面多少。对莜面食物也有一句评价："拿糕省，块垒费，粑一顿馅饼卖一块地。"哪种食物最省粮，哪种能扛饿，哪种不能经常吃否则会破产卖地，一目了然。

在二十多种莜面食物中，山药窝窝是我的最爱。上学时每次放假回家，母亲总是已经擦好，等我一进门就蒸；现在，二姐也总把擦好的窝窝冷冻在冰箱里，等我开车回家带走。擦山药窝窝虽无难度，但需要巧劲，蒸熟的山药捣烂，放凉后撒莜面，在大铁锅里搓成泥状，然后把搓好的泥状面团捏成一个个一公分厚鸽子蛋大小的窝窝，放在箅子上蒸，八九分钟即熟。蒸的时间必须精准，火不到蒸不熟，过火会坍塌在箅子上。蒸熟出锅后蘸料食用，最佳的蘸料是瘦猪肉干蘑咸菜汤，肉能提升干口蘑的香味，腌菜特殊的咸鲜味绝不能少。听起来难度不大，但如果从莜麦与山药的状态到吃进肚子里，程序相当多，其中最关键的一步是搓，我们称之为"擦",读音是入声字。擦的技巧有二：一是莜面与山药搭配比例要适当，面多了发硬，面少了太软，口感也不筋道；技巧二是擦的过程要使猛力，不是轻柔地揉搓，是一下一下用突发的猛力把面和山药泥擦成面团，才能达到筋道十足。擦山药窝窝是否可口的标准，就在筋道。这个费力气的程序，现在的厨房家电有一个搅拌的功能即可完全替代，而且保证筋道。

山药窝窝是适合冬季的食物，夏天很少吃。熟山药很容易发酸腐败，冬天擦好了，可以冻起来，食用时只要上锅蒸熟即可。夏季适合吃纯莜面食物，尤其锄地期间，中午回到家，和一块莜面，用饸饹床压一笼屉莜面饸饹，是最省时间，且管饱抵饿的午餐。

莜面有"四熟"的说法，秋天的庄稼熟一次；炒莜麦是二熟，收回的莜麦经过淘洗、晾晒、炒熟，然后磨成面粉，即莜面；莜面须开水和面，烫面是三熟；上锅蒸、煮、烙等烹饪，是四熟。食物貌似简陋，但其间工序繁复。

之所以如此详细地介绍莜面食物，一是家乡特产，二是学校食堂根本吃不到，三是其中一种莜面食物，烙山药暄饼是最为常见的上学干粮。山药暄饼前几步的做法与山药窝窝相同，直到搓好泥状面团之后，揪面剂子、擀成薄饼，热锅里烙熟，然后再放到太阳下晒干，就制成了干粮，久放不腐。以前的人出门赶路，大都带这种干粮。学生住校，也会带山药暄饼，管饱、抵饿、不腐。当然，家庭条件好的，会带馒头干。

我上学从来没带过干粮，无论是初三复读那年，还是高中三年。原因不是母亲不够勤快，而是家里没有余粮。"春种一粒粟，秋收万颗子"，听起来是一本万利的营生，但农民自古以来都处在最底阶层，"四海无闲田，农夫犹饿死"是何等的沉痛，又是怎样的讽刺。

交粮

种三十多亩地，打那么多粮，为什么还会缺粮少食，还得挨饿？这是个必然的疑问。

农民现在的生产生活、三农政策，与三十年前已大有不同。回顾起来，之所以那年月丰收后仍旧贫困，原因大致有三：首先，地多是因为人口多，人多意味着口粮消耗多；其次，交公粮和各种税款是一大支出；第三，粮食是换取现金的主要来源之一，而现金支出是每个家庭的必需。

1980年，家庭联产承包责任制试行，第二年又回到生产队集体生产，1982年正式实施承包责任制。包产到户后，农民家庭的土地主要为两种：自留地和包产地。两种土地的所有权都属于国家，即土地国有。农民对自留地只有使用权，不得出租、转让、买卖或侵占，不得进行非农业生产，如盖房、开工厂等；包产地是农民承包国家的土地，也只有使用权，不得用作其他用途，但可以自主流转。通常情况下，自留地的使用权长期属于该农户，包产地有承包期限，写明在承包合同上，如1982年土地包产到户的承包期限是十五年，1997年到期后，第二轮又签订了三十年，2027年到期。

自留地与包产地的最大区别是，自留地里生产的产品完全归农民自己支配，无须交粮纳税，这是为搞活农村经济、给农民增加收入而采取的一种长期惠农政策，由来已久；包产地则必须依据国家政策规定交公粮，或缴纳农业税。

除以上两种土地之外，还有一种，叫作"小片地"，顾名思义就是地块小的土地，是有剩余劳动时间和劳动力的农民家庭，在偏远山坡、土地边角等开荒耕种的闲置土地。其特点就是地块较小，土地贫瘠，生产不方便，但经过几年施肥、除草、耕作，养护得好，也是一项增加家庭收入的来源。小片地只适合种豆角、玉米、赤豆、山药之类剜窝耕种的作物，不适合种谷物类大粮。按说土地国有，农民不得私自开发耕种，但因家乡土地较多，选择开荒种植的家庭少，开荒土地量小，为活跃农村经济，让农民生活得到提升，乡镇政府和村集体就都没有对此进行严格制止。

以我家及所在的生产二队为例，可以了解家庭联产承包责任制在家乡的土地分配方法。土地分配总原则是依据人口，包产地每人一份，男劳力增加一份，我家七口人，父亲和哥哥是劳力，所以可分九份地——在二队，九份地是土地最多的家庭，仅有两家，我家是其中之一；生产二队每份土地的平均产量为五百斤，结合土地总亩数，计算出每份地可分三亩二分，所以我家分得包产地二十八亩八分。自留地也是按人口分，每人四分地，所以我家有二亩八分自留地。第一次土改的时候，有一小部分自留地一直属于各农户，追溯到爷爷奶奶的家庭共有四口人，分得一亩六分。又因为二队地比较多，最后还给自留畜分得半亩饲料地。所以实行包产到户，我家最终分得土地三十三亩七分，一共十四块。

包产地按照亩产量划分等级，亩产二百斤的属于头等地，产量依次向下分二等、三等、末等，末等地产量不足五十斤，等级不同的土地按比例混搭承包到户。仍以生产二队为例，前三等地是每份六分，所以我家就有头等、二等、三等地各五亩四分，其余的十二亩六分依然按产量分配，搭配以零散的地块，最终达到土地份数与亩产均衡。

农民交公粮依据产量核算，核算方法就是每个家庭的土地份数。承包到户的头几年，交公粮的标准大约是每份地五十斤谷子。我家九份地，每年缴纳约五百斤谷子。如今听来不是一个很大的数字，但当时的土地产量与现在无法相比。原因有二：一是肥料严重不足，经过多年生产队的粗放耕种，土地普遍既贫又荒，农民手里没钱，买不起化肥，只靠农家肥，根本不够施，只能保喜肥的主要作物；二是种子严重退化，秋收后收集一些穗大实沉、颗粒饱满的作为来年耕种的种子，连年耕种，种性退化，又无钱无路购买新种子，地薄苗弱，产量自然不高。

家乡普遍耕种的作物包括谷子、黍子、糜子、山药、黄豆、赤豆、玉米、豆角、菜籽等。黍子就是"硕鼠硕鼠，无食我黍"之"黍"，脱壳即为黄米。糜子是"社稷"一词中的"稷"，可见在古代其地位之重，脱壳即为糜子米。黍糜位列"五谷"，都是较为古老的人类驯化作物，《诗经·王风·黍离》中"彼黍离离，彼稷之苗"，说的就是这两种作物长势喜人。黍糜的驯化历史在新石器时代，是农耕文明中最早驯化的北方农作物，距今七千多年。2022年，张家口四台新石器时代遗址入选"2022年中国考古新发现"，而泥河湾遗址群一直是我国乃至世界上独具特色的旧石器考古研究基地，可见张家口一带是早期人类生活的地方，这些人类也是北方最早定居形成农业社会的人，相信黍糜在这片土地上的耕种历史足够久远。谷子是"春种一粒粟，秋收万颗子"中的"粟"，脱壳即为小米，较以上两种作物种植更为广泛，食用范围也更广。

这三种谷物均耐旱、耐瘠薄，适合北方旱地耕种。在头等地，这些作物的亩产大致如下：谷子、黍子亩产一百五十斤，糜子一百斤左右，黄豆、赤豆、菜籽一百五十斤，莜麦一百斤，山药六百斤，胡麻五十斤。其他低等级的土地亩产会大幅降低，比如末等地种的谷子，亩产不足五十斤。所以，已有几千年耕种经验的北方农民不会选择末等地种谷黍，而是耕种本就产量不高的胡麻、莜麦等。如今，家乡的土地亩产接近五百斤，地膜玉米可达一千多斤。莜麦、胡麻等作物早已不再耕种，食用油普遍购买当地榨的菜籽油。之前，我们食用的都是胡麻油，现在称为亚麻籽油，这种油味道独特，烟点较低，加热时容易冒烟，炒菜时要注意掌控油温，但营养价值较高，曾是贡品。

耕种农作物不能只看产量，还要依据土地性质和品质、家庭生产能力、适宜的生产时间、生活所需、是否连作等因素搭配着种，不能只种谷、黍或山药，要搭配各种杂粮。山药虽然亩产斤数高，但价格低。秋天，京津两地的菜市场会去我家乡收购山药，连续多年价格每斤不过一毛到几毛钱，一万斤山药才卖上千元。而生产上万斤山药，至少需要十几亩土地。事实上，在生活口粮全部依靠土地的情况下，很少有家庭用如此多的土地种植单一作物，而且一旦如此种植，其他作物的产量势必更少，交公粮都成问题。各种农作物或多或少都有种性退化现象，尤其山药，连续多年不换种子，植株矮化、长势衰退、病虫害增多，最终就是收成减少。作家汪曾祺被补划为右派后，1958年夏天下放到张家口农业科学研究所，被派到坝上的沽源县，那里有研究所下辖的马铃薯研究站，他的任务是驻站画马铃薯图谱。汪曾祺曾认真研究过这种作物的形态和生长情况，还专门写过一篇文章，就叫《马铃薯》，文中写道："马铃薯是适于在高寒地带生长的作物。马铃薯会退化。在海拔较低、气候温和的地方种一二年，薯块就会变小，因此每年都有很多省市开车到张家口坝上来调种。坝上成为供应全国薯种的基地。"我家与沽源属同一地区，距离不过百公里，但直到九十年代末期才开始隔年购买坝上的山药种子。

需要交公粮的包产地中，头等地只占总土地量约五分之一。即便我家五亩四分的头等地都种谷子，秋收可获得八百多斤，公粮要缴五百斤，家庭所剩三百斤，其余二十三亩土地的实际平均亩产达不到一百斤，因此除了山药之外，我家种地的家庭年收入约为一千余斤粮食。那时候的人均口粮是一年二百斤，劳力是二百二十斤，但这个标准对于务农的劳动家庭是远远不足的。很显然，在亩产得不到提高的情况下，一个家庭的种地所得只够维持全家人温饱，如果还需要把粮食换成钱，那生活上必须省吃俭用。

不是所有的作物都可以用来缴纳公粮，公粮一般只收该产区的主产作物，比如我家乡就只收谷子，后来改为小米，山药、黍子、糜子、黄豆、赤豆、菜籽、胡麻、莜麦等，都不能用来交公粮，只能满足生活食用。即便偶尔收其他粮食，也要以谷子为等价物进行折算。

和农业税不同，交公粮不是完全的纳税，而是政府强制平价收粮，价格定得非常低，如每斤谷子仅九分或一毛钱。上交五百斤谷子的公粮，也不过能收回五十元钱。缴纳完公粮之后，如果还有余粮可卖，同样只能卖给粮库，就是议价粮。议价粮要评等级定价，但一定比平价粮价格高，只是，实际上没有多少农民家庭有余粮可卖。

在粮食统购统销的时代，国家规定私人不得收购，农民家庭中的粮食只有一个流通渠道，就是农户所在的乡镇粮库。因此，粮库几乎成为可以扼住农民生存咽喉的一只手，松一些，就能喘息，紧一下，就呼吸困难。支配这只手的就是粮库的库管员。交粮，最重要的是过两道关，一是质检，二是过秤。交粮时，粮库质检员用一支带槽的戳子，径直捅进粮袋，抽出来，槽子里就带出了粮食。质检员通过眼观、手摸、搓压、咀嚼等手段来判断粮食是否符合收购标准，主要是判断粮食的干湿度、颗粒的饱满度、干净程度、秕谷的比例等。粮食一定要干，刚下场的谷子要风吹晾晒才能上交，湿度大的粮食囤入粮仓容易发霉。如果湿度太大，质检员拒收，让拉回去再晒，或者分量打折，粮库自行晾晒后再入库。在农民心中，评判粮食是否符合交粮标准，就靠质检员一句话，湿度要抽百分之十，每一百斤的粮食就要被折算为九十斤。你要拉回去重新晾晒、拾掇么？大概率不会。一大早赶着牲口，套着大车，拉了成百斤粮食，走几十里，排着队，终于要交上了，不可能为此退回去，再来一次。

过秤和记账、开票，大都是同一个人。粮站的空场中，一张小桌，一把椅子，一台磅秤，几个秤砣，一支笔，一本收据，边过秤边记录，写一张纳粮收据，并在公粮本上登记，盖个"收讫"或收粮员的个人印章，最后从抽屉里取出几十块的粮钱，交在农民手中，交公粮即告完毕。

一大车粮食，在粮山粮海的粮库看起来并不起眼，但在家里，哪怕是打谷场，都是非常显眼的一个存在。交完公粮，空去一大半。

"交够国家的，留足集体的，剩下都是自己的。"这是联产承包责任制最常见的政策口号，交公粮只是完成了其中的第一步，第二步就是"留足集体的"。集体指乡镇和村，乡镇政府和村委会是行使权力的代表，向农民征收提留款，收取名义是用于乡镇或村范围内的维护或扩大再生产、兴办公益福利事业和日常管理开支，乡村两级办学、计划生育、优抚、民兵训练、修建乡村道路等民办公助事业。提留款需要缴纳现金，村委会代收。收上来的提留款，村里只能留百分之三，其余都上交乡镇。

提留款之外，还有一笔现金支出是义务工。农民有义务为县、乡镇、村的工程、项目出工，大项目如水利水电工程，小工程如乡村道路修缮、农田整修、山林维护等等。县一级的义务工约为十天左右，乡镇和村的工时不定。通常每年可以提供的义务工工时总量与规定应完成量基本相当，未完成的农户须按照折算的用工费缴纳费用，以费买工。往往都是与村委有关系的亲戚、朋友首先完成义务工，甚至多做了工，而那些没得到出工机会或者太懒惰的农民兄弟，秋后就要交义务工的钱了。

这些钱从哪里来？卖议价粮和家养禽畜，是农民家庭现金的两大来源。

如此一番，才到"剩下都是自己的"。能剩多少呢？只够生活。这些"余粮"要维持一家人全年的口粮，不精打细算，势必青黄不接，无米下锅。精打细算到什么程度呢？就是前文说过的，哪种食物省粮，哪种食物费粮是要调配的。农忙，体力消耗大的夏秋季和每日的午饭，不能做只管饱不扛饿的食物，而冬闲的季节直接变为一日两餐。事实上，胃是很难哄骗的，有一句话是这样说的，"三顿饭费水，两顿饭费米"。但是，即便省不了多少米，少做一顿饭还能省烧柴、省水，也就节省了打柴、挑水的体力，家庭生活用水是从水井挑回家的。还有，主食首先满足主要劳力，即每天要下地劳作的父亲、长兄，而妻小就要吃一些稀饭、杂粮，秋天的豆角、玉米等充饥。母亲经常做两样饭食，如给父亲捞一大碗小米饭，我们喝小米稀粥；给父亲蒸莜面，我们吃蒸山药丝。邻居奶奶看到母亲用碗捞饭，谆谆叮咛：闺女啊，可不要用碗捞饭啊，这样不好。家乡的殡葬风俗有一项是，人初死后，家人要供一碗饭祭奠，把半熟的米饭盛在碗里压实，再倒扣入另一个碗中，让米饭形成的碗形朝上，称之为"倒头饭"。老奶奶让母亲不要用碗直接捞饭，用意即在此。母亲是农村妇人中少有的无神论者，从不信鬼神，她坚信，如此对待家中的劳力，才是家庭主妇正经所为，有何不好？

在生产队的年代，男女即便同工也是不同酬的，男人出工劳动一天，给十分，女人即便和男人做一样的工，也只给五分，最多七分；十几岁的孩子出工，给分更低，我二舅三舅两人才能顶一个整劳力的工分，我大姐和小姨更少，偶尔能给五分。实行联产承包责任制，虽然男人还是主要劳力，但全家出动，干劲十足，家庭收入每年都有增长，只是人口多的家庭收入增长多，同时交公粮、农业税也多，家庭生活支出也大，最终结余总会少于人口少的家庭。生产队的时候，因为家庭人口多，分的口粮就多，孩子还小，口粮消耗少，母亲会积攒一些余粮，父亲赶车送到莜麦主产区的坝上去卖议价粮，换钱置家——我们当地库房不收莜麦。母亲很早就买了缝纫机，那就是她省吃俭用，卖莜麦换钱买的；盖正房用的椽子也是卖莜麦的钱买的。包产到户初年，粮食没少打，但农民家庭经济积累缓慢。后来，乡镇信用社可以给农民放贷，用于购买化肥，换种子，以提高产量。粮食流通放开后，山药、黄豆、赤豆、菜籽等也成为换钱的主要作物。

化肥和换种，对提高土地亩产量的效用立竿见影，我家粮食收成也在增长。有一年，收割回来的谷子垛在打谷场，两人多高，像一堵厚实的墙，抓几个谷穗掂一掂，沉甸甸地压手，路过的人无不投以羡慕的眼光。晨光照射下，饱满的谷穗反射着金灿灿的色泽，确实令人喜悦。经过切穗、晒谷、轧场、攒堆、扬场，最后是小山一样的谷子堆。谷子粒粒饱满，用大拇指在手心里用力一搓，谷皮被搓下来，金黄的小米在手心里乱滚；吹去糠皮，把小米投进嘴里，嚼一嚼，新米的香气在口腔内四散。拾掇这么多谷子，等到打完场，天已傍晚，趁着天没黑透，赶紧灌到口袋里，装满谷子的布口袋有一搂粗，一米五高，直挺挺立在谷场上，大大小小一共二十五口袋，足有两千斤。太阳落山，余晖洒过来，口袋的影子拉得老长。我想，如果装谷子的口袋如它的影子一样长，我们就有钱了，母亲肯定就不用再借钱了。虽然卖粮的收入增加，但刨除化肥、种子的费用，生活用品也都在涨价，生活虽有改善，但余钱并不多。

北方农民完全是靠天吃饭，无水灌溉，旱灾最为常见，其他还有霜冻、冰雹、蝗灾等。春旱影响发芽，夏旱影响生长；春冻致幼苗大片死亡，错过补种重耕时节，也无法补救；被冰雹打过的庄稼会错过生长期；干热的夏季，蝗灾易泛滥；秋冻致未成熟的庄稼提前结束生长，粮食大半是瘪子。这些灾害的结果都是减产。一年三百六十五天，春种夏锄秋收，都有那么几天关键期，这几天风调雨顺，要风得风要雨得雨，那就是老天爷赏饭吃，这几天若是老天爷一闭眼胡来，那就完蛋。所幸的是，灾害结果只是减产，不会颗粒无收。但是本来产量就低，减产就等于一年白干，瘪粮食只能喂牲畜家禽。直到现在依然如此，现代化农业于我们而言，还非常遥远。灾年时，收割着瘪粮食，农民们无奈自嘲自叹地自我安慰：老天爷饿不死瞎家雀。

交公粮止于哪一年，我已不记得了。总之，之后改为农业税，缴纳现金。农业税是非常古老的税种，农民缴纳农业税的历史最早始于春秋时期鲁国的"初税亩"，到汉朝形成制度，是历朝历代的税收主体。二十世纪八十年代中期，农民干劲足，但收入低，负担过重就是主要原因。进入九十年代，农民负担开始逐步减轻，加之人员流动性增强，城市为农民进城务工提供了更多机会，农民家庭收入才逐渐有所提升。直到现在，农民家庭的收入依然主要靠外出务工，种地收入微乎其微。2003年，国家推行农业税费改革，河北省为试点地区之一，我家乡因此率先取消了农业税。2006年，全国取消农业税，这项延续了两千多年的税种得以终结。

二十世纪八十年代末九十年代初，秋收之后，父亲经常到北京、天津的农贸市场走一遭，叫来一两辆汽车收购家乡的山药，不但销售了自家的，还可以收购一些其他农户的，称之为"领车"。最先是只管雇车来，买卖山药的生意由来方自己做，后来因为利润不够高，来方不再做生意，只收来回的车费。再后来，父亲领车逐渐减少，其他更年轻的乡民接着干。父亲领车是否增加了家庭收入，我不大清楚，按照母亲的说法，有时候连下北京的路费都没赚回来，或是自家的山药白搭进去几百斤。可能事实确如母亲所言，总之进城务工刚开始活跃，父亲就再没搞过这种生意，而是下北京找活干了。进城打工，是九十年代后期才开始的事，刚开始主要是到北京的大菜市场帮忙整理从山东、河北收来的蒜薹、大葱等蔬菜，最多干一两周，或者辗转在几家菜市场，也不过能干一个多月。来的次数多了，眼界逐渐打开，给北京乡镇企业或工地看门、烧锅炉等工作也成为主流，最多只能干一冬天。不过，对于不能耽误春耕的农民而言，刚好利用这一冬天的空闲挣钱，一个月两三百元的打工收入，总比卖粮来得容易多了。

我家的经济状况一直到我上大学之后才稍有好转，这也是因为姐姐开始在京打工赚钱，父母也抛下始终未能让家庭脱贫的三十多亩土地，举家来京务工。我上高中阶段，我们仍在贫困线挣扎。虽然那时候家里只有父母、姐姐和我四口人，但因为给大哥盖房娶亲，有一些外债要还。一边还外债，一边供我读高中，父母根本没有喘息的机会。他们在家中虽然不太受饿，但生活很辛苦，我在学校虽然食物较差，难免忍饥挨饿，但学习之苦总好过劳动之累，要不然，为何我们的高中同学都在挑灯夜读，想拼命摆脱土地的束缚呢？

户口

实行家庭联产承包责任制之初，农村土墙上最常刷的标语就是"交够国家的，留足集体的，剩下都是自己的"，听起来自由意味浓厚，特别有诱惑力，农民干劲肯定被鼓动起来了，然而几年之后，"交够、留足"之后的生活水平提升并不大，经济状况无明显改善，而家庭支出的需求却在不断增加。录音机、黑白电视机、自行车都是高档货，俗称"三大件"，是富裕家庭的象征，我们村第一批买电视的有三家，一是当工人的本家叔叔，另一个是开拖拉机为乡政府及供销社等单位拉货、与我家住同一条巷子的邻居，还有一家是乡供销社的售货员，这三个家庭没有一个是完全依靠种地生活的。蔡庄子乡中学距离我家不足两公里，我和大多数同学都是走读，我们称之为"跑校"，每天早中晚走两个来回，只有一小部分同学骑自行车上学，而这些同学的家庭收入都不是完全依靠种地。

在"晚、稀、少"的计划生育政策之前，曾经一度是鼓励生育的，尤其二十世纪六十年代，因此一般的家庭大都有三到五个孩子，如果三代同堂，家庭人口数量就是七到九人，因此，大多数家庭都有一个粗暴的父亲、一个愁眉苦脸的母亲和一群嗷嗷待哺的孩子，或者还有一两位沉默呆滞的老人——那时候的农村几乎没有长期病人，因为医疗条件不足，很多老人病倒就意味着死亡，乡卫生院是大多数老人去过的最高端医疗场所。每一张嘴都要保证温饱，温饱线之上的需求基本不容许，读书、盖房、为儿子娶媳妇，是每个家庭的三大支出。显然，生女儿且学业未至高中的家庭，会更早富裕起来。对于孩子而言，吃饱穿暖是基本需求，也是最高需求，即便是高中生。

一个乡镇只有一个供销社，外来做生意的也很少见，大部分生活所需都靠手工，必需的生产生活用品一般在乡镇赶集时购买。但县城的景象就大大不同了，街上的商铺多了起来，小卖部、小吃店、炒货铺子、理发店、药店、眼镜店、自行车店、五金店、录像厅……远处有鼓楼、医院、电影院、汽车站、百货大楼、书店、邮局、银行，广告牌鳞次栉比，人来车往，与农村日出而作日落而息的景象截然不同。

赤城县一中地处县城唯一的主街道——只能称之为街道，既不宽大，也无上下车道之分，无须红绿灯，但它仍旧是这个山城中最繁华的商业街——只要一出校门就能感受到县城的蓬勃。但我无钱消费，只见到过录像厅的门脸，不知道其中的样子，更没看过里边放映的录像；只见过理发店的霓虹，从未让理发师打理过发型，坚持到放假回家，用推子理个平头即可。高三即将毕业的时候，我们一伙七八个人，不知道是合资还是谁请客，买了雪糕，大咧咧坐在校门口南侧商店的台阶上吃，映衬着破旧的学校大门，别有一种县城穷学生恓惶的美感。这也可能是唯一一次校外消费。

与欣欣向荣的商业街一墙之隔的县一中，看上去有一种悬挂在时代尾巴上的迟滞感，再深入一步，走进食堂就会有被时代甩脱的感觉，因为除了我们食堂，已经没有哪里还在吃窝头了。只有走进学生当中，真切感受一下年龄所带来的非同一般的朝气，才能够忽略破旧的校园、陈旧的教学设施、令人胃疼的食堂伴随的旧时代气息。当年的困难程度现在很难想象，但身在苦中日久，习以为常，直到上了大学，与其他地区的同学一比，才越发觉得那日子委实难过，有一种摔倒的孩子看见妈妈才哭出声来的委屈。

不必列举当年全县生产总值等数据来佐证我县经济的落后，仅从直到2020年才退出贫困县序列正式脱贫，就可以想象三十年前我们高中学生的生活之苦了。

可以凭成绩上学读书，是改革开放立竿见影的成效，

"成分论"已经几无踪影,就连妇女们吵架也再不会用那些过去时代的语言攻击,思想意识的日新月异比现实生活的气象万千要显著得多,但农村经济的实际进步则要缓慢得多,即便已过去十年,农村家庭还是普遍缺钱,"万元户"这个时代性非常强的标杆名词,大都出自非农业家庭和个体经济家庭,农民家庭几乎与此无缘。农村的富裕家庭大都是夫妻至少一方是挣工资的"公家人",即非农业户口,俗称"吃商品粮的"。在农村,夫妻双方都是吃商品粮的家庭微乎其微,这样的家庭是最富裕的,因为他们有三个经济来源:两个人的工资和种地。他们大多数出身本地,上一辈及祖辈都是这片土地上的农民,所以自留地是有的,原生家庭的包产地也是有的。在农村,这些家庭才是真正最早富裕起来的那一部分,靠个体经济致富的家庭也只是极少数。

北方贫瘠的土地,竭尽全力也只能贡献人的口粮和基本生活所需,城乡二元制将农民牢牢地绑在土地上,因此,何以摆脱饥饿,何以致富的问题,在某种层面上转化为何以走出农村、离开土地、摆脱农业户口的问题。具体到我,就从提升生活质量转化为改变命运。读书,忍饥挨饿读书,就是改变命运的唯一通道。

城乡二元制是两种不同的资源配置制度,对应的是粮油供应、劳动用工、社会保障等几十种不同的制度安排,形成了农业户与非农业户之间的巨大差异。农业和非农业户口壁垒森严,农村孩子想要打通这一壁垒,由农业户转为非农业户，唯一的路径就是上学读书，考上可以转户口的高校。显然，户口性质转变，是农村孩子改变命运、带动家庭实现阶层跃迁的显性标杆，于是，选择供孩子读书的家庭多了起来。以县一中为例，九〇级高一有六个班，相较十年前翻倍，事实上十年前的高中适龄人也并不比九〇年少。

其实，是否有稳定且足够的经济来源，才是形成城乡差异的决定性根源，户口只是表现形式。我上大学第二年，张家口市不知道是什么单位突然爆出"买户口"的机会，缴六千块可以将农业户转至市区的非农业户。村里不少人都动心了，全家赶紧商量，最终大哥和姐姐决定将他们几年的积蓄拿出来，买了非农业户口。然而，之后证明这个户口毫无用处，即便大哥后来在市里生活了几十年，这个户口也没起到任何作用。1994年的六千元，称得上是一笔巨款，这一果敢行为追求的目的十分明确：离开土地的机会。

这个思想始于父母。父亲当了一辈子不甘心务农的农民。抗战初期，村民成立民兵队自卫还击，炸日本鬼子，因技术不熟，爷爷把自己炸死了，那一年父亲刚刚四岁，这在他心里埋下了阴影，他认为我们都不适宜在这里生活。他年轻时曾在河北唐山当工人，因为离家远，困难时期回来就没再去，到后来再无条件离开。母亲始终认为如果不是她的原生家庭成分不好，自己不会落到如此贫困的糟糕现实，因为与她一起上学的同龄女孩由于家庭成分好，基本都出去工作了。姥爷是平津战役在张家口打得最凶的时候，从我方部队转投国军的，原因是我大舅、他的长子跟着岳母一家人都在国民党军队控制区，我的姥姥和我母亲在共产党军队控制区，姥爷舍不得儿子，就跑去了对面。关键是他还带了一把枪，解放后，这成为姥爷最大的罪过，再加上成分是富农，所在生产队人心极坏者多，没少挨批斗，刚摘了帽子就去世了。事实上，那时候大多数农民被抓壮丁，对两党的认识并不十分清楚，他们的选择就是家人在哪里安全，就到哪里。父母对绑在这片土地上的命运始终无奈又无解，既无力挣脱又无他途可走，到子女一代，父母最大的期盼就是尽可能离开这块土地。

然而，父亲生于斯，长于斯，最终没于斯。如今他躺在家乡的土地里已经十五年了，看着他坟前的谷穗黄了一年又一年。

父亲去世后，再读海子《黑夜的献诗》，我禁不住泪流满面：

> 黑夜从大地上升起
> 遮住了光明的天空
> 丰收后荒凉的大地
> 黑夜从你内部上升
>
> 你从远方来，我到远方去
> 遥远的路程经过这里

天空一无所有

为何给我安慰

丰收之后荒凉的大地

人们取走了一年的收成

取走了粮食骑走了马

留在地里的人，埋得很深

大姐上学的年代，依然是出身、家庭成分决定命运，自然没有她的机会；大哥学习成绩尚可，但对读书兴趣寥寥，更愿意动手操作，热爱机械；二姐自小不喜读书，早早放弃了学业；姐姐和我只差一岁，初中毕业没再继续读书，不无贫困所迫的现实原因；我排行最小，成为家中可通过上学改变人生的唯一希望。然而，1993年夏天，当我拿到大学录取通知书的时候，还是心生犹豫了：要不要去大学报到呢？

高考

我的高中正处于教育制度改革、赤城县一中实现跨越发展的前夜。1993年毕业之后，学校的砖土平房被拆了，取而代之的是新砖房，宿舍和教室都通了暖气，两座新教学楼拔地而起。最令人羡慕的是，食堂里再不是只有夹生的窝头和稀饭，甚至窝头很快就销声匿迹了。又过十年，建起了学生宿舍楼，随着不断新建，校园格局大变，此时二姐的女儿上了同一所高中，学校已经是另一个面貌。再过十年，一中建设了新校区，旧校区成为县二中，我当年就读的高中地址还在，但从形态上完全消失了。

毕业后，我再也没有走进过高中校园，唯一一次路过，校园大门已改头换面，不是我记忆中的样子。我丝毫没有想进去重温青春的愿望和冲动，尽管它是改变我命运的地方，我还是尽量把目光转向同学们，说笑走过，生怕它打开我已对贫饥筑起的坚固闸门。不是所有的重逢都意味着喜悦。

不只是因为高中生活带给我太多饥饿的感受和不良的结果，也因为高考后的心理变化。

饥饿和长期营养不良导致了两个结果，或者说事件。一个就发生在当下，高二上学期八百米体测，早晨在操场上由体育老师分班测，我跑至半途就晕厥了，老师只好放弃对我继续体测，张文渊把我背回宿舍，休息了一个上午，没去上课。事件二就是在高中阶段埋伏、一入大学就暴发的肺结核。

高中时，申玉清得了肺结核，与营养不良有关。已经不记得学校是否为我们做排查，所幸没再出现其他病例。我与老申挨着睡了三年，必定难免，但是完全没有常识，只要无显而易见的症状，即视同未感染。大学报到后，班里组织秋游，出发的早晨，我咳血了，但依然不知道这已经是感染结核的症状，居然仍旧去爬山。直到咳血变得频密，才去检查，果然中招。住院，输液，异烟肼、利福平、吡嗪酰胺和乙胺丁醇四药联用，一个月后才回到学校。所幸，大学同学接触不多，没有被传染。

疾病从何来，由谁始，并不清楚，也不重要，唯一能够说明的是，即便是青春的肉体，在窝头的供养下也完全禁不住病毒攻击。我们常在一起的几个人，只有老申和我暴发了，也说明我俩最弱质。听起来很像长期病人，其实也没有，只是身体清瘦单薄，体质很差。就这样坚持三年，直到高考。

不像现在的学生高考，家长穿着红旗袍在考场外焦躁得如红鬃烈马，比考生更激动，仿佛他们才是这场战役的主角。高二下学期，父母决定弃地进京打工，一去四年，我高三全年和高考一直都是一个人在战斗，从备考、考试到报志愿，直到录取通知书送到家。分别一年多，我是拿着大学录取通知书，到北京与父母重聚的。

听起来是不是很懂事？其实，那时候的学生都是如此。父母只负责经济上支持和精神上鼓励，上学本身是孩子自己的事，没有兴起父母陪考的风气，每一个化学分子式和英语单词，与父母是否站在考场外无直接相关性。懂事是"穷人的孩子早当家"的简译版，懂事是较强烈的自我约束、家庭规范和社会引导的多重效应，有外部的作用，也有内部的需求，饥饿常伴的岁月不可能塑造出一个自由飞扬的少年灵魂。尽管懂事的孩子天性可能会有所压抑，丧失了部分应得的自由，自我了断了许多靠谱或不那么靠谱的梦想，但他也获得了另一部分额外的自由，没必要对那个时代懂事的孩子产生刻板印象。

懂事与成绩好坏是两码事，也无正相关性，但大多数的父母会把学习成绩作为孩子是否懂事的重要指标，甚至占有决定意义的权重。懂事的另一部分权重留给了是否爱惹是生非，无端造成家庭经济损失或让父母失面子。对于其他无关大局的小事，过于懂事就是温顺。对于高中住校的学生来说，成绩是父母考量其是否懂事的唯一指标，也是他在学校获得安全感的重要依据，除了对饥饿毫无帮助——废寝忘食只是没顾得感受到饥饿而忘记了进餐，不是不饿——成绩关乎他的情绪、自信甚至亲密关系，包括师生关系。哪个老师不喜欢学习成绩好的学生呢？

虽未将整个家庭的希望系于学生一身，但对于学杂费占家庭支出比例极高，甚至需借贷读书的学生而言，学习就不完全是个人事务，关乎整个家庭所有成员的付出，甚至是牺牲其他兄弟姐妹的上学机会——上大学的第一学期，我一直未从姐姐初中毕业失学的痛苦中走出来，直到现在遗憾难消。学习之外的压力主要来自家庭，没能取得足够好的成绩，或者取得了令父母不够满意的成绩，都有可能受到道德的啃噬，但不一定是谴责。不得不承认的是，个人命运与家庭命运一体相连，密不可分，特别是贫困家庭。尤其是巨变，个人命运改变必然会带动一个家庭的变迁。

从农业户转非农业，从农村落户到大城市，这称得上是命运的巨变。高考就是给农村孩子带来命运巨变的重要机会，这也是城乡二元制结构下，给农村人留出的几乎唯一的命运跃升通道，值得我们忍饥挨饿、起早贪黑、夜以继日地苦读。这就应该在每一个关键时刻认真对待，不只是考试，包括填报志愿。

除了上海、海南等几个独立试卷的省市之外，1993年高考实行的是全国统一试卷，理科考七门：语文、数学、英语、政治、物理、化学、生物，语文数学满分一百二十分，生物七十分，其他科一百分，七科总分七百一十分。数学包括代数、立体几何、解析几何三个课本的内容，上大学后发现有的地区已经直接讲微积分了。九三届高中理科生成为高考改革为"3＋2"之前，最后一届考七门单科的学生。1994年全国高考实行"3＋2"模式，3即三门必考的语数外，2即理科选考物化，文科选考史政，各科满分均为一百五十分，总分七百五十分，比考七科还高。

考试结束后，学校很快有了标准答案，学生就可以报志愿了。学生首先依据记忆，参考标准答案给各科估分，按照估算的总成绩，再参考上一年高考录取分数线，在高校黄页上选择适合报考的学校，填写高考志愿报名表。志愿大致分四档：重点、本科、专科、中专，前三个志愿可以各填三所高校，排名分先后，第一志愿优先录取，好学校和热门专业基本不招第二志愿，选择不慎，有可能重点分数线之上的成绩却只能被普通本科录取；选择专业的时候，有一个备注项"是否服从调剂"，如果填不服从，有可能因名额有限不被录取，以上两种情况都称之为"滑档"。因此，学生几乎全部选择服从，考上是最现实的目标。

显而易见，有四个重要因素影响填报志愿：第一是估分的准确性；第二是前几年的录取分数线，尤其是上一年；第三是往年录取过本校学生的高校；第四是老师的参考意见。

1993年的高考题目在历年中属于难度偏高的，尤其是物理，据称属高考史上难度第二，全国平均分只有三十多，仅次于1987年，过及格线的都可视之为神。与之相比，1992年的难度偏低，物理成绩九十分以上的比比皆是，据连续参加了1992、1993两年高考的同学说，两次成绩分别是八十六分和五十六分。最终，各省两年本科录取分数线都相差四五十分，因此同学们看着自己的估分成绩，参考1992年的录取分数线，一个个垂头丧气，毫无希望可言。几个平时成绩还不错的同学也都蔫了，只有极少数估分很高但最终成绩并不好的学生豪情不减，成为氛围组担当，才让报志愿的现场不至于那么沉闷。我的估分相对准确，上线与最终实际分数相差仅六分，化学和物理的估分几乎与实际成绩完全一致，第一个因素对我报志愿几无影响；第二个因素决定了我对专科以上的志愿没必要再抱希望。

学校并没有提供往年录取我校学生的高校名单，我个人也无了解渠道，因此，老师的参考意见变得更加重要，不但从实际填报，甚至从心理上依赖老师。然而，我们是班主任王老师带的第一届高考生，他同样缺乏报志愿的经验，加之学生估分成绩与1992年录取分数线强落差的暴击，并没有比我们更有信心。王老师能给我们提供的也仅是一本高校黄页。那时候信息闭塞，计算机还没出现在学校，遑论互联网，大家对学校、专业几乎一无所知，除了高校所在城市，老师也分不清那些学校与专业的差异，何为优劣。拿着报名表研究一上午，几乎还是无从下手，"粘馒头"午餐时间到了，我从老师办公室退出。

与我一起退出来的还有刘彬雁。我俩志愿未填就出来，还有另一个原因。了解到我们的估分情况后，王老师对我们不再抱希望，因此在我俩与董淑琴同时填报志愿时，将上大学的希望全部寄托在估分较高的董淑琴身上，对我和刘彬雁说："你俩就随便填一填中专吧。"成绩无望，加上被忽视，情绪都很糟糕，我俩对视一下，不约而同默默退出了老师办公室。刘彬雁回家了，她家在县城，父母都有工作，在填报志愿方面能够提供参考意见，而我只能孤军奋战，独自完成。

参考九二年分数线，我的估分成绩甚至在专科线以下，本科和重点大学完全是妄想，王老师的意思没错，勉强考虑一下中专才是最可取的现实。然而，初中复读只能上高中的痛，三年高中的苦，让我对中专心生弃意，觉得不值得，但距离大学分数线又那么遥远，一气之下，我选择放弃，只填报了专科以上的学校，中专全都空着，不报了。如此重要的高考志愿报名，于我却沦为一场自我安慰的游戏，一个不走会有遗憾，走了也收获无望的过场。

下午回到宿舍，一头倒在床铺上。申玉清看我情绪不对，问志愿表填么。我如实相告，他严厉说教，一套上学就是为改变人生、改变家庭的经念罢，便押着我回到王铭老师的办公室，把志愿表的所有空白全填满。最终报了哪些学校，我已全然忘记。后来我想，如果我的成绩只能被中专录取，那么我去读呢，还是复读参加第二年的高考呢？根据当时的家境和高考环境，选择不去的可能微乎其微，那么现在我大概率是在县城或乡镇的某个单位工作和生活吧。

报完志愿，我回到二姐家，没怀任何希望，心理上已准备复读。突然有一天，在蔡庄子乡中学读初三时的化学老师李玉亭进家来，没说二话，掏出了我的大学录取通知书。他去县城开会，刚好看到，就顺便给捎回来了。

最终，1993年河北省高校录取分数线，理工农医类的重点院校是四百九十分，本科院校是四百六十九分，专科院校是四百六十分；文史类分别为四百六十四分、四百四十九分和四百四十一分。除了几个独立试卷的省市，这个分数线在全国统一试卷的所有考区排名大概在第五六的位置。我的成绩超过本科录取分数线六分，因为志愿填得草率，倒是妥妥地被第一志愿录取了。

我大学毕业证上的院校名称是"河北科技大学"，但录取通知书上的名称是"河北轻化工学院"。1996年，河北轻化工学院和河北机电学院合并组建为河北科技大学，同年河北省纺织职工大学并入。我1993年入学，1997年毕业，刚好赶上高校合并的改革初潮。当时的轻化工学院设置化工、轻工、纺织、环境等系，为这几个行业培养高级技术人才和科学研究人员，我报考的志愿便是纺织工程系的机织专业。高考那年，姐姐恰好在北京西单做服装导购，我想"纺织"与"服装"距离很近啊，便轻率地作为自己报专业的最大依据。学校位于石家庄市裕华中路五号，这条路是河北省的政治文化中心，学校与省广播电台面对面，隔着青园街就是省日报社，不远处还有河北师大和省电视台……当然，这都是我大学四年才熟悉的，报考之初一无所知。更加无知的是，对专业的盲目和行业现状的全然陌生。

1998年，国务院机构改革，撤销了十个工业专业经济部门，化工、轻工、纺织均在其中，同时启动国企改革，问题最重、重复建设最突出、改革最难的纺织业，被选中为改革的突破口。二十世纪八十年代是纺织行业的黄金期，纺织重镇石家庄，从"棉一"至"棉七"，厂区加生活区，一片辉煌，但进入九十年代，纺织业开始下行，虽然中国已成为全球最大的纺织品生产国，但企业困局越发突出，1998年之前连续五年，全行业亏损，且无法缓解，因此纺织压锭几乎成为"九八改革"的最重锤。这也是我在大学毕业前夕放弃同专业考研，而转向新闻专业的原因。

想起当年拿到高中录取通知书去表姨家借钱的时候，表姨村子里刚好有一个孩子在这一年考中河北师范大学，母亲借机去他家了解高考情况，问这家的母亲一个关键问题："你们是有门路，还是凭学习考上的？如果是凭学习考上的，就让孩子去念；如果是靠门路，我们就没希望了。"这位母亲特别诚恳地回答："大姐，让孩子去念吧。我们家孩子爸爸就是个下红洞（采铁矿）的，哪里有什么门路啊，全靠孩子自己。您就放心让孩子去念吧，只要孩子学习好，就行。"这个回答给在困境中犹豫的母亲以强劲支撑。这时候，现实证实了那位母亲当年所言非虚。

"1993年，参加高考的应往届毕业生五百六十一人，录取本科三十三人，专科一百六十二人，中专六十九人，中技五人，总计二百六十九人，创1977年恢复高考以来，升学录取人数最高纪录。"这是赤城县一中的纪录，我的切身感受却与此相差甚远，最大的原因在于这二百六十九人中，绝大多数是往届生。四个应届理科班，除了九〇三班我和董淑琴考上一个本科和一个专科，九〇四班的冯燕颖考上了哈尔滨工大，是重点，其余还有几个中专外，大部分同学分别选择了提前毕业、参军、复读几种出路。

高考，除了拼实力，还得拼运气。到高考前的几次模拟考，我的物理成绩居然不到八十分，物理老师被惊到了，而我也几乎放弃继续往上冲的努力，把精力投入在其他几个成绩更容易提升的科目中。然而，物理高考试卷的超高难度却客观上帮了我，因为即便是平时物理成绩还不错的，也难得高分，至少从高中与大学同学的成绩来看，普遍都压在及格线附近。由于录取分数线比九二级低太多，大学一入学，学院书记给新生讲话，为压制自以为"天之骄子"的气焰，便以此为硬伤说："不要骄傲，你们这一届学生是我们学院历届招生中分数最低的……"这确是无可争辩的事实，但我们仍对同班高考物理八十三分的同学无限敬仰。

在我入学高中那一年之前，村子还没有出过大学生，附近村考上的也是凤毛麟角。1992年我读高二，村里考出了第一个大学生，我是第二个，同年还有一个被医专录取的往届生。连续两年都有人考中，大大激发了家长供孩子上高中的愿望。但是，此后再考上大学的人数并没有增多，之后二十年，再被大学录取的也仅有表妹一人，她2012年考上大学，是村里唯一的女大学生。这个时候大学扩招，录取比例翻倍了，1993年河北省的高考录取率是百分之三十四，2003年已是百分之六十二，再十年后的2013年是百分之七十六，个别省区市能达到百分之九十。即便如此，时至今日，三十年已过，在我家乡通过考大学、中专、中师转了户口的，全部算起来也不过十人。

毫不讳言，我的高中学习生活极不丰富，没有辩论赛，没有读书日，没有英语角，没有数理化竞赛，没有课外班……与后来及现在的高中生活相比，不知道该庆幸，还是报以委屈。与生理上的饥饿相比，生活贫乏、精神困顿、信息闭塞都很容易被忽略，在学习备考和身体饥饿的双重压力之下，无暇他顾。饥饿是最现实主义的，在饥饿的状态下，尤其是不断被饥饿冲击的状态下，不会有抑郁症，也不会有精神困境，但很容易导致视野逼仄、想象力匮乏。因此，从填报志愿到通知书送来，我对已经录取我的大学及其所在城市一无所知，只是隐隐觉得不妙：这是我想上的大学么？肯定不是。但肯定得太晚了。关于大学，我几乎没有更多的认知。而父母所知也只有北京的北大、上海的复旦、天津的南开，这是他们上学时就听说过的三大名校，但都是我的成绩够不着的。至于选择专业，更是毫无认知，这时我只有一个念头，就是这个大学我不想去，我想考更好的。

不是心理膨胀，而是我知道自己的学习尚有余力，成绩还可以提高。没人可商量，即便父母在身边，我的这种疯狂想法必然会遭到反对。煮熟的鸭子飞了，这种事情我们完全承受不起，也没有勇气。勇气也好，自信也好，都不是随便就可以释放的，否则就不会有匹夫之勇、夜郎自大了。

我陷入比报志愿更大的困顿，来二姐家的邻居们纷纷道喜，我却高兴不起来，焦虑完全大于喜悦，这也不是寻常可见的情景。我只好去找大姐商量，明知道她也不会同意，但我还是弱弱地说想复读，明年再考一次。大姐听了之后，既无震惊，也无反驳，略沉吟了一下，居然没做任何回应。没有直接否定，其实也不是给我希望，只是冷水不想泼得太快，怕激着我吧。隔日，便和我商量着说："我看去读是对的。一来你没有把握明年一定能考个好成绩，现在不敢把煮熟的鸭子放飞了；二来，明年的高考如何改革，我们不知道，变数太大，谁都无法预料是有利还是噩耗；三是，复读要交高学费，咱家什么情况，你也清楚。你忍饥挨饿三年，现在有了出头之日，不能轻易放过。"大姐的意思我明白，先脱贫再致富，先生存再发展，这一步必须要先上路，以后再做打算。

其实，这些我都想过。不甘心的是自己余力尚勇，劲没使完，就容易感到憋屈。事实上，仅是复读学费这一条就能把我推向上大学之路。那时候以高考分数定学费的复读规则尚未出现，如果我选择复读，和其他所有复读生学费一样，没有丝毫优惠。我想即便当年选择复读，学校也会选择保一个应届录取率而极力劝阻。第二年，即1994年高考改为"3+2"模式，这其实对我是有利的，但即便我有把握考出更高分，要让父母承担更大经济压力，我还是会避开，赚钱有多不容易，我不是没有认知，借钱之难也不是没有体会。这也是大姐把这条放在最后的原因。

至此，没有悬念，我要结束三年饥饿的高中，带着已被伤害的胃和肺，为父母脸上赢得一份荣光，奔赴一个陌生却也充满希望的未来。

和衡水中学在一起的 2557 天

杜 萌

什么是社会化？社会化是个体对社会的认识与适应。

2014年9月1日，我进入衡水中学，开始自己的高中学业。之后我参加高考、上大学、毕业、求职，2557天过去了，闭上眼睛，仍感到自己生活在那里。

社会化

> 幼猫的社会化是指在猫咪出生后，尤其满两个月后在生活环境中所有学习到的经验，就像我们开始上幼稚园一样，到学校开始过团体生活，学习礼貌，如何与同学相处，遵守秩序等等。
> ——引自"幼猫社会化指南"

※ 本文首发于 2021 年 9 月 1 日"正面连接"，编辑：康路凯。

2017年，高考结束的黄昏，衡水中学南门堵得水泄不通。停滞的车流里，我父亲从驾驶位扭过头，把一部智能手机丢给我：你先用这个，过两天给你买一部新的。那是一部黑色的iPhone 4，我初中用过的手机。不甚熟练地解锁之后，我发现了第一个问题：我忘记了如何打字。

这一项容易应付——可以使用手写输入。但忘记的不止于此。

我不大会用筷子——在衡中，为节省时间，我通常只用一柄固定的铁饭勺。要学习新的吃饭礼仪，包括：重新使用筷子，碗不要端起来，不要发出声音，一口最少咀嚼五下。用筷子挑起的米粒太有限，我常常感到绝望，一碗饭无穷无尽，竟然要吃上半小时。但是也有新发现：原来米粒本身可以嚼碎，而非作为一大团饭囫囵吞下去。

我的语速太快，这一点也需要矫正。大概从高二中期，放假的时候，母亲就不得不多次提醒我：说慢一点，不然听不清楚。后来我发现的确如此，等候跑操的两分钟里，要争分夺秒多背两首诗，唯一的方法就是提高语速。有人的语调轻而急迫，仿佛某种呢喃。而音量大的人的朗读声音则像收到错误信号的收音机一样，声音尖锐、不稳定、亢奋。

这在衡中不是问题，但之后就变为一种缺陷，常常被指出。我很惶恐，时时对着镜子练习，缓慢、清晰地吐出每一个字，而不是含含糊糊地吐出一大团。可遇到讲话慢的人，我仍然会相当焦躁，希望能按下进度条的一点五倍速键。

除了无师自通的开关机，电脑当然是完全不会。大学我读新闻系，经常要写稿子和论文，要比旁人慢得多，因为得先写到纸上，再通过触控板手写输入。一切都是在图书馆隐秘的角落里进行的。后来我才懂得，这种无知就像肥胖，欲盖弥彰。

我闹了不少笑话，时常面对别人略带惊讶的诘问：为什么你连这个都不知道？有时候是一种讥笑：你不会上网自己查？好吧。

以现在的视角来看，当时的我近乎原始。我不知道什么是微博，什么是热搜，不知道除了百度还有其他什么浏览器，甚至不知道如何去下载软件。我总是在常识上犯错误。有天我随口抱怨：新网页总是很难加载出来，手机太慢了，感觉该换一个。一名室友立即大惊小怪地说：加载不出来不是因为你手机慢，是网差。她随即问我使用的是哪家运营商。好吧，这个问题我答不出来，但真希望自己当时就已经知道什么是运营商。我越来越寡言，自尊心总让我在开口问询之前却步。

需要适应的事情太多。流行明星和歌手早已经换了几波。我听不懂当下流行的笑话，连想到的比喻都带着原始色彩。我学着搭地铁。车厢摇摇晃晃，像站在溶洞里湍急的河流的船上。

搭地铁使我很痛苦。取快递也是。这两件事情让我意识到，世界上居然真的有完全毫无意义、消耗性质的东西。我在衡中从不做这种事，能在那里坚持三年的重要原因就是：每一分钟都过得"有意义"。

我每天下课后路过菜鸟驿站，在等待的队伍中排上两分钟之后，就对自己说：够了，不能再浪费更多时间了。快递堆放了一个月，无数短信之后，菜鸟驿站也丧失了耐心，我的快递从此石沉大海，不知道最终去了哪里。

大一的时候，有一阵子，我找出高中时的印刷读物——素材积累一类的，和衡中常规试卷一样的纸和字体，还有气味，读这种东西会让我心安。我把它们放在枕头下，偶尔摸到，或者翻到画线和笔记，就仿佛我还在衡中一样。

不过当然不大一样。我花了一段时间适应睡前需要脱衣服的流程。在衡中，裸睡是一种违纪，是要扣除班级量化五分的。

高考结束当晚，是我三年来第一次仔细端详自己的身体：我长出了腿毛，中指和脚底结了非常厚的茧，膝盖上有蔓延的生长纹路。我长高了六公分，体重增加了四十斤，有两颗蛀牙。我还第一次了解到自己有毛囊缺失的毛病，因此没有腋毛。

高一的时候，我耍过一点青春期少女的小聪明，把肥大的校裤改瘦了，显得腿纤细笔直——当然很快被发现喝止，买了新的裤子。那天我惊恐地发现，我的腿已经像香肠衣里紧紧包裹的馅料一样，塞满了整条校裤。我意识到自己的身体是如此丑陋，而我如此厌恶自己。

有一些身体上的变化是隐秘的。和我认识的大多数衡中毕业生一样，我有严重的胃病，半夜会被胃痉挛痛醒，浑身冒冷汗。虽然有意放慢，我吃饭仍然算得上狼吞虎咽，最多十分钟，就能把所有食物吞下去。买了大袋食物回宿舍，总有一种焦虑逼迫我在路上就打开袋子开吃。走在路上，我会不自觉地跑起来。第一次去大学食堂，我在众目睽睽之下拿出一本书，打算边吃边读。随后我发现，周围这样做的只有我一个人。

值得欣慰的是，我很快有了不小的进步。这一切得益于我善于观察，并且认真学习。我偷偷观摩其他女生如何吃一碗粉面：用筷子挑起几根面条，放到左手把持的勺子上，吹一吹，再吃下去，像某种精致的仪式。现在我的学习卓有成效，吃饭的姿态称得上体面。

还有一些预料以外的新认知。我上大一时，第一次知道并且注册微信。学会翻朋友圈之后，我发现不少大学同学的朋友圈可以追溯到初中。后来注册微博时，也遇到了类似的情况。我感到很惊讶——他们这么早就可以用微博和微信了吗？此前我唯一使用的社交平台是QQ。高中三年，我很少上网，QQ空间几乎不发，初中三年也不超过五条。每条都是近似的含义：

我要上衡中，我一定要上衡中。

衡中与削皮的土豆

我初中就去衡水借读了,考上的学校是衡水市第六中学,衡水市最好的初中之一。第一次班会,年轻的女班主任把双手撑在讲台上,环视一圈,说:大家既然考到这里来,目标一定都是考杭州,接下来三年可不能松劲。我一头雾水,为什么要考"杭州"?为什么不在河北读高中?等开学大概一个月,和同学渐渐熟络起来,我才知道不是"杭州",而是"衡中"。

我对六中不大满意,早饭的米汤有84消毒水的气味,里面混着钢丝球涮下来的细细钢丝,烂糊的白菜梗。菜里最多的是白菜和土豆,土豆带着完整的皮,肉菜里只有骨头。有一种传言说我们交的伙食费被食堂克扣下来给内部人员开小灶,这并不是毫无根据,至少初二那年晚自习下课的空气里面总飘着油浮浮的炒豆角味儿,像熬猪油的膻腻味。

我初中最好的朋友是晓宁,一个长发的美丽少女。我俩是同桌,成绩都不费劲地名列前茅。我们经常偷偷翘晚自习去天台上的水龙头洗头,或者在课桌下看小说。晓宁最喜欢的是郭敬明和村上春树,这两者的共同点是提供一种幻想。读书让我俩产生一种匮乏感:生活恐怕不应当是眼前这样,至少土豆应当是削皮的。我们俩互相交换了理想:她的理想是做甜点师,设计好吃而繁复的蛋糕;而我的理想则是开一家咖啡馆兼书店,一年有两个月歇业去旅游。不过鉴于读了村上春树和郭敬明,我们俩都把地点定在东京,或者上海。

东京和上海太远,而衡中近一些。我们这些成绩稍好的学生里,大部分人都明目张胆地向往衡中,在墙上挂的红条幅上签名:"我是××,我要上衡中。"或许成绩差的人也有此希冀,只是不大讲罢了。

衡中也富有幻想色彩。读初中时,来自老师的有两种说法,一种是对衡中的单向定义:"衡中是天堂";另一种是纵向对比:"衡中是监狱,衡二(衡水二中)是地狱","再不好好学习,以后只能去(衡水市)十三、十四中"。

"衡中是天堂",具体怎样好,没有太固定的说法。有的老师说是伙食好,菜里的肉给得很奢侈,甚至最普通的馒头(八毛钱一个)也做得非常好吃。衡中的食堂甚至都出过一本书(这是真的)。我谨慎地在下课之后去请教:衡中食堂的土豆削皮吗?对方非常坚定地给了肯定的答案。也有老师说是条件好,独立空调和卫浴,配备书目齐全的图书馆。最统一的说法是:去了衡中,除了学习什么都不用想。

衡水二中是地狱的说法却非常统一:在走廊里扇耳光(女生也不例外);揪头发;拉上窗帘,把不听话的学生从前门一脚踹到后门。十三、十四中则没什么好说的:喜气洋洋的、升学率极烂的高中,"走读高中能有什么好的"。

老师们偶尔会在课上跑个题,讲衡中的生活有多么紧张,我和晓宁在下面屏住呼吸,听得胆战心惊。例如:宿舍成员轮流值班,饭点派一个人去食堂,买够十二人份的饭——每人一个馒头和一包榨菜，用超大塑料袋打包，再迅速跑回教室，为的就是节省中午和晚上去食堂的几分钟来学习。当然，老师补充道：衡中食堂的榨菜也是非常好吃的。

上完那节课，我心情有点低落，感觉应该是没有机会在食堂吃削皮的土豆炖牛肉了。这种想法只出现了一秒，我立即暗暗痛骂自己：学习当然是第一位的。

2014年的夏天，我和晓宁都参加了中考。她考去了衡水二中，而我去了衡中。此后三年，我们几乎断了联系，因此我也不知道她两次自杀未遂，最终从二中退学去了十四中；因此我也没有机会告诉她，轮流买馒头榨菜纯属谣言，但是，食堂的土豆真的是削皮的，而且真的有土豆炖牛肉。

游戏场

离开衡中之后的时间，是个调整焦距的过程，合适的距离能让人看得更清楚。当我再度将镜头移向在衡中的三年生活时，曾经向几位朋友征求过看法。而他们不约而同地形容：衡中就像一场游戏。

如果这样来看，衡中的建模无疑十分精美。建筑大多由红砖砌成，散落着小池塘，其中有金鱼尾摇曳的微光；树木繁多，果树偶尔会结细小的果子，青色的核桃、深紫色的桃子一类，而到了秋天，银杏叶则会铺满道路，金黄而柔软。

我被分到的第一个班是实验班。班主任是个和气、帅气的年轻人,年纪看起来不会超过二十八岁。我们都管他叫大志,惯用的称呼其实是"老班",但我们普遍觉得这样把他叫老了。与"老班"对应的是"小班",一种类似见习教师的职务,同时也是任教老师,这是个更年轻的男生,姓姚,刚刚大学毕业。"小班"个子不高,说话轻柔,皮肤比女孩子还白。闲聊的时候聊起家乡,他说他是南方人,家乡在攀枝花。他把这三个字写到一张试卷后面。攀,枝,花,哇,这三个字听起来就如此芬芳,和灰头土脸的河北简直天差地别。除了日常协助行政工作外,"小班"还负责批改习字,我们班同学来自河北的天南海北,字也因此形状各异,七扭八歪。

习字有一套很严格的评价标准,别的班要分出"A""B""C""D"几档,"小班"笔下的批注却只有"A+""A"和"A-"。这个秘密不久就被发现了,他比我们先红了脸。"小班"确实有点软弱可欺,青春期的少男少女有时跟他开一些没有恶意的玩笑,追问他到底谈过几个女朋友;或者有时候忘了写习字或作业,在他那里也能打个马虎眼过去。

开学一个星期,大志在会上说,一个学生因为适应不了,熄灯后偷偷溜出去,翻越铁栅栏,不顾一切往城区跑。但他小看了南校区的偏远程度,跑了一个小时,远处仍然是看不到头的荒草。最后他哭着回来,敲开门卫室的门时,手上布满被锋利的铁栅栏划破的伤口。大家把这件事当成一个笑话，且不说南校区是众所周知的郊区，再说有什么不能和"老班""小班"沟通呢？我也想不通：他到底为什么要跑？这里明明已经很好，很好，非常好了。

衡中的好处当然不止于土豆炖牛肉，最直观的——空气好，因为比邻衡水湖。一旦下霾，立即全体通知取消跑操。在衡中跑操时流的汗是一种正常的咸味，而在六中的雾霾中跑操，流的汗是烟味的咸水，像泡烟头的剩可乐。宿舍是八人间，每间两个独立厕所和一间浴室，每层也有公共的浴室，每人分配两个柜子。最好的一点是仍然不限制发型，高中三年，除了偶尔对刘海的修剪，我从没剪过一次头发。

我产生过一些疑虑。第一次集体大会，在辉煌的礼堂，全体起立喊口号。群情激昂之时，台上的老师问：你们的人生理想是什么？大声说出来！我没料到有这一环节，理想是多私密的东西啊。可是周围的人全都喊了起来："清华！""北大！"那一瞬间我感到疏离：为什么人生理想会是某一所大学呢？高考时才十八岁，人生不是有八十年吗？难道此后的人生都不作数吗？

我们每人分到一张"挑战卡片"，需要写上自己的名字、学号、挑战目标和梦想大学，再塞到教室外面柜子的凹槽处。目标倒是好糊弄，无非是成绩进步，可是"梦想大学"让我很犯难，人如何能对自己毫无了解的事物产生感情呢？和实验班半数同学一样，我最后写了"北大"（另一半是"清华"），再贴到柜子上。课间，走廊里人来人往，每次有人靠近我的柜子，我都会感到一阵轻微的羞怯。高考之后我会知道，即便是奥赛班、实验班，考上清华北大的也是极少数。

最开始的几个月里，我们就把这场游戏的基础规则大概摸了个清楚。每个教室有两个摄像头，茶灰色，圆形的。有人曾经在办公室看过监控画面，回来告诉我们，画面全彩色，放大甚至能看清笔记本（也许是伪装的日记本）上写的字。

要竖起耳朵听，轻微的嗡鸣声代表摄像头在运行，咔咔声代表摄像头在转脖子，调整视角或焦距，闪烁的红灯则代表摄像头在录像。由于"抬头看摄像头"也是违纪名目里的一种，所以很少有人采取这种同归于尽的方法来了解自己是否在监测范围内。一般的做法是在上课前，先用班级电脑将摄像头的方向对准黑板，这样再有咔咔声就是一种提醒的警报。当然，得竖起耳朵听。

即便这样，违纪仍然层出不穷。每周通报违纪，在我脑海里印象比较深刻的名目有：盯着瓷砖看超过一分钟，疑似在照镜子。后来我找到了一份真实可靠的违纪名单，摘录几条如下：

607班 5：53 北1后2北2长时间抠右手大拇指

608班南后3北1喝水 7：01

611班北1后2北1扇风 7：03

596班数学课代表问缺卷子。有一个男生说缺德 7：12

这几条是教室违纪,宿舍违纪又是另一套。外界有一些广为传播的谣言,例如不允许起夜上厕所,有点荒诞得可笑。真实的规定其实是:夜里去厕所并不构成违纪,但不能在晚休后一个半小时之内或早起半小时前起床上厕所,原因是"有早起的嫌疑"。

最常见的违纪名目是"纸塑声",顾名思义,就是发出纸张或者塑料的声音,指午休或晚休时发出纸张或者塑料的声音,这是一项常见的违纪行为,喝牛奶或偷偷学习都会触发。早起是违纪,晚睡是违纪,在休息时段翻动书或卷子是违纪,这些条目最终都是为避免"不正当竞争",当然,现在有更时髦的词来形容:"内卷"。

唯一合法接触外界的方法是打电话。在超市可以买到不同面额的电话卡,几十个电话亭分布在学校的各个角落。如果这真的是一场游戏,设定就是每天都会有穿着校服的不同NPC在电话亭下抽噎,或者大哭。大多数电话亭都长得一样,也有几个景观类的,在高三教学楼旁边,封闭式,很有英伦风味,铁锈红的电话亭。

排行榜

进入衡中,需要带的东西很少。除了一些必备的衣物,还有一柄专门的饭勺。在衡中,第一件事就是领东西,一套新生规章，一个脸盆，四套校服，两套床品。

一切都规整统一，被子叠成方块，床单不能有皱褶，毛巾和牙杯在脸盆里有特定的摆放位置，一个宿舍的牙刷都要向着同一个方向。不过我们很快也发现了偷懒的办法：用别针把床单钉在床垫上，把硬纸壳塞到被子里，以保持硬挺。

教室亦然。必须使用统一发放的本子，每科都有积累本和错题本，语文还有札记本。老师演示了几种本子的用法：积累本用于记笔记；错题本用于改错题——先用一把小刀和尺子把卷子上的错题裁下来，用胶棒粘到本子上，再在自习课时订正批注；札记本则是用于摘抄作文素材的。

除此之外，我们每个人都领到一个学号。学号是一串五位数字，前三位是班级，后两位是排名。衡中将不同市县的中考成绩进行了折算，再在各个班级进行排名，第一个学号就是由此诞生的。

我最开始不太清楚学号的真实含义。它一开始看起来只是数字代号之类的。第一堂班会课上，大志就宣布了衡中的分班规则：开学三个月后第一次文理分班，十二个实验班将缩减成八个，此后高一学年结束、高二学年结束各分一次班。分班实行淘汰制度，按照前几次调研考试的成绩进行综合排名，将实验班末尾筛掉，再把普通班的尖子捞上来。每次分班都是打乱重分，即便一直待在实验班，同学和老师也会进行大换血，据说这样做的目的是"尽量避免产生太深的感情，影响学习"。

实验班缩减是一个肉眼可见的危机。大志估计只有班级前四十五名能再度落入实验班。第一次考试猝不及防地到来，所有人的班级名次、年级名次、各科分数、各科排名被打印成两张纸，贴到墙上。随后大志宣布，每次考试后重新分配座位，依据是上次考试的排名。所有人抱着桌子在走廊上排队，第一名先进去挑选座位，随后是第二名、第三名……以此类推。这时我才察觉，每次考试是一场比赛，而学号就是一个实时更新的排行榜。学号同样是社交名片，要认识一个人，先偷偷打听他的学号，看前三位是否在实验班之列，再看后两位是否体面。

正如赛区的划分，不同成绩段的学生也有不同的赛道。

整个年级大约四千人，约前一千二百名的考场在教学楼，之后的分到实验楼。实验楼平时很少使用，没有空调（也可能是不开）。到了冬天，在实验楼考完一场，总是五指僵直不能动。这个成绩段的人的理想则是回教学楼考试。

排行榜的最新动态可以实时查询，在读报机上。读报机是一台巨大的白色触控一体机，每个班分配一台，放在教室正对的走廊上。读报机可以进入衡中的内网。在衡中的语境下，"内网"是指衡中内部系统，而"外网"则是指一般的网络环境。你可以在任何一台读报机上查到每个人的学号，每次考试的成绩，甚至可以看到每张扫描的试卷。

正因如此，学号规则相当清晰透明。衡中招生并非没有暗箱操作，传言中有家长花费数十万才将孩子塞进来，但同样需要遵照这套学号淘汰制度，因此这些学生大多数都沉淀在普通班。

这些人里，最著名的一个学生被称作根哥。根哥姓甚名谁已无从考据，据说他患有某种认知障碍一类的疾病，而他的父母在衡水当地颇有财力，花了大价钱才把他送进来。我见过根哥几次。往往是在我吃完饭返回时，根哥才慢慢踱步到食堂。他脚外八得厉害，鞋大得像船，鞋带总是散着，一甩一甩，走起路来像得意的鸭子。根哥不胖，脸上的肉却像台阶一样挤在一起，有点像英国演员憨豆，露出牙龈，脸上永远洋溢着快乐的笑容。他会写自己的名字，少量的汉字，较为多量的数字和字母（但不是全部）。在读报机上看根哥的卷子是我们保留的娱乐项目。他会把选择题填满，填空题全填数字。大题写上一个"解"（也有可能不写），接下来就是断裂、连接不构成意义的句子，或者干脆画画。

虽然没人能保证自己每次都在"第一考场"[1]，根哥却可以毫无疑问地每次出现在"倒数第一考场"。如果请假缺考，下一次考试就会掉到倒数第一考场。我曾经因病请过一次假，月考后，周围人都揶揄地问我：见到根哥了吗？

的确。根哥坐在我斜前方，每场考试前二十分钟，都能听到他的笔用力戳在答题卡上的声音。此后他会猛然扭

---

[1] 月考的座位会按上次考试排名来排序，考场也因此编序，第一考场即排名第一的考场。

过头来，一根手指往鼻孔里掏，不知道盯着什么。我不敢抬眼看他，担心与他对视。整场考试我都有点心猿意马，直到最后一场考完才鼓起勇气看了他一眼，他的眼睛像浑浊的黄玻璃珠。

三个月后文理分科，我分到了实验班。想过学文，可是一没前途，二来文科生总是遭到鄙视，因此填了理科。因为执教的学科成绩不好，"小班"掉到了普通班。刚刚分班时我隐约听过他的消息，和普通班的同学聊天，也说"姚老师性格很好，但打分严厉"，只批注"A＋""A"和"A－"的事情，大约没有了。此后很久都没有听过他的消息。后来我高三有次去办公室送卷子，偶然看到他坐在角落里训一个低着头的学生。我们来自攀枝花的"小班"，本来头发柔顺得像郭富城，现在横竖炸起来，像鸡窝一样，脸上有暗色的痤疮痕迹。我从办公室离开时，刚好瞥见他把卷子摔到一个学生脸上。我迅速低着头逃走了，当时胖了许多，他应该也认不出我。

模拟世界

高二是我在衡水中学最快乐的一年。快乐的前提是成绩和学号在实验班稳定在中上游，而高考的压力尚未袭来。

我偷偷带MP3和大容量充电宝进学校，把它们藏在枕套里。我同时拥有几款不同的MP3和耳机，也因此和电子数码店的老板形成了友好关系。他准许我免费使用他家的自用电脑，用酷狗音乐下载歌曲，再把它们拖进MP3里。如果有特别想听的歌，我会把歌单抄在纸上，趁放假再一一拖进去。大家爱听的无非是：周杰伦，许嵩，泰勒·斯威夫特，稍微潮一点的会听Shawn Mendes和Troye Sivan。

衡中的图书馆和书店也在这一年修缮完毕。每周一节的阅览课是泡图书馆的合法时段，而书店则全天候开放。阅览课只有四十分钟，勉力能读完一个中篇或者两三个短篇，因此大家尽量挑《小说月刊》《收获》这类杂志读。图书馆当然不仅仅有杂志，其他时间也可以去那里借书，但涉及少儿不宜的内容都在"仅教师可借阅"的架子上。我当时经常和班里的男生郭靖宇去借书。郭靖宇相当聪明，他先进去装模作样转一圈，把一本书从"仅教师可借阅"转移到"学生书架"，第二天再去学生书架把那本书借出来。

郭靖宇就是那种男生，可以用"喜欢王小波，留头发，长着红肿痤疮的高中男生"来打个标签。我们当时也有计算机课（打金山游戏或者偷偷看闲书），课前他神神秘秘地把一本书塞给我，我起初不明所以，打开折角的页，里面是非常露骨的性描写。我虽然没有任何经验，却仍然装作一副轻蔑的神气，迅速把书合上了。我至今还记得那本书是约翰·欧文的《盖普眼中的世界》。

书店则鱼龙混杂，既有最新的作文素材，各类教辅，有

《萤火虫小巷》此类《纽约时报》推荐好书，也有《张爱玲全集》。但是依据规定，这些购买所得的闲书不论何时都是非法的，也就是说：这些书在离开书店前一瞬间是商品，后一瞬间就变成了违禁品。其中一定有宽容的成分，因为从没有人在书店门口等着记违纪。

我们全班大多数人都追《龙族》，一本书全班传看，后来按照章节撕下来，标上序号，夹在书里看。男生都喜欢绘梨衣，而女生则喜爱夏弥。我们一下课就争论她们俩究竟谁更漂亮，谁会先复活。后来上大二时我在一个运营岗实习，办活动的时候在休息室见到了江南，于是问他究竟谁更漂亮，谁会先复活，他也告诉了我，可是时间已经过去了三年，我们早已天各一方。

蚊虫嗡嗡的夏夜像吸满水的沉重的拖把。值日项目虽然是轮流，但我主动请缨一直担任拖地板的值日生，原因是可以偷偷在涮拖把的地方刷牙洗脸。高三将至，逐渐有人丢掉了洗漱的习惯，我却一直保持着，并以此为傲。

周六有自由活动，是指从下午五点十五下课开始，一直到七点半，其间可以自由活动。周日早上也不用跑操和早读，上课之前到教室即可。

一次休息总共加起来勉强两个小时，弥足珍贵。周六晚上，超市里的泡面柜子往往被洗劫一空，而食堂档口则无人问津。泡面是衡中最奢侈的食物，因为单单泡开就需要三分钟，只有周六的休息时段才容得下这样的奢侈。泡面很好，面汤热气腾腾，吃下去感觉身体里一节节走廊的灯光啪啪接连打开了。

另一件休息时段的大事是洗澡，这是唯一合法的洗澡日。公共浴室供应充足的热水，花洒的水流激烈而凶猛，美中不足是没有吹风机。

于是每周六晚上，我们像自由人一样，换上自己的衣服，湿漉漉的头发往下滴水，在电话亭打一个奢侈的漫长电话，再慢慢踱回教室。晚修的时候，平日负责做教研PPT的男生偷渡来一些违纪片，如《天使爱美丽》《幸福来敲门》，也有Carly Rae Jepsen和Ariana Grande的情歌MV。

PPT男生是这两个欧美歌手的狂热粉丝。他做PPT讲究精益求精：设计一列载有名字的火车，敲一敲白板，敲碎一块玻璃，或者让一扇门从中间打开。这种小花招总让我们惊呼不已，也让我们班的PPT成为全年级的模范。高二的最后一堂班会课，PPT放到"谢谢观看"的一页，我低头准备做题，忽然听到周围响起一阵惊叹，抬头一看，一扇巨大的、蓝色荧光的蝴蝶翅膀从PPT男孩身后徐徐展开，轻轻曳动。他脸上满是骄傲，告诉我们这是他精心钻研的成果。

几年之后，我才知道，原来不论我、郭靖宇，还是PPT男孩，都是"小镇做题家""应试机器""头脑死板的书呆子"。即便如此，我每次都很想问一问，你们也见过PPT做的蝴蝶翅膀吗？

衡中的假期很短，三周放一次，从前一天下午到第二天中午，时长约为二十小时。我常常选择不回家，换上牛仔裤和T恤，洗个澡，偷偷搭上去城里的公交车（四十分钟一趟），在公交车上打开窗户吹湿头发，正大光明掏出MP3来听。为避免错过末班车，在城里大概可以停留一两个小时，保留曲目是点上一桌子必胜客，撑到溢上喉咙，再买上两大包零食和一箱牛奶，漫无目的地走上半个钟头。有时候下雨，水泊和橱窗里映出我们的身影，道路呈现出一种坚硬的深蓝色，路上钉着的伸缩路障发亮，像一连串的眼睛一样一颗一颗盯着我们看。我们感觉从未如此自由，仿佛知晓一切，拥有一切。

去南极建房子与《金锁记》

我们高二班级的友谊维系至今，每年都会组织一两场聚会。有次聚会时大家都大四，去向基本已定，可是有许多同学还要再读上一年，因为建筑学本科要读五年。

如果有人做调查，一定会发现，在2014级衡中学生中，有惊人的比例报了建筑学的志愿。即便是从没对建筑产生兴趣的我，也知道什么是建筑"老八校"和"新四军"。

高中三年，我们开了太多的会，每次大家都会揣上几张卷子，当作换一个地方自习。台上无非是同样的励志故事和鸡汤，中心思想就是：考大学。这个"大学"首先是清华北大，剩下的学校都是"极差"。讲到"非触"[①]，年级主任说：去年就有两个非常好的孩子，因为非触，成绩一落千丈，最后考得也很差。随后他又说：一个去了人大，一个去了央财。

很少有人考虑专业，或者真正知道专业是什么。老师们说：不是你们该考虑的事，到时候自然会知道。如今我已经记不得任何一场大会，唯一的例外发生在高三刚刚开学时，清华建筑学院的院长庄惟敏老师来做的一场讲座。

一切如常地进行着，直到他讲到火星设计太空站的图纸，要考虑哪些要素，我才从卷子堆里抬起头听了起来。然后他讲和同事去南极建房子，他们在冰天雪地里长途跋涉，沿途要小心掩埋在雪层下的冰窟窿。同行的一个英国记者，不慎踩进冰窟窿里，起初还能听见呼救声，几分钟后彻底无影无踪。他还讲了南极科考站是怎样的光景，如何吃鱼，又如何和企鹅打招呼。这时我发现了一个令人惊异的现象，礼堂里不再有写卷子的沙沙声，大部分人都抬起头听起来。庄院长列举了建筑史上的名人，梁思成和林徽因在屋顶测绘的图片。他讲到建筑系学生的日常，要学基础的素描，也学一点水彩；骑着自行车去胡同里，爬到屋顶上测绘老建筑。

到了提问环节，隔壁班的1号站起来问：庄老师，请问什么样的成绩可以去清华建筑系呢？庄老师说：我们一般要

[①] 即"非正常接触"，包括男女生单独相处、共餐等，会被认为具有早恋倾向。

全省第一，但是第二也行。

南极和火星都是如此遥远，也因此梦幻。第一次有人对"专业是什么"进行了填充，并且是如此美好的内容物。下一次考试换挑战卡的时候，许多人都在目标卡上写"清华建筑系"。

在衡中试卷众多的分类中，有一种是作文素材，一周一印。之前的作文素材一看就是某个认真卖力的语文老师做的，摘录每次考试的高分作文。直到有一天，我在作文素材上瞥到了"曹七巧"字样，因为我是资深的张迷，马上翻开看看。但出人意表的是，这次不是某个学生或者老师的摘抄或解读，而真正是《金锁记》的内容，虽然只有前半章。这看起来像某种失误，或者心血来潮，总之不大像真的。而下一周，我又看到完完整整的《金锁记》下半章。我翻过来看这张试卷的编辑：赵增普。

赵增普在衡中上下三级都是传奇人物。关于他的传言很多，诸如高考语文拿了一百四十分，是河北省最高分，但因为酷爱读书，其他科成绩拉胯，最后去了河北师范大学。在大学期间，他又读了几百本书。

传言亦真亦假，但印刷出来的《金锁记》是真的，摸得到的。后来还有契诃夫和艾丽丝·门罗的短篇小说，练议论文时印最新的时事评论。有一天印了聂树斌案，是《南方都市报》的文章，说是新闻，但和我之前读的简讯又不一样，是一种我此前未曾见过的文体，至今我还能完整复述其中一些细节：卧室的写字台上蒙着浮尘，放着冻柿子。

我把这张偷偷带回宿舍，读了几遍，然后就决定我要读新闻系。

如果问高二的我，什么是素质教育和人性化管理？我一定会回答：衡中。

有图书馆、书店，有这样的作文素材，有运动会、成人礼和八十华里远足；每年拍一部微电影；同时开设各种各样的社团和大学先修课。当然是有条件的，只有学号靠前的学生可以选择大学先修课，其余同学只能选择社团；运动会是几个年级轮流开。

被高三生活压得喘不过气时，我曾经爬上五楼，去语文教研室找过赵增普。我希望得到一个"不这样也行"的答案，而我相信他就是那个异类。我大致跟他讲了我的想法，即便去个不那么"好"的大学，也可以读上几百本书，在自己的领域有所成就，获得一种自洽的生活，不是吗？他说：跟读书比，还是考一个好大学比较重要。如果再给我一次机会，高中我一本书都不会读。

怒放的生命

如同从小到大成长的经历一样，我总会觉得前一阶段的痛苦是如此微不足道，甚至幼稚可笑。现在写下这些字，是想留给之后的自己。我想说，按照四维空间的理论，你和现在的我并非同一人，因此，请像体察旁人的痛苦一样体察现在的我吧，不要嘲笑，也不要轻而易举地认为是青春期问题的一种。我要说，此刻的痛苦是真实的。

——引自我的高三日记

每次谈起高中，我都想到高中的物理实验课，模拟光滑的小木板绑着一截弹簧，银色的弹簧崭新光洁，富有弹力，另一端紧紧挨着小车。把弹簧压缩，或者拉长，到刻度的部位，也可以模拟无限压缩或者拉长。"但不要太用力"，物理老师会说，弹簧会失去弹性，成为一条普通的弯曲铁丝。

大学四年期间，我慢慢意识到，高中的经历就如同这一截弹簧，有人绷紧压缩，有人拉伸向前，起跑线就差了许多刻度。可这只是实验的预备阶段。弹簧永远不是主角，终将弹开，恢复原有的弹性和长度，有人退化，有人则立体而迅速地恢复。当然也有弹簧在用力过猛的同学手里，不幸永远失去了弹性。

再过一段时间，我又意识到，弹簧弹开也仅仅是实验的开始，实验的主角尚未登场——其实是被推开的那辆小车，光滑的木板上，前面还有很长，很长的路。

我的弹簧接近崩溃，就是在2016年深秋的一个周五，早上五点四十。

彼时我已经在衡水中学读到高三，距离高考还有约两百天。我当时蓄了很长的头发，比及腰更长一点，沉甸甸的，已经至少十天没洗，因为板结，所有的碎发被污垢粘在一起，因而呈现出一种奇异的工整。因为头发长，我早起比别人多了一道工序——先把头发从身下抽出来，再坐起来整理内务。

说是整理内务，实际上只是把真正用来盖的被子塞进柜子里，再抚平床单上的褶皱。因为时间紧迫，晚上睡觉时几乎不脱衣服，也不会动用来摆样子的样板被（多数夹了硬纸板以保持形状），大部分的梳洗程序早就省了，多数时候只是接一捧冷水泼在脸上。

每天早上的起床铃响过之后，会循环播放一首调子振奋的励志歌曲，三年间这首歌换了不少次，现在还能想起来的歌名有《追梦赤子心》《隐形的翅膀》等等。更换的频次也不固定，开始是固定的一周一换，后来一首歌据榜的时间越来越长。最经久不衰的是汪峰演唱的《怒放的生命》。

《怒放的生命》一共四分三十五秒，这是我后来才知道的，从第一秒到三分钟左右我能完整地在脑海里精准放一遍，但后面就模糊起来，像有划痕的磁带一样刺啦断裂。这是因为当时的我从来没有听完过这首歌。

当汪峰卖力地唱出第一段副歌"我想要怒放的生命"，当天跑操一定会迟到。

我现在对汪峰的声音过敏，或者说有点恐惧。不论何时，听到《怒放的生命》副歌前紧张短促的上扬"我想超越这平凡的奢望"，我都会不由自主紧张起来。

我其实没有仔细想过什么是"平凡的奢望"，但是那天，早起铃声响后我没有第一时间从床上弹坐起来。"不想把头发从身下抽出来"，这个念头持续了十几秒，我没有起床，闭着眼把这一天预演了一遍，和过去的几百天一样的重复、枯燥、麻木。然后汪峰唱到了第一个"我想要怒放的生命"，此时宿舍里已经空无一人，于是我又平静地躺了下去，第一次把这首歌完整听完，最后的钢琴声短促而沉闷地落下，宿舍楼里已寂静无声。

我不想起床，确切地说，我不想面对起床后的一切。那天我一动不动躺到了天亮。应该没有人发现，或者老师们早就不想管我。

如果有什么更具体的原因，那就是：周六的自由活动被取消了。不能洗澡是最大的麻烦，但到了高三，也很少有人再留难以清洗和晾干的长发。

说取消并不准确，因为从没有过明文规定，但到了高三，几乎所有人都不再给自己放假，仍然以平时的速度回到教室里。

那天之后，我开始逃课，带着卷子和课本，去空着的竞赛教室或者医务室上自习。逃课的人不在少数，有时候一间空教室里静默坐着几个逃出来的人，大家互不认识，座位隔得很远，闻不到对方身上的臭味，也并不说话。

要逃离的高三生活是怎样的呢？我第一想到的是气味。为了争分夺秒，多数人选择连续几周不洗澡。冬天的早上，跑完操，人群涌进教室，一种热气腾腾的臭味瞬间弥漫开来。到那个程度，已经无法区分是汗臭、腋臭，还是不洗衣服的臭，纯粹就是动物的臭。

讲究卫生是不被鼓励的。校服里面大家大多穿黑色的衣服，我有一个同班好朋友周琦，有一次她穿了一件银白色羽绒服，被班主任看见了，开班会的时候说：有的同学穿浅色衣服，早上跑早操进来了不立马读书，在那儿精雕细琢叠衣服。"精雕细琢叠衣服"指的是把羽绒服折了两次放进抽屉里，我们大多数人的做法是乱七八糟塞进去。

也不是完全不洗漱。学生把牙缸和肥皂放进教室外的柜子里，或者教学楼洗手间架子上，利用早饭或者课间时间洗漱。规律不难发现，楼层越高的洗手间内，洗漱用品的数量和种类就越多（低楼层为实验班，高楼层为普通班）。

爱讲究，就说明这个人没有把全部心思放在学习上。有老师会说：跑操完按照味道就能辨认班级——最臭的是理科实验班，然后是文科实验班、理科普通班、文科普通班，最后是艺术生。

错题本和笔都消耗得非常快，高三下学期我至少用掉了三本数学错题本，而我早上换一根黑色笔芯，到晚饭时间差不多就用完了。我自幼握笔姿势不大规范，但弊病第一次显露出来，右手的大拇指关节非常痛，我不得不在手上缠上厚厚几圈卫生纸。

衡中是漫天的题海战术。一个课间发的卷子能淹没一整张桌子，没有人做得完，只能勉力地解题，永无止境地写下去。做到后面觉得千题一面，没有没见过的题。翻开市面上任何一本大众题库，或是某一年的高考题，都有熟悉的题目出现。做题做到这个程度，不再知道自己不会什么，可是考试照样丢掉分数。

读大学时，有次闲聊，我无意间提到衡中老师出的题经常能押中高考原题，其他同学大为震惊，立即七嘴八舌地议论起来，一致认为衡中成绩好背后的黑幕一定在这里：出题老师们悄悄在衡中试卷中混入高考原题。可是真的不是这样。

外在的约束都是其次的，关键是要慎独。在衡中，很多词语是实打实的。"全部心思"就是"全部心思"，字面意义上的。刚读高三我还保留着周末读书的习惯，每次都是狼吞虎咽。可是有一次不小心在回家路上读完了一本恰克·帕拉尼克的书，接下来开学的整整一周，所有的情节、句子、主人公的动作，千方百计地钻进我脑子里。我感到恐惧，不敢再读书。情况好转了一些，有一段时间我几乎认为自己是"全心全意学习了"，我跟同桌总结道：我发现，走神、喝水、多花时间吃饭，这些都不可怕，逃课也不可怕，最可怕的就是读书，因为你会记住，还会回想。同桌深以为然：最可怕的就是会一直想。

这就是最可怕的事，思想是最可怕的事情。可是思想又无法控制，例如无法停止脑海里自动播放的歌曲；即便是读语文阅读题目，或是一首出塞诗，甚至是胃药说明书，也可能会浮想联翩，思想无孔不入。

无法控制思想使我感到耻辱，只能在其他地方多下功夫，例如再把吃饭的时间压缩一分钟。有一次午饭的时候想吃泡面，开水倒进去，食堂的人几乎走光时，泡面还没有泡开。面汤是滚烫的，烫掉了一半舌苔，但面饼又是硬的，我几乎吞下去，方便面块在胃里翻滚时仍然保留着锋利棱角。我胃绞痛了整整一天。

高三的课堂上，如果犯困，可以自觉站起来听课以保持清醒，为不遮挡其他同学的视线，也可以选择站在教室后面。站起来的人越来越多，教室后面站不下，又挤到走廊里和讲台两边。最后小半个班都站了起来，教室有一半座位几乎是空的。学校不得不明令禁止：任何情况不许站起来，罚站也不行。

老师们讲历届状元的故事。譬如"一六年状元吃包子"：为节省时间，他每次都等到同学们吃饭快回来的时候再去食堂，每次都吃包子，打到饭就往门口走，包子掰开先吃馅，能吃多少算多少，走到门口，无论还剩多少一并扔掉。

有学长学姐回学校宣讲：因为吃饭快，胃都坏掉了，到现在也没有完全好。可是他们喜悦地说：考上了清华／北大，也算值得。

最恐怖的一个故事出自《从衡中走向清华北大》。其中的故事里有一个和我同乡的女生，据我的初中老师说，她家距离我家只有一条街。她的自述里有这样的内容：升入高三，为了明志，也为了省时间，索性剃了光头；高三的寒假，她把一张桌搬进狭小潮湿的卫生间，整个寒假，大部分时间都在里面度过。即便是除夕当晚，家人叫她出来看看春晚，放鞭炮，也被她拒绝了。这一切都发生在离我家不到一公里的地方！后来她考上北大，在自述里由衷感谢当时的自己，配图里，她的头顶刚刚长出一截发茬。

不论是哪一种故事，最后的结局都是"ta上了清华／北大"，仿佛一种审判，神的手指一指，从此就升入天堂。

我做不到，我太软弱，所以我也考不上北大。寒假里我六点起床，走到我初中老师开设的自习室里学习，路上花费十三分钟，随后隔五十分钟休息十分钟，休息时听一听随身带的MP3。这件事后来被我的老师知道了，她严肃地告诉我：曾经有学生就是如此，休息时还想着听音乐，就在假期被弯道超车，自此再也赶不上其他同学。知道自己成绩为什么上不去吗？老师会说，对自己不够狠！我十分羞愧，从此把MP3束之高阁，不再听音乐。

高三是某种分水岭，我开始意识到自己在理科方面天赋的匮乏，尤其是数学极差，如同某种天堑一样，最后的山峰是如此不可逾越。我的成绩在年级一百名到一千名之间飘忽不定。一千名的起伏在高三是正常现象。我考进过"卓越班"①几次，但我没有因此产生过任何不切实际的幻想——我一直隐约知道自己考不上清华北大——这事儿不是努力就行的。

我们的老师不这么说，他们会归因于你"不够努力"。数学老师算过一笔账：只要你听老师的话，老老实实刷题，就算"不灵"，也能拿到"基础分"。一道五分的选择题不会，最后一道大题只做第一问，最后基础分也能有一百三十六分。

每科都有一个此类的基础分，加起来是六百六十多。我后来才想起来问：在河北省，近年间，不管哪年，这个分数都远远够不着清华北大，甚至上不了复旦和上交，只能上"很差"的大学。

有时也可以放纵一下，让思想尽量往有益的方向游荡。例如幻想大学是被允许的，是好的。每天晚自习下课，大家往宿舍奔跑，一边喊着"我要上清华""我要上北大"。高三后期，有个女生起床极其快，绵延的起床铃还没有结束，就能听见她在楼下喊"我要上北大"，一路喊到操场上。至今不知道她是哪个班级的，也不知道她最后上北大没有。

每年衡中考上清华北大的人只有一百多个，可是每天在操场上大喊的人远不止这个数字。

---

① "追求卓越"是衡中的校训，卓越班并不是一个班级，而是考入清北线的人，每次约一百多名，会被聚集起来开小会。

我不太敢幻想大学，也不喊口号。思想是可怕的，非常可怕的一点就是寄予一星希望。如果我不了解北大，北大就只是北大，一个录取线很高的大学。但我一旦开始了解，并且幻想，当我知道北大有某个湖，或者一座塔，或者幻想我自身置于其间，并将其视为高三生活唯一的光亮时，到最后考不上北大的时候，我就再也无法从其中抽身了。

将军此去必封侯

我对高考没什么实感，衡中一直说"平常高考化；高考平常化"，高考前多如牛毛的模拟考试里，我们经常给出题水平打分，有的过于简单，有的过难，有的只是计算麻烦而不考验水平，也有一些考试能通过我们的打分，成为"非常高考"的试卷。

高考那天我们仍然是照常起床，照常吃早饭。在薄蛋壳一样的天色下，每人领一个画着笑脸的蛋糕，和一枚鸡蛋，又最后喊了一次口号。

最后一场是英语考试，铃声落下来的时候，隔壁排最后一个男生过度兴奋，仰头摔了下去，我们全都笑了，监考老师也笑了。这时我又给考试打了次分，这次题出得不大行，只能算"百分之六十高考"。

大家沉浸在终结的狂喜里，我跑到楼下占据了一个最喜欢的电话亭。这部电话亭是铁锈红的封闭式电话亭，高三之前我非常喜爱纳博科夫的《洛丽塔》，其中一个重要情节就是洛丽塔在这样的电话亭里打电话。

我给我妈、我的初中老师打了两个漫长的电话。打完电话手指上有黏糊糊的汗，渗到指纹里，我一边搓手指，一边踱步回教室。旁边的女生在痛哭，哭到身子半坠到地上，电话线像生命线一样摇摇欲坠。我偷听了一耳朵，她说她没涂完答题卡，又说：如果涂完了，应该考得挺好的，能有五百七十分。我听了觉得这个分数涂与不涂差别不大，就走了。

路上原本空无一人，不知道从哪里冒出来了根哥。他穿着一套簇新的校服，脸上还是喜气洋洋，大摇大摆，鞋带一晃一晃。平时如果迎面遇见他，我是有一点害怕的，可是那天完全没有，我甚至兴奋地和他打了个招呼。根哥大摇大摆，我也大摇大摆，感觉自己在走向全世界，接下来就算有再多再难的题，我都不会害怕。

我最后考了六百七十一分，属于正常发挥的水平。我打算全报新闻系，第一志愿报了人大。我妈载我去石家庄见人大的招生老师。招生老师是一个中年男人，因为我语文考得还不错（一百三十四分），他认真听了我想读新闻系的原因，然后告诉我：如果你真的一定想做新闻，你就不要报其他综合性大学，你就直接在人大之后报×大。他给出的理由是：其他综合性大学城市太偏，做新闻一定要在北京；而新闻系除了人大，最好的就是×大。

这位人大老师是出现在我十六年生命中最权威的人士，于是我把志愿改成了——第一志愿：中国人民大学，第二志愿：×大。

各大高校录取线的word文档首先在QQ群里传出来，我点开，发现人大录取线六百七十三，比我的成绩高了两分，我再往下拉，再往下拉，才看见×大的录取线：六百一十六分，比我的成绩低了五十多分，基本上相当于高三一年的提分，甚至可能更多一些。

这时人大的招生咨询QQ群里弹出一条信息，有人问："差两分还能去吗？"我定睛一看，发现是我妈发的。我立即把群退了，我妈神色慌张地从厨房跑出来，站在客厅里，说我给×大招生办打个电话，其实×大也不错，只是之前没了解。她拨了电话，问×大保研率怎么样？对面说：非常低。我听见了，也无法忍受了，我说：妈，别折腾了，我出门一趟。

我妈没再说什么，谢天谢地。出门前，自我青春期以后她第一次想要抱抱我，我拒绝了，我走下楼，看见她从厨房的窗户看着我，我又走过两排楼，走到一个确保我妈从窗户看不见的树荫下，才蹲下开始放声大哭。

我第一次知道人可以这样哭，发出一种陌生而尖厉的声音，像一种鸟的呼啸。眼泪甚至可以流干，我的眼睛在之后一个星期都肿成红色的晶晶亮的小包。整个高三我的痛苦都非常干涸,没有多余的时间来悲伤,现在我终于可以哭出来了,可是一切都完了。

这种痛苦是如此强烈,以至于我只能忍受它,而无法描述它。它有点超出了我的理解范围:所以这一切都是白费的吗?这一年来的所有煎熬和折磨,最后的结局就是如此吗?

数学老师说:你考得也不错呀,怎么去了那种学校?我心里想哪种学校。然后我返校,走廊里用红纸贴满了高考成绩和录取情况,去×大的基本都是普通班的。后来班里聚会,有个女生没来,我随口问了一句,才知道她因为高考发挥失常,删了许多同学的联系方式。于是我打听她去了哪里,是上海财经大学。这时候我忽然发现我读的学校比上海财经大学录取线还低。确切地说,那年×大的录取线比我们班最后一名的高考成绩还要低,可是我不是最后一名,从来没有当过最后一名,高考的时候也远远不是最后一名。

我有一种强烈的恨意,我能明确说"我恨",但我遍寻不到一个宾语,最后只能强烈地恨我自己。

我在之后的半个暑假、一两年间,都觉得自己是有罪的。我想到好几桩事,例如高考结束后在心里嘲笑没填完答题卡的女孩等,当然我最不应该、最不应该一定要读新闻系,不应该这样填志愿,这就是我的报应,盲目的报应,要和别人不一样的报应,于是我再也无法放过自己。

我们那一年,衡中公布的高考喜报里,考上清华北大的人数再次破纪录，达到一百七十五人。当我真正置身其中时，发现了一些怪现象，就是出现了许多成绩的倒置。我们大多数人都是在高考之后才开始了解具体的分数线和高校，例如我们班平时能考进年级前十的周琦，最后只考到了中央财经大学；可是学号在班级后十名的同学却考取了中国人民大学。这在刚刚高考完的我们看来是不可思议的，简直荒谬，以至于大学时我从来不敢和周琦讲我的痛苦，我会觉得她比我痛苦多了。多年以后再正视，才能明白，在多次的车轮式复习中，即便是最后一名的同学，对知识的掌握程度也很高，运气和心态占了很大比例。从清北掉到央财，并不是发挥失常，仍然是正常浮动的范围中。可是在衡中，老师们就会树立这样的观念：除了清华北大，考上其他学校就是"极差"。

衡中就像一个进击的巨人，巨人由无数的小人组成。小人们被告知，要努力向上爬，做头部，只有头部才算作出人头地。可是巨人实际上并不在乎最终谁是头部，谁从头部掉到了肩部，谁又被甩了出去，但头部是一定存在的，巨人一定会完成他的进击。

我跟周琦说了巨人的比喻。她问我认不认识贾佳，高二和她同班。我见过她一次，那是高三下学期，有一天我逃课，在教学楼门口遇见她。贾佳剃了光头，头顶泛光，正双腿并拢、用一种奇怪的姿势非常板正地坐在道路中央。我走过去仔细一瞧，她正在写放在腿上的一份卷子。

周琦回忆说,高二的时候,经常会听到她一直在念一首出塞诗,大家那时觉得她精神状态不太好。可是毕业多年,想起这首诗才觉得精准,写的就是我们与衡中的关系。

这首诗是《出关》,将军此去必封侯,意思是学校一定会一年比一年牛逼的。后面周琦忘记了,我查了一下:将军此去必封侯,士卒何心肯逗留。马后桃花马前雪,出关争得不回头?

失重

没有模拟练习,我就这样读大学去了。

父母把我送到大学宿舍楼的大门口,拖着行李穿过走廊,走廊里充斥着洗衣房的气味和吹风机的声音,墙上贴着大片的穿衣镜。后来的事实证明,女大学生在打理衣物、头发和仪容上都要花掉大量的时间。

这些我还不甚理解,唯一明确的是:我是堕落至此,在此地有一种强烈的寄居意味。同学我都不大瞧得起,不仅高考比我低近一百分,年龄还都比我大上一两岁。

大多数人脸上都有一种松弛的堕落气息,像开了节能模式的手机一样。他们穿衣服,换衣服,洗衣服,叠衣服,再穿衣服,花大量时间把一切恢复原样,并且乐此不疲。他们提早一个小时起床,做些毫无意义的事,吃大量碳水的早餐，提前到教室后排坐定，再用一上午昏昏欲睡。

如果这里的生活模式和衡中一样就好了，可一切都失重了。像不经训练的地球人来到外星球一样，每一步都很难迈出，要么跌跤，要么go too far。

时间是金钱，老生常谈了。那么外部世界不仅通货膨胀，税率也高得离谱。一切商品都那么贵，我几乎失去估算能力，早上提前十分钟出发去上课竟然会迟到，而我本以为自己留了过于充足的时间。可是提前半个小时去上课，到了还要等上好一会儿（其实只有不到十分钟），我又会因为浪费而坐立不安。在清华读书的同学告诉我，因为校园大，即便骑自行车，从宿舍到教室的路途也要花上二十分钟，我几乎觉得不可思议，就像听到富豪购买了看似不起眼而花费巨大的奢侈品一样。

时间就这样白白流逝了，浪费在重复的表格和路上的时间就难以计数，令人痛心。我患上严重的电脑分离焦虑症，电脑就像我外挂的器官一样，假牙一类的。即便是去和朋友聚会，我都一定要背着沉重的电脑和充电线，并且试图蹲在地铁的连接处做作业，并引以为傲。大二时我找到一份坐班的实习，早晚通勤要三个小时，可以模考一整套数学卷子了。通勤时段的地铁拥挤不堪，乘客距离比衡中跑操还挤，我还是会试图用手机背上二十个完全记不住的单词。

另一方面，更糟糕的是，像骤中彩票的穷人一样，我又完全不懂得如何支配时间。

我所能购买的商品页是如此贫瘠，上面列着：上课，做作业，读书，娱乐。学业这一项上，我唯一的优势是比大多数大学同学掌握更多高考知识，但这些在升入大学的一瞬间完全作废，一切从零开始。我没有什么特长，也没有爱好，也许胜过他人的就是能写一手印刷体的英文字母，但大学几乎不再需要手写。

后来我不得不在自己的商品页上添加许多日常事务，包括：取快递，填表格，坐公交，清扫房间。古往今来，描写真实生活的文艺作品都是一场骗局。书本，或者电影只会描写主人公有意义的动作。会出现这样的句子："过了一阵子"，或者镜头直接从早上切到晚上，这"一阵子"期间，主人公恐怕也在忍受漫长的无意义生活，取快递，坐公交，清扫房间。

时间转换的跨度可能会更长，主人公永远也不知道作者的下一句要跳到何时，或许是今晚，过了几天，几个月，甚至十年后，甚至可能已经是大结局，而主人公却毫不知情，生活渺无音信地过下去。

在我渺无音信的日子里，大多数时候，下午六点之后便不再需要上课，也没有强制的作业。时间出现大块大块的空白，而我只能任由它们流失。

我找不到对我而言真正的娱乐。综艺、连续剧都变得索然无味，我无法在上面保持超过两个小时的专注。有几次我下载了时下流行的《王者荣耀》，但连掌握游戏里的规则都需要漫长一段时间，每次都是中途放弃，连娱乐都要这么高的时间税率。有一阵子我险些丧失了阅读的能力，连续三个月没办法读完一本书。即便情节再引人入胜，我都会被潜意识提醒，有一件重要的事情还没有做成，不能沉迷于当下的娱乐。

我找了很久这件"重要"的事情。起初我觉得一定是升学，升学能弥补高考的遗憾。我可不要在国内考研，结果最好不过清华北大。相较于本科就在清华北大的人而言，我的终点就会是别人的起点，还是输。于是我一门心思出国，大一一年，几乎打过市面上所有中介的电话，最后签了一家老牌机构。我看了无数同专业申请的case，做了万无一失的详细规划。

做规划让我第一次在大学感到了安心。此前我如水上浮萍，而一张详细的规划表则把我托了起来。

其实不该用"详细"这个词，这张规划表最细致不过精确到月。我不怀疑衡中的同学会比其他学校的更懂得什么是"努力到极致"，我自己就是，懂得努力到极致，但是毫无规划能力。在衡中，老师事无巨细地为我规划一切，帮我为假期的每一天制订详细计划；发给我几种特制的本子，每一种本子有具体的用途和详细的使用方法；跑操和吃饭分别有不同的小册子和试卷，恰好是候操或者排队的三分钟能完成的量。

老师们教给我考试的几种做题思路，甚至如何使用草稿纸——我至今还记得，把草稿纸对折叠上三次，最后变成厚厚的小方块，每一个小方块解一道题，再标上题号，如此便不会弄混算式；如果一个小方块用完了，就再用一个；如果草稿纸用完了，就再用一张。

高考最后一张草稿纸用完，一霎间烟消云散。大学老师布置作业，只有题目和提交日期，随后一分钟都不会拖堂，径直夹着书本，拿着水杯出门去。最开始我会等，总应该发一些教案、指南，到底要去图书馆几层找些什么书看；考试总该告诉我每一个知识点应当复习到什么程度；总该有演习吧；至少截止日期前应该提醒几次吧。这些当然都没有，而我自己只有一种很笨拙的学习方法，就是"地毯式学习"。我牢记高中老师的叮嘱：每一个标点符号都可能考到，而哪怕错一个标点也是零分。我这样去复习，即便说了不大重要，我还是认为会恰恰埋伏着出卷老师的诡计，因此和同学用一样的工夫，只能完成五分之一，甚至更少。

最鲜明的一种痛苦是自我搏斗。对于这种痛苦，大学最开始我使用的字眼是"自我教育"，然后是"自我说服"，再是"自我辩驳"，最后变成"自我搏斗"。我终于把自己泾渭分明地分成两个阵营，姑且称为A我和B我。

B我有强烈的病耻感，胃病也好，抑郁症也好，在B我眼里是不中用的表现，B我对自己接近严苛，不按时接受治疗，认为是一种浪费时间。B我痛恨软弱。

B我是一个斗志昂扬的不幸者，因为高考的一点失误坠落到了一个污糟之地,即便走在校园里也会有一种轻蔑与优越感。B我想要复读,却因为精神和身体的双重病痛而放弃了,B我因此更痛恨自己的身体。B我不允许父母在家里提到高考的过程和所在大学的名字,一次饭局上父亲偶然聊到,B我愤然离席而去。

B我大二时,和一位交好的老师吃饭,说自己不理解,为什么不直接杀掉所有智力和体力在一定标准线下的人,这样人类社会才能更快地发展。B我的老师非常惊讶,问道,如果你恰好是那个标准线下的人呢?B我想了一想,说那我甘愿就死。老师评价这种思维是社会达尔文主义,B我认为非常精准,并且不以为耻。

A我则截然不同,A我从不嫉妒,很少羡慕。长时间里比较羡慕的是青岛人,青岛有非常漂亮的海,鸽子被喂得很肥硕。据说青岛的中学奉行素质教育,同学下午三点下课,去附近的奶茶店买珍奶,然后再一起散步回家。A我的羡慕也比较有限,因为自己同样过着顺利的人生,有一对开明的父母,在很年轻的时候就找到了自己的志趣所在,并且很有毅力地填了志愿,读了最想读的专业,然后在大学里如鱼得水。

B我是A我最讨厌的一类人,A我是衡中以前的我,原本的我,始终能在关键时刻跳出来的我。我时常不慎落入B我强烈的情绪里。为了彻底斗争的胜利,A我在备忘录上记下一条条笔记,诸如:

为什么不该退学：因为你喜欢你的专业，而且可以在这条路上走得更远。

为什么不该歧视他人：因为并不了解他人的困境。

……

其中我查阅最多的一条是：

为什么不该厌恶／责怪过去的自己：当时的自己有当时的局限性，并且已经做了最尽力的选择。当时的局限性是现在的自己无法想象的，要把过去的自己当成他人来共情和理解。

自我搏斗的日子里，我孤立无援，只有不同时间轴上的前前后后的我自己，明白我自己，承诺向自己伸出援手，永不背叛，用一根根绳子把自己从悬崖边一点点拽回来。过程是惨烈的，我大三时在小腿上发现一条很长的白色伤疤，想了很久，才想起是大一时不小心撞到路边的铁栏杆上，伤口很深，翻出一点肉来，血流不止，和裤子粘在一起，而遵循B我的想法，完全没有做任何处理。

我在大学很快发现人与人情感的不相通。我把大量的时间和情绪消耗在自我搏斗上（B我同样以此为耻），而许多发达地区出身的同学则毫无此类痛苦，也难以理解。我有段时间完全地否定衡中的一切，并且希冀于从此类快乐同学身上进行模仿。我有次向一位同学表述了这种痛苦，希望她能给我一些指导，她援引了三岛由纪夫评价太宰治的一段话："他性格上的缺陷，通过洗冷水澡、做机械体操和过有规律的生活，至少有一半可以治愈。不必劳驾去麻烦艺术。"

我一下子体无完肤，之后便不再向他人诉说此类痛苦。这痛苦实在是难以言说，也难以溯源。怪谁呢？有一种表达的捷径是归咎于衡中，我大可以说"衡中灭绝人性"，把自己包装成受害者，然后得到同情和理解。

可是我不能这样做，我想起我真挚的同学和老师，想起PPT上的蝴蝶，我不能否定那里的一切，那也太残忍了，我不能这样做。

也许可以怪外部的世界，这里的规则太混乱粗糙了。一路努力奋战，考上顶级学府的人，人生可能因为一次意外就坏起来，再也不会好；而没有上过大学，投机取巧的人却可能成为亿万富翁，这合理吗？公平何在呢？相对而言，衡中才是真正的乌托邦，这里规则明晰，赏罚分明，每个人都有单纯的盼头。

二砂建设始末

童 欣

东德援建中国的郑州第二砂轮厂项目，戏剧性地以"冒进"始，以"拖延"终，走了一条"欲速则不达"的弯路。

2022年10月底——那时人们还不知道新冠疫情的防控其实已接近尾声——郑州市有关部门突然下发通知：根据目前郑州市新冠疫情防控形势，为做好冬季疫情防治工作，确定在郑州二砂文化创意园四〇二工厂27号厂房建立医学观察点，预计床位一万张，"目前建设工作已于2022年11月3日正式启动，预计12月8日前交付使用"。

11月初，果然有多批工人将建筑材料运入这个全国重点文物保护单位的厂区，部分厂房的玻璃也被敲碎更换。只是因为上了热搜，该计划于11月12日被叫停。这个让当地政府头疼不已的"舆情"，事实上是让其避免了更大的尴尬，要知道，若该项目如期交付，马上会迎来12月7日疫情防控"新十条"的出台，更是覆水难收。

"二砂文化创意园"因计划改方舱而翻红，众多媒体的聚焦让久已尘封的巍峨厂房重新暴露于大众视野之下。人们知道这里曾是亚洲最大的砂轮厂，由东德援建而来，却大多不知道其建设初期那段曲折的历史。

东德援华

谈起1949年之后新中国的工业建设，人们总会提到"一五"期间"苏联援华的156个项目"，但这些项目并非都来自苏联。

在1950年代中国从国际社会主义阵营所接受的援建项目中，苏联大约占三分之二，另有三分之一来自东欧国家，而德意志民主共和国（简称"民主德国"，今天多数人约定俗成地使用其简称"东德"）的援建量仅次于苏联，其一国援华项目就占了东欧援建量的一小半。而且，东德的援华项目虽然在总体规模上无法与苏联相比，却颇有些"画龙点睛"的意味：数量不多，但都是工业（特别是国防工业）的关键部门。郑州第二砂轮厂——中国人简称为"二砂"，德国人简称为"Schach"，正是这样一个与国防密切相关的重要援华项目。

经济援助，是冷战初期美苏双方巩固自身阵营并树立胜利信念的重要手段。在社会主义阵营中，工业相对先进的国家向落后国家提供技术援助，还是一项具有重大政治意义的国际主义行动。对援助国而言，援外既是在受援国、在国际上树立正面形象和扩大影响的途径，同时也是援助国执政党在本国国内构建政权合法性的一种方式。二砂项目是中德合作的三大项目之一，不仅自筹备起就受到周恩来总理、乌布利希总书记等中德两国领导人瞩目，更因其建设过程中的波折成了最令中德双方悬心的项目。从1954年立项，1956年动工，直到1965年正式投产，十几年间波折不断地经历了多次运动，其建设过程自然也被历次运动打上了烙印。

与此同时，该工程又受到中苏关系以及中国与东德关系波动的影响。在这个过程中，中方在具体施工建设方面，与作为技术指导者的德方的思路常常形成一种张力，但在总体目标上又形成某种奇妙的"共振"：双方相互影响，将一件本来已经足够复杂的工程变成了掺杂着多重利益的博弈。

由于这些因素，它为我们提供了一个难得的典型，去透视冷战初期中国与东欧国家经济交往中的诸多特点。

在"二战"后的东欧国家中，成立于1949年10月7日的德意志民主共和国，几乎是中华人民共和国的双生子，而且两国都把"祖国统一"看作是建立政权后的重要目标。建交伊始，两国就建立了紧密的经贸联系，后来逐渐成为对方的第二大贸易伙伴。1954年之后，东德已经不满足于与中国进行简单的商品贸易，而开始像苏联一样援建大型项目，出口成套设备。到1960年底为止，东德建成和在建援华项目有五十个左右，分布于中国十多个省市，大多在华北、东北等北方地区。其中最重要的是三大项目：

保定化纤厂，在东德援华项目中投资规模第一，"一五"计划的"156个重点项目"之一。1958年开始施工，1960年建成投产。

华北无线电器材厂，该厂曾被命名为"718联合厂"，1964年联合厂建制取消，成立了包括"798厂"在内的各分厂（其旧址即今天北京市内的"798艺术区"），投资规模第二，也是"156个重点项目"之一。1954年开始施工，1957年建成投产。

郑州的第二砂轮厂排第三，虽不在"156个重点项目"之列，却因其规模和级别而被郑州人称为"第157个项目"。前两个项目两三年即建成投产，但这个项目于1956年开始施工，直到1965年才进入试运行。

除了这三大项目，其他有相当规模和意义的大型项目还有：北京市玻璃厂（建成后产量和质量均为全国第一）、西安仪表厂（中华人民共和国的第一个大型仪表厂）、内蒙古制革厂、保定光学器材厂和一系列火电厂。

联想到德国坦克在"二战"中超越盟军的通信和光学瞄准技术，这个援助名单可以说集合了德国工业技术之精华。东德领导人之所以如此倾尽全力，除了其意识形态中所包含的国际主义因素和苏联的示范作用，还与这个政权在国际上的窘境有关。奉行哈尔斯坦主义的西德（联邦德国）坚持不跟任何承认东德的国家发展官方外交关系，导致东德在国际交往中的空间极为逼仄，而援助中国这样具有世界影响力的新兴第三世界国家，则有助于东德在其他亚非拉国家树立形象，甚至有机会突破西德的外交封锁。

与援建大型工业项目相配套的，是派遣援华专家。截至1960年底，东德总共向中国派遣技术专家六百零二人。此后因中苏分歧，苏东国家很少再向中国派遣专家，但二砂是个例外，从1961年8月到1964年12月，又有三十七名东德专家被派到郑州，援建二砂的专家达到了八十九人次，而且他们是最后一批撤离中国的苏东专家，原因会在下文揭晓。

与苏联的援华项目相比，东德的援华工程有两个突出的特点：一是技术精，无线电厂用的是东德国内最先进的技术，砂轮厂更有过之；二是持续时间长，从1954年初一直持续到1964年底。而这两个特点集中体现在了第二砂轮厂的项目上。在东德援华的项目中，二砂虽只是三大项目之一，投资规模又非最大，所处位置亦非政治中心，却是东德领导人最关注和最头疼的项目。

何以见得？德国统一社会党中央委员会关于1953年到1988年这三十五年间的对华经济关系档案一共有七盒，二砂独占一盒。这固然是因为厂子的规模大到了能影响东德与中国政治关系的程度，但更主要还是因为厂子的建设一再出现问题，甚至闹到了中方向德方提巨额索赔的地步。这又是怎么回事？

揠苗助长

其实，二砂项目一再拖延的病因之一，早在其未开工之先就种下了。

砂轮厂是国防现代化进程中不可或缺的一环，是"工业心脏的心脏"（斯大林语）。砂轮又被称作机械工业的"牙齿"，大到大型舰艇发动机曲轴的磨削加工、高速钢轨的切割，小到计算机芯片的研磨，它都是必不可少的工具。国防工业的其他部分，如飞机制造厂、汽车制造厂、滚轴厂等等，没有砂轮就无法运转，以至于间谍会通过砂轮的质量和产量来推算一个国家的军事实力。

1949年的中国，仅有一个沈阳苏家屯砂轮厂，其前身是始建于1940年的"满洲吴制砥所"，1950年代初改称"第一砂轮厂"，仅能生产少量的陶瓷磨具，1949年后才开始试制磨料。因此，当时的中国对砂轮的需求达到了"迫不及待"的程度，不但大部分砂轮"还依靠进口"，而且"轮船运还来不及，有些用飞机运，有些工厂为了砂轮而停工待料"。

鉴于砂轮在军工生产中的重要地位，中国政府在"一五"计划启动时就决定上马大型砂轮厂。原本也打算请苏联援建，但到苏联考察之后发现，苏联的砂轮厂用的也是德国技术，于是转而直接向东德求助。这个预想中的砂轮厂，最早的筹备处于1953年5月15日在武汉成立，当时定下的名称是"中南砂轮厂"，隶属第一机械部第二机器工业管理局。

数月后因为河南巩县（今巩义市）发现了大储量的铝矾土矿（刚玉磨料的主要原料），便将筹备处移到了郑州市敦睦路五十六号，改称"郑州砂轮厂"，1955年一度因保密原因改称"四〇二厂"，后恢复原名并于1962年最终定名为"第二砂轮厂"。

东德政府欣然接受了中国的请求。1953年12月5日，德方第一次得知中方想让德方参与到一个砂轮厂的建设中去。1954年4月27日，中国国家计委与东德政府签订了合作协议。按照东德专家代表团团长弗朗茨·克鲁格纳的建议，一期工程的预计产量被定为五千零四十吨。根据协议，德方的义务是：按时提供相应的设备，提供技术指导并随时排除生产中出现的问题，最终保证工厂能顺利交给中国政府。

然而，在1955年的"冒进"气氛中，急需砂轮的中国政府将年产五千零四十吨磨具这个计划产量改成了一万二千吨。这个产量，意味中国这个从前无法生产磨料的国家，将一下子拥有亚洲第一大、世界第二大砂轮厂。把产量定得如此之高，是因为中方设想该砂轮厂不但应满足全国工业生产的需要，而且还准备出口埃及，援助越南。

这个造成后续施工一系列困难的改动，究竟是何时又是怎样发生的呢？

若按《二砂厂志》的说法，变动发生在"1955年11月14日，国家建委审批二砂初步设计时，将生产规模变更为一万二千吨"，然而结合中方其他材料和德方档案发现，

"生产规模变更"肯定早于这个日期。1953年规划"一五"计划时，中方的设想就是一万二千吨砂轮，但之后可能认识到实际条件的局限，所以在1955年之前一直没有把一万二千吨当作预定指标。1954年6月一机部部长黄敬签字的"计划任务书"里，写明二砂建成后的目标是"生产自用的金刚砂及年产各种砂轮五千零四十吨"之外，另附一条："设计中应为将来的发展，适当地预留余地，使有发展到年产各种砂轮一万二千吨，及相应的发展其他各种产品的可能。"

1954年7月，德方首次从中方那里得到消息，中方有了将二砂的砂轮产量提升到一万二千吨的设想。到1955年，德方得知中方已经下了大幅提升设计产量的决心。最初德方很惊讶，并没有答应，因为这样的要求超出了东德当时所掌握的技术，德方专家经过内部讨论认为，自己最多有把握建成年产七千五百吨的砂轮厂。迟至1955年10月初，访问北京的东德专家还在劝告中方将产量暂定为五千零四十吨。然而在同年10月22日的后续协定中，德方已经同意把二砂的设计产量改成一万二千吨。

这又是怎么回事？中方急于建立国防工业体系乃至援助其他国家革命的心情还相对容易理解，东德方面作为技术上的指导者和"把关人"，怎么会最终应承了下来？

现在的人再以冰冷的数字和逻辑推想1950年代后期社会主义国家内部的决策过程，可能会因为忽略时代气氛而产生偏差。二砂并不是孤立的存在，东德援华三大项目中的另外两个项目也都有"只争朝夕"的雄心：保定化纤厂建成后是世界上最大的化纤厂之一，华北无线电器材厂的规模也是世界级的，远远超过东德自己的任何一个无线电厂。1958年来华担任东德驻华大使馆一秘的霍斯特·布里在回忆那时的气氛时说："当年，我们几乎都是天真浪漫的狂热分子，总想要直接投身到社会主义的建设中，就算不能在自己的国家，至少也可以在这里大干一场。"这或许从一个侧面描绘了那时来华德方专家们的精神状态：东德自己的建设环境还受到诸多束缚，但中国人"改天换地"的气魄感染了来自东德的工程师，使他们跃跃欲试，要将在故乡无法施展的才华挥洒在这片神奇的土地上。

对于当时的东德领导人乌布利希而言，援建中国的政治意义实在太大了，以至于很难下决心拒绝中方在二砂产量方面的要求。"二战"后，作为苏军宣传员的乌布利希等人乘着苏联坦克来到柏林时，德国共产党打出的口号是：在当前条件下强迫德国走苏联式社会主义道路是错误的，他们的目标是建立"议会民主制的共和国"；在经济领域，德共强调自由贸易和保护私有财产。而德共在以蛇吞象吃下德国社会民主党之后，新演化出的德国统一社会党的宣传口号是："向苏联学习，就意味着向胜利学习！"全面引入苏联体制的后果是重工业发展迅速，而消费品生产严重不足。政治上对斯大林的个人崇拜，也使得整个东德在其去世之后一下子变得人心惶惶。1953年6月17日，大罢工和游行活动席卷了整个东柏林，而且还扩散到其他东德城市。当乌布利希手足无措的时候，苏联驻德部队用坦克平息了这场政治风波。

"六一七"事件发生后，中国政府和中共对东德给予了全方位的支持：不但在政治上坚定地站在东德政府一边，而且在经济上也提供了各种帮助。比如，当东德驻华外交使团团长柯尼希对周恩来表示，本国今年不仅无法偿付对华贸易中的欠账，而且还要向中国请求食品方面的援助时，周恩来表示中国将"尽一切可能给予帮助"。毛泽东援助东德的热情更高，为解决德方难以偿付中方货物的问题，甚至决定从东德进口一些中国暂时用不上的货物，因为"他们比我们苦得多，我们不能不管"。从其他资料判断，毛泽东并非不知道东德的生活水平高于中国，此处说"苦得多"，应该指的是政治处境。

在东德领导人看来，中国政府不但愿意为自己"两肋插刀"，而且还真有些本事：中国在1953年9月25日公布了过渡时期的总路线后，仅用一年左右的时间便"高效"改造了手工业和资本主义工商业，彻底改变了中国经济的所有制结构，这比斯大林用飞机大炮逼着农民加入集体农庄强多了。东德政府正迫切地探索建设社会主义的新路，中国的发展方式给他们留下了深刻印象，使其不敢像苏联那样时常以"老师"自居，反而特别想从中国学习一些经验。这是德方接受中方不切实际的产量设计的又一个重要原因。

政治原因之外，经济上的动机也在时刻推动着东德签下这份"大单"。如果纯粹从经济方面考虑，东德肯定希望中方把二砂设计得越大越好。根据两国于1955年4月23日签订的《郑州砂轮厂第一号合同》，中方承诺：二砂建设中所需的一切外国设备，中方都将通过东德外贸机构订货。这对东德而言太重要了，自从两国建立贸易关系以来，东德从中国进口的商品不断增多，对某些矿产品（如钨矿、硼砂）和农产品（如大豆、肉蛋、茶叶）甚至形成了依赖，但自身能出口到中国的货物却不断减少。最初中国还从东德进口很多小型机床，不过很快就实现了"进口替代"，从此只进口大型精密机械，以至于德方在1954年攒下了数额巨大的贸易欠账。通过二砂，东德能向中国出口大量成套设备，有利于平衡对华贸易。同时，正如1957年10月访华的东德副总理厄斯纳所言，对华贸易对东德的内政也有巨大的政治意义，因为只有依靠出口才能保持本国的充分就业，从而防止技术人员逃往西德。

当然，如果改产能为一万二千吨在技术上不是"没有把握"而是"毫无可能"，那么即便东德有上述政治和经济方面的动机，也不敢贸然应允。事有凑巧，就在中德双方讨论设计方案之前不久，苏联列宁格勒一位教授声称自己发明了一种名为"压块法"的制作刚玉磨具的新工艺，而且刚刚到东德宣讲过。虽然这种生产工艺在世界上还没有任何国家试用过，但德方在中方的催促下，在政治、经济两大动机的推动下，最终决定以"压块法"这种自己也没弄懂的技术作为二砂生产磨具的核心工艺,"边施工,边设计,边学习"。

有德方这个"技术把关人"的肯定,中方狂飙得就更快了。本来,"按照国家建设委员会规定,大型重点项目的施工,必须编制施工组织总设计、施工组织设计、施工设计三个阶段的文件,作为调配劳力、供应物资、装备施工机具、统筹建厂总进度、审决工程各项费用、核算全部投资的依据",但二砂通过请示主管部门同意,将前两个"设计"合并为一个,并且没有考虑把设计产能提升百分之一百三十八后带来的诸多问题,仅仅"以五千零四十吨产品的初步设计推算一万二千吨产品的建厂投资、工作量、工程量和设备台数",由此算出的预定工期是"自1956年3月起至1958年3月止,期限两年"。一机部给国家建委的申报审批函极简短,自言"把握不大"却请求批准,其全文如下:

国家建设委员会:

　　四〇二厂初步设计概算已经我部批准,兹将审查意见书报上,请即审批。

　　一、四〇二厂批准总投资一亿两千九百二十二万元。

　　二、四〇二厂的概算系按产品任务五千零四十吨推算一万二千吨的任务,故投资的正确性把握不大,请建委在审批中考虑此项因素。

　　中华人民共和国第一机械工业部办公厅(章)

1956年8月1日，二砂的主厂房陶瓷、树脂砂轮制造车间正式破土动工，1957年进入大规模土建施工阶段，1958年进入土建与设备安装交叉施工阶段。援华东德专家自1954年11月开始陆续抵达郑州，截止到1959年10月一共派了三十九名专家（中方向德方申请的专家人数为九十人），接近此时来华东德专家总人数的五分之一。专家们为二砂设计了六个生产车间、两个辅助车间和两个动力车间，其中最大的一个车间正是2022年新闻中要改建方舱、拥有弧形锯齿式屋顶的27号车间（制造陶瓷砂轮），单厂房建筑面积即达七万四千三百七十六点八平方米，从地表到房顶大梁的空间在十六米以上。

可是，就在中德双方期待二砂能在两年后竣工投产的情况下，这个工程的验收却一直拖到了1964年12月29日。

两国"共同冒进"

事实上，从1955年起，中德双方就开始了一场共同的冒进。

本来，德方对"压块法"这个新工艺寄予厚望。为掌握新工艺，东德专家克鲁格纳多次带领考察团赴苏联、捷克、匈牙利学习，结果发现这些社会主义兄弟也没有真正掌握和运用过这项技术。但在最终确认此法不可行之前，德方没有向中方提出改换设计方案。

但德方也看到，中国的经济建设在1955年到1958年这段时间里，不停地变换着节奏，忽视已经签字的外贸协议，不断改换订货要求，给东德的生产带来巨大麻烦：二砂建设开工后，中方一直试图提前完工，催着德方提供设备。可是东德好不容易让设备整装待运，1957年中国的"反冒进"却让二砂工程的部分建设"下马"，于是中方又"硬性地停签合同"。德方刚刚依据新情况调整好生产部署，中国这边的"反冒进"又被叫停，取而代之的是盲目乐观的社会生产运动，"1958年设备分交时，中国承担自制百分之四十设备，后因不能制造，又再次提请德方供应，因而拖迟了制造时间"。一味增产的建设运动启动后，中方又开始催着德方要设备，甚至"要求提前一到两年交货"。如此反复无常，让设备生产一向按计划进行的东德十分为难。

"大跃进"看似热火朝天，其实反倒拖延了二砂的施工进度。

二砂工程原本与炼钢无涉，但在时代气氛的烘托下，厂区工地内也建起了一座六百三十平方米的小型炼钢厂，下设炼钢、炼铁、铸造三个工段。折腾一番后，这个钢厂因为炼钢失败而在1961年被撤销。

除自行炼钢带来的弊病外，周边单位"大干快上"的建设热潮导致钢铁、木材、水泥等物资全面紧张。据德方记载，工程所需的一万八千吨水泥，才运来了两千五百吨，此外还有所需的六千六百吨钢材和四千立方米木材都无法到位。以至于连二砂行政主楼的地面，也变成了一半是德方原先设计并监督施工的水磨石地面，一半是粗糙且略有坑洼的水泥地面。

物资的匮乏导致每当德方专家想按照既定设计方案、既定成本施工时，中方施工单位总是倾向于产得"更多"、用得"更省"，甚至不惜更改施工方案。比如有职工用自己试制银坩埚代替原设计中的铂坩埚，把每个的费用从五六百元降到十元。更有甚者，刚玉车间原计划建四座东德专家设计的"洋窑"，需要耐火砖二十万块、钢材五吨和六百个工时，造价二十万元，而1958年实际采用的"土马蹄窑"则既不要耐火砖，也不要钢材，仅需六十个工时和七百块红砖，造价只要二百元（原设计的千分之一），据发明者说能获得相同的产量，同时用煤还更少。

最初，东德专家参考战备标准，将厂房建得异常坚固，因为他们经历过"二战"，知道像砂轮厂这样的关键设施在战争时期会成为敌方打击的首选战略目标——当年纳粹德国进攻苏联时，砂轮厂即被列入第一批轰炸目标。但在物资不足的局面下，"厂里认为东德人设计的建筑标准太高"，不理解为什么一层建筑在没负荷也没震动的情况下非要把地基打下去几米深。根据德方的调查报告，中方指挥施工的人员并没有完全按照德方专家的书面指导意见进行组装，而是自行其是。"砂轮制造车间的八万平方米刨花板保温层以泡沫混凝土代用",为了省钢材,中方设计单位推荐厂房采用竹筋混凝土小梁构件,最终这个方案被否决了,但23号、26号、28号、31号四栋宿舍楼采用的仍然是竹筋混凝土小梁构件。

这样"学生指导老师"的情况绝不只出现在二砂的工地上,而是"大跃进"时期许多援华专家的普遍感受,他们的专业建议经常被中方说成是"保守的"和"落后的",故而不予采纳。

在二砂的建设过程中,中方人员擅自改变施工方案的做法,使得土建专家组组长奥古斯汀·西蒙不得不一直盯在现场,"一旦发现施工人员没按设计要求干,马上就会上前制止……直到施工人员按照他们设计的图纸全部改正后才离开"。但西蒙有时也只能妥协,为了不降低工程结构标准,"和中国技术人员一起,反复试验,试制成功了三十米跨度钢筋混凝土屋架,节约了大量钢材",最终,"整个工程节约了三百六十八吨钢材、五百四十吨水泥和三百万元资金"。这样做的代价,要么是造出了一些不堪使用的废品,要么是因反复试制而拖延了工期。

比物资更紧缺的,是人。

"大跃进"期间,由德方精心培养的中方技术骨干经常被调用到别的项目中,甚至有些专门为二砂项目而赴东德留学的专家也被调走。留下来的技术人员也要过1957年的"反右"和1959年的"反右倾"运动这两关。只有两三千人的二砂，在这两场运动中一共批判和处理了三百一十九名干部职工，其中许多都是技术人员。

除了技术骨干，普通劳力也在告急。

郑州周边劳动力本应十分丰富，但在"大炼钢铁"的热潮中，有大批原本在二砂工地上的劳动力被抽去炼钢，继而到来的"三年困难时期"，让粮食成为阻碍二砂施工建设汇聚人力的"卡脖子"问题。

一方面，二砂工地上缺人，以至于1959年10月25日中共河南省委不得不同意郑州市委"由郑州热电厂抽一百四十名，纺织机械厂抽二百六十名，轻工机械厂抽一百名"员工去支持二砂这个重点工程；另一方面，二砂工地又拿不出粮食来养活这些人，以至于1960年上半年郑州市委又不得不同意二砂党委的请求：派大量员工去"支援农业"，以减轻粮食供应方面的负担。据统计，二砂职工仅1960年上半年即帮助收割粮食一千亩。

缺粮的不是二砂一家。中国在1961年至1964年间不得不进入所谓的"调整时期"，中央对国民经济计划进行了"伤筋动骨"的压缩。周恩来在1962年5月的政治局扩大会议上提出：1961年中央下决心减少了一千万城镇人口，今年决定再减少两千万。

在此大背景下，二砂原本一路攀升的职工人数从1961年起连续下降了三年，其中"徒工"人数从1960年的一千四百零九人减到了1963年的四十人。郑州市计委在1962年8月的报告中提到二砂"上半年计划完成很差,工程进度比较迟缓"的问题时认为:"主要原因是施工力量不足,省建一公司上半年平均在该工地施工的土建工人只有四十五人;安装工人五十六人。"

值此"经济困难时期",建厂物资紧张的问题已经顾不上了,吃饭才是头等大事。据后来的"四清"工作组调查,二砂在1960年到1962年间,以"支援农业"的名义,共拿出马达五十台、橡皮线一万两千九百六十三米、塑胶线一万两千零二十米、电线三百米、松木杆十三立方米、煤沫三千五百余吨、沥青一吨、汽车轮胎四套等物资,"卖给荥阳、巩县、南阳、郑州郊区等地……从上述地区共买回各种蔬菜十一万斤、柿饼三千七百斤、大枣一万斤、蜂蜜三百斤"。其中蔬菜大部分交给职工食堂,大枣大部分按级别分给干部职工,另留一千斤分给浮肿病号;蜂蜜除照顾厂级领导干部外,还给一机部二局捎去四十斤……

物资和人员的匮乏之外,"大跃进"时期急于求成的"临时生产",同样是造成二砂后来工期延误的重要原因之一。

1958年7月,中方一方面催促东德方面提前交付设备,另一方面又让本来就已经人力不足的二砂施工队本着"边基建、边生产、边练兵"的方针和"土法上马、土洋结合"的原则去搞临时生产。在"创奇迹,上北京,群英会上争光荣"口号的鼓舞之下,二砂开展了以"技术革新、技术革命"为中心的"双革"劳动竞赛。比如陶瓷模具分厂在主厂房一年左右就可竣工的情况下,硬是于1958年11月"土法上马自己设计建筑一千平方米的临时厂房,四座三十二立方米圆窑,并利用已安装的国外设备,开始临时生产"。这类"土法上马"的试生产效果很不理想:"4号刚玉冶炼间的建造结构、通风除尘和电器设备及生产工艺存在问题;刚玉系统二十六条钢板运输带不能使用;1960年6月第一条砂轮烧成隧道窑投入试生产,烧成的温度曲线不符合设计要求;砂轮加工间通风除尘效果不好,不能排出,室内粉尘浓度超过国家标准;12/13号碳化硅冶炼间扒炉时烟尘太大,不能排出。"

更离谱的是连设备都没有到位的碳化硅车间。施工队为该车间的临时生产而在厂区西围墙内侧(调车场和木材库之间的位置)盖起了砖木结构的临时冶炼间,内有土法制成的三组冶炼炉(每组五台)。这个临时冶炼间里没有任何机械设备,"运输工具是人力车,混料工具是铁锹,起重工具是土杠杆"。

如此不惜人力大干一番后,终于赶在二砂开工三周年的1959年8月1日炼出第一炉碳化硅。可就在两个多月以后的10月25日,碳化硅临时冶炼间突然发生了土法冶炼炉喷炉事故,砖木结构的厂房大部分被烧毁,造成损失达十一万五千元。

在"大跃进"的气氛中,碳化硅车间的工人们又于寒冬腊月在被烧毁的临时冶炼间里露天生产，"即使在狂风怒号、风雪交加的恶劣气候条件下也不停产"。如此辛劳之下，又用土法于1960年2月生产出了碳化硅，谁知3月1日临时冶炼间的冶炼炉再次喷炉，所引发的火灾把整个厂房和周围的原材料仓库都烧成了一片白地，碳化硅的临时生产这才被迫停止。

其实不到半年后，德方的四组二十台电阻炉就运到了，新的碳化硅车间得以于1960年9月建成。

中方急于"土法上马"，在1960年之前多半是因为急于求成，而在1960年之后则更多与"三年困难时期"的窘境相关。与苏联援华一样，德方提供的设备和劳务并不是无偿的，它们都会被计入东德对华出口之中，需要中方用外贸物资去偿还。为减少贸易欠账，减抑粮食出口，中国政府在1960年之后退订了一大批原先已经跟东德说好要进口的成套设备，因为这时国家已经拿不出农产品去交换工业品。整体上，1961年中国机械设备的进口额与前一年相比下降了近三分之二。1961年8月，李富春在确定1962年进口成套设备的原则时指出："除十二分必要，基本不进口。"1962年2月，国家决定除了1961年订购的一千万新卢布设备之外，"其余的成套设备拟在谈判中争取全部取消"。

这些举措，对二砂工程造成了极大干扰，如此一来，工期拖延已成必然之势。

工程"共同拖延"

面对进展迟缓的二砂工程,作为技术指导的德方专家团队心态十分微妙,他们一方面着急工程的进度,另一方面又不禁窃喜:工程推进受阻,反而掩盖了德方无力按时提供合格组装设备的窘境。

"二战"后,苏占区的德国工厂遭到苏军的野蛮拆卸,大量畏惧俄国人的专家和技术工人向西逃亡,使得在二十世纪本已成为"质量卓越"代名词的"德国制造"变得有些名不副实。德方和中方的报告中均提到,德方匆忙送来的不少设备质量欠佳,导致后来不得不拆换或改建。

中方改动设计产能,带来了技术要求的根本性变化。事实证明,用五千零四十吨所需的生产条件去推算一万二千吨的设备要求是不行的,这样会造成许多不曾预料到的技术困难,许多设备需要重新设计。比如从东德运过来的十三个高炉,最多只能同时使用五个,否则为这些高炉所设计的管道就无法承受更高的进气强度;同时从东德进口的仪表也并非为这样的高压环境所设计,所以也用不成。据德方事后统计,为适应设计产量被提升到一万二千吨之后的要求,由他们提供的装备中约有百分之六十都是新组装的——东德国内的工业企业也从未试用过。

最要命的是,东德方面到了要交货时才发现,自己在合同中向中方承诺提供的加工硼–硅刚玉的设备,在东德国内根本就生产不了。而且东德方面并没有立即承认这一事实，反而长期对中方隐瞒真相，想从苏联悄悄进口，将此事瞒过去，但最终还是没能从苏联进口设备。几经波折，东德的信用蒙受更大的损失。为了此事，东德统一社会党分管外贸的政治局候补委员埃里希·阿佩尔受到本党领导人的严厉斥责，在一份送给他的文件上有这样的手写批示："您怎么到了1962年才知道（我们不能提供这种设备）啊！"大约一个月后，外贸部在给阿佩尔的另一份文件里，建议他亲自督查这个项目并向政治局汇报相关情况。

在核心技术方面，被德方寄予厚望的"压块法"新工艺完全失败，而德方又长期不肯认错。他们无法在苏东国家学到这门从未走出过实验室的工艺，而在二砂工地上，德方对"压块法"的实验一直持续到1962年初。负责炉窑建造的德方专家豪斯多尔夫对此最为不满，他对自己的同胞说："亲爱的同志们，你们可以送我回去，让（当初信誓旦旦的东德驻华大使）柯尼希来现场维护他的新设计。"

1962年初双方就工程拖延的责任问题谈判时，德方代表巴格尔坦言："德方最主要的错误是过分相信了理论方面的经验，而这些经验并未通过实际实验。"在屡次失败的困境下，德方最后不得不承认当初的"新设计"有误，改变了工艺并花费很大代价改建，采用传统的熔融冶炼技术对铝土块进行煅烧，终于使工厂正常投产。事后，德方的外贸部门为二砂工程写了很长一篇总结教训的报告，教训的第一条就是：原则上再也不输出自己还没有掌握的技术。

而为工期延宕发愁的中德专家未曾想到，国际政治局势的发展也给中原腹地里的二砂工地添了麻烦。

二砂项目所需要的一部分设备，其实是东德从资本主义国家进口，然后再转运到中国的。这是因为当时以美国为首的西方国家设立的"巴黎统筹委员会"对包括中国在内的社会主义国家实施了技术封锁，又因朝鲜战争的关系而对中国的封锁格外严厉，东德所受的封锁则要相对宽松一些，所以东德可以设法做这样的转口贸易。可是，1958年11月赫鲁晓夫向美、英等国发出最后通牒式的声明，要求西方军队在六个月之内撤出西柏林，使柏林成为一个"自由的和非军事化的"城市，从而开启了所谓的"第二次柏林危机"。这导致西德等国于1960年一度宣布对东德实施经济制裁，从而使东德对中国的供货也不得不中断。

到1960年，"中苏分裂"的政治风暴也猛然刮到郑州。7月，苏联撤回了全部援华专家，中华大地上无数工地一下子陷入困境。不过，不同于中苏之间的剑拔弩张，中国与东德之间的关系尚有一些微妙之处。

在1960年6月的布加勒斯特会议上，东德统一社会党参加了赫鲁晓夫对中共代表团的批评，明确表达他们在中苏分歧中的立场，一度导致与中共关系的紧张。不过，1960年11月的莫斯科会议之后，社会主义阵营中又显现出了"弥合分歧"的气氛，中国与东德的关系又有重新升温的迹象，特别是因为"第二次柏林危机"的关系,东德的党和政府在1961年特别需要中国的政治支持。社会主义国家间的政党关系决定着国家关系,东德统一社会党既要坚定地跟苏共站在一起,又不想太得罪中共,这就构成1961年中国与东德各项经济合作的大背景。

东德虽然没有跟着苏联撤走援华专家,但往日那种亲密无间的"兄弟关系"已经一去不复返了。1962年1月,刚刚从北京的东德驻华大使馆回到郑州的德方专家组组长克鲁格纳,向二砂专家工作科科长尤滋州谈道:"现在社会主义国家有些分歧,希望不要因此影响解决郑州砂轮厂的问题。郑州砂轮厂的问题,应通过协商的办法解决。"事实上,在郑州施工现场的德方专家此时已开始向国内反映:现在中方对我们不信任,我们的专家私下里互相抱怨项目规划及设备缺陷的话,也被(中国)翻译记录了下来,这也在无意之中损害了我国的声誉。

同时,中方开始坚持所有进口设备都要事先查验。东德方面提供的设备在质量方面确实存在一些缺陷,但在中德双方亲密无间的日子里,那只是一些技术上的麻烦,现在的问题是:这纯粹是技术问题吗?是不是修正主义者故意要破坏中国人民的社会主义建设?

从现在解密的东德档案看,德方并没有这样的心思,非但如此,在苏联下令撤回全部援华专家之后一个多月,东德驻华大使保罗·汪戴尔还专门在给德国统一社会党总书记乌布利希的信中为中国辩护，称大使馆方面专门进行过调查，发现中方并未特意向德方专家宣传中方意识形态，所以在工程进度紧张的情况下最好不要撤走援华专家。

乌布利希不得不进行权衡：对苏关系是核心，对华关系也很重要，二砂项目有收益，可拖得实在太久了，这些一流专家对本国建设也很重要，但事也不能做绝……他最终决定不像苏联那样强行撤离专家，而是通过不再批准专家延期申请的方式，逐步减少援华专家人数，同时对二砂项目的投资也大为减少。

尽管不像苏联那般决绝，德方的做法还是不可避免地影响了二砂的建设。对这项工程和中国朋友有深厚感情的援华专家组党支部书记、管道专家狄特尔·黑塞尔巴特在对上级的报告中谈道，他认为自己在1961年2月就不得不奉命回国，实在是离开得太早了，以至于无法保证工厂组装工作的完成。在他看来，由中国同志自己来组装越来越多的设备还有极大的困难。他坦言：尽管中方一度撤走劳动力是延误工期的原因之一，但是"我也不得不说，有一些由东德负责提供的基本设备，直到今天都没有送到工地上来。在我看来，德方负责同志在延长（专家）合同这个问题上是不客观的，因为如果考虑到实际情况，就应该由德方来提出延长合同的问题。但德方什么表示也没有。延长合同的问题是由中方提出来的"，而德方却没有同意。

和不少苏联援华专家一样，黑塞尔巴特很难理解本国高层的决定，对不能完成自己的任务抱有歉疚之心。正如他估计的那样，在众多东德专家因无法续签合同而离开之后，二砂项目的组装工作遭遇了许多困难。

冲突与清算

朱德、刘少奇曾先后到二砂工地视察，周恩来也很关心建设情况，所以二砂在郑州被称作"通天"的项目。而它在东德一样是"通天"的：一个在中国建设的工厂能够多次进入民主德国统一社会党政治局的议事日程，即使不是绝无仅有，至少也是十分罕见的。除了投资巨大，更重要的原因是这项工程一直拖到了中苏分裂时期还纠纷不断。

二砂最初定下1958年3月的竣工日期，在开工不久之后就作废了，接着又徒劳地两次编制计划表。1959年末，一机部要求二砂在1960年基本建成，"一季度完成土建工程，二季度完成安装工程，三季度进行负荷试车及调试生产，9月20日向国家交工"。然而，尽管在报告上施工队每一年都在超额完成任务，完成一机部的时间表仍无丝毫可能。

拖到1960年之后，中苏分裂的大背景令中国与东德关系恶化，导致二砂工期一再延宕之事的后果愈加复杂。

从1960年7月苏联撤离援华专家时起，苏东国家与中国之间经济交往的气氛已经跟从前迥然不同。中方改变了自己与"兄弟国家"之间多算政治账、少算经济账的惯例，开始在经济问题上跟德方"斤斤计较"，原则是"不让德方在政治上反我，经济上仍可占我便宜"。在从前那种"同志加兄弟"的气氛下，双方的经济交往常常是十分随意的，中方与德方在工程项目中的权利和责任并没有划分得十分清楚，德方因该项目在1956年至1958年期间出口到中国的设备居然都没有具体的购买合同（仅有一个总体上的估算合同），而直到1958年11月3日才进行了一次合同补签。

但从1960年下半年起，对于迟迟不能竣工的二砂项目，中国外贸部对德方的压力骤然加大。恰在此时，本来已经因中苏分歧而严峻的中国与东德的政治关系，又因1961年10月的贺龙访德事件而雪上加霜。鉴于当时两国之间的冷淡关系，中国本来不打算派重要人物参加东德的10月国庆，但考虑东德因为这年8月修了柏林墙而在国际上空前孤立，还是出于国际主义原则派了贺龙元帅访问柏林。谁知，德方在接待上的失误导致中国代表团对其政治态度产生了怀疑，一怒之下提前回国，两国关系进一步恶化。

1961年12月8日，时任外贸部副部长的李强听到汇报：郑州砂轮厂的建设进展不利，肯定存在设计和质量方面的问题，而且在与德方沟通时对方拒不认错。李强当即表示，要向东德索赔。

次日，李强约见了东德驻华商务参赞。据德方记载，他向德方抱怨二砂工程延宕，导致损失每天都在扩大，因而要求该厂在1961年12月底无论如何都要投产,而且要转交给中国。据中方记载,他还当场对德方做了如下表示:"如届时仍不能解决,为避免继续遭受更大损失,我方决定不再延期,双方需签订一个文件,结束德方在该厂的实验工作。"李强说这话是在12月9日,也就是说留给德方的时间最多只有二十天了。要知道,当时从东德到中国的海运时间约为四十五天,所以二十天根本不够干任何事情。可以说,李强下的这个"最后通牒",意味着中方已经在严肃考虑完全终止与德方合作,让二砂工程下马。

不过,事情最终并未朝着完全破裂的方向发展,在最后期限到来之前,中德双方商量出了一个彼此都能接受的方案:立即展开谈判,澄清责任并商议赔偿。

1962年1月8日下午,时任二砂援华专家组组长的克鲁格纳突然接到本国驻华使馆的电话,通知他当天晚上就赶往北京。连夜赴京的克鲁格纳于9日早上赶到驻华使馆商务处,从里面出来之后显得心情很差。他告诉随行的中方翻译:中方有抱怨但很克制,而现在的局面不应该由他来负责,"是以前的专家把事情搞坏了,走后又没给我留下什么资料。大使馆要我给一个投产日期,这很难答复。如果给我时间和条件,我相信会把厂建好,不然就让大使馆另请高明吧!"

克鲁格纳本想9日就赶回郑州,却没能买到当天的火车票,一机部二局办公室骆主任利用这个机会去宾馆看望了他,安慰说"砂轮厂的问题不能怪专家"。克鲁格纳表示,大使馆把李副部长对德方施加的压力告诉了他,但让他回郑州后不要把这些事情告诉其他专家,以免影响大家的工作情绪。

1962年2月20日至3月18日,德方专门为二砂问题派出的调查团在郑州与中方进行了谈判。在此之后,双方又陆续进行了六轮谈判,基本厘清了双方的责任并确定了之后的改建方案,只是尚不能定下最后的完工日期。

在与中方谈判的同时,东德政府也在1962年初向郑州派出了一个特别调查团,试图彻底弄清工期拖延的确切原因。今天我们从该调查团的报告中可以看到,尽管中方有不少失误,但有许多耽误工期的问题真的不能怪中国人,直接责任就在东德援华专家身上。中国施工人员所感受到的"不平等"待遇也不都是玻璃心,而是实有其事。比如德方专家组曾经多次承诺过排除设备故障的期限,但屡屡食言。令黑塞尔巴特特别不满的是:"可以从许多具体的例子中看出来,大家没有尝试去解决在建造中所出现的问题和工地上所出现的困难,而且还要把缺点和错误都隐瞒起来,同时还要用一种很过分的方式把它们都归结于中国朋友的愚昧。"他还认为,尽管负责组装方面技术问题的那位德方专家在自己的本职(机械制造)方面是一位好专家,但对于如此规模的工程来说,此人的确缺乏所应具备的专业知识。

有些德方专家轻视中方人员,有些专家对中国工人的爱护则令人动容。

当调查团发现通风除尘设备的缺陷导致中国工人被迫在极其有害的工作环境下作业时,便推翻了中方已经认可的改进方案,坚决要求重新施工,用中央除尘设备代替工业除尘器。因为他们觉得,"中方已认可"不是敷衍了事的理由,因为按照现行的改进方案,中国的工人们必须每一班组织一个八到十二人的维护小队,负责除尘器的清理工作。调查团认为,"这些工人都暴露在严重的粉尘当中,肯定是最先得病的一批……如果有年轻人因尘肺病而死去,我们将承担埋葬他们的责任……我们这些签名者不能同意,让一个社会主义国家的工人在这样的劳动环境下工作,并且让他们每天都把自己的健康置于危险的境地"。

德方谈判代表团团长罗斯曾对二砂的赵副厂长说:"我是一个共产党员,作为同志……作为一个德国人,来到厂里看到这些问题感到羞耻。"

或许是出于自己的愧疚,对中国感情深厚的东德专家代表团团长弗朗茨·克鲁格纳,将德方的内部讨论记录部分透露给了中方专家组,这让中方在与东德谈判中牢牢掌握了主动权,而德方不得不承认错误。

以此为依据,时任二砂厂长的刘腾于1962年3月21日向德方提出了数额为一千两百万新卢布(约合五千三百三十三万旧卢布)的商业索赔要求,但德方谈判代表表示不能接受。德方的理由是,中方对工期拖延同样负有责任,比如未能提供足够的人力、物力，随意修改德方专家的设计，随意抽调德方培养的专家等等。但这些话，一概被中方斥之为"借口"。

1962年5月16日，谈判中的双方决定各让一步：德方表示将负责弥补工作中的失误，中方也同意大幅降低索赔金额，至此双方大体达成一致，"共同拖延"的局面宣告结束。按照中德双方1963年2月的协议，将从1963年4月起对工厂进行改建，由德方承担技术上的责任并支付改建费五百零八万人民币。

在德方看来，这项令东德蒙羞的工程必须尽快完结，不可再出任何差错。

中方也在内部再三强调："对我们来说，1963年施工力量（包括人力和地方材料）能否跟上去是一关键问题，如果明年我们的施工力量跟不上去，将会给德方造成种种借口，关系到与德方关于全厂损失赔偿问题的谈判。"这也从侧面说明，中方同样清楚，德方提出过的人力和材料"跟不上去"的情况，并不全是"借口"。

新一轮改建于1964年9月基本完成，解决了绝大多数遗留问题，双方协定剩余问题由中方自行解决，德方再提供二十七万两千两百五十新卢布的费用（等于一百二十一万旧卢布）。

1964年12月29日，二砂终于通过了中方验收。

在中德双方1965年达成的《最终议定书》中，德方承认是由于自己的原因使二砂"未能按期投入生产，给中方造成了损失"，而中方则"考虑到德方的困难……不再向德方计算损失"。

从1965年起进入试运行阶段的二砂，于1966年真正达到了一万二千吨的设计产能，只是其生产工作旋即又被新一轮政治运动打乱。

为何"共振"？

二砂项目戏剧性地以"冒进"始，以"拖延"终，走了一条"欲速则不达"的弯路。然而，要真正理解这件事，必须联系时代背景去理解冷战初期社会主义阵营内部的经济交往。

1957年莫斯科会议前后，社会主义阵营中出现了一股"赶超资本主义国家"的热潮，东德国内本身就在"大干快上"，这些来到郑州的东德专家很难完全不受中国"大跃进"气氛的感染。

同样是援华，苏联对于中国的"冒进"还是有所保留。称之为"居高临下"也好，"头脑冷静"也罢，相对而言，苏方专家在面对中方要求时态度更加强硬。比如，1956年6月李富春带着"二五"计划的轮廓草案访苏并就援助事宜进行谈判，大多数苏联专家和苏共领导人认为：中国过于高速的计划不太现实，而且苏联也无力按照这样的计划予以援助。另一个更为具体的例子是：1958年2-3月，苏联水利专家在周恩来主持的三峡工程论证会上反对立即上马三峡工程。

与苏联援华不同，东德虽然技术先进，但相对而言是个小国，中方能给予德方的政治支持和经济利益的分量同样不小，甚至更多。这样一种援助国与受援对象之间更为平等的关系，使东德的想法更为复杂，既因本国刚刚过去的政治动荡而极度渴望来自中国的支持，又对中国神奇的建设速度抱有某种幻想，同时还设想中国提高设计产能将对东德的成套设备出口大有裨益，再加上某位苏联教授恰于此时提出了新工艺，终于决定放手一试。中德双方的想法由此产生了"共振"，以至于东德方面没有像许多苏联专家那样坚决否定中方的做法和要求，反而参与了"共同冒进"。

东德专家如果真要实事求是，就要在当时中方人员近乎崇拜的目光下承认自己"不行"。事实上，他们并没有这样，而是向国内打报告：我们没有相关经验，需要去苏联学习。转了一圈后，才发现他们想要的技术在整个社会主义大家庭内都找不到。现在看来，这就好像学生遇见了难题问老师，而老师也不会这道题，又不好意思推辞，于是偷偷跑回家翻书，结果发现书上根本没有答案。

结果，二砂项目正式开工之后，"共同冒进"造成的种种技术隐患逐渐暴露。更不幸的是，二砂的施工不仅受到了中国"大跃进"运动的影响,还受到了"第二次柏林危机"和"中苏分裂"等国际事件的干扰,这些因素一起导致了"共同拖延"的情形。

如果我们的目光能超越二砂工程本身,会发现中国和东德领导人的思想"共振"绝不仅限于此,而是在意识形态和经济建设方面曾达成过广泛的一致,以至于1950年代末在西方一度流传着"北京-潘科夫轴心"的说法——潘科夫(Pankow)是当时东德领导人的官邸所在地,西方评论家如此拼接,是为了与北京(Peking)押头韵。

推其根源,很有可能是因为中华人民共和国和东德这两个尚未统一本国传统疆域的政权,在1959年以前都曾对苏联领导人(先是马林科夫,后是赫鲁晓夫)所提出的与西方资本主义国家进行"经济竞赛"的想法极为热衷。从经济上超越对手,树立自己社会主义强国的国际形象,是两国共同的追求,所以就在毛泽东于1957年莫斯科会议后喊出"超英赶美"的口号时,乌布利希也在统一社会党第五次全国代表大会上宣称东德要在1961年赶超西德。既然东德本国就在"大干快上",又岂能丝毫不受到中国"跃进"气氛的感染?这才使得德方没有"金刚钻",也要揽下"瓷器活"。可以说,是这两个国家所面临的对外斗争的尖锐性,促成了其对内革命和建设的激进性。这种共同的激进性,乃是中方方案变动不居和德方技术准备不周的内在原因,二砂建设工期的一再拖延则是其所付出的代价。

尾声

　　1965年二砂正式投产之后,建厂时期的那些波折已少人提及。之后的几十年里,二砂是中国磨料工业当之无愧的龙头老大,是郑州这个新兴工业城市的骄傲,也是当地女青年们找对象的重点地带。但在1990年代新的市场经济时代到来之后,它也和众多老国企一样走向没落(一部分资产转入了新的股份制企业),厂房逐渐荒废。2019年,二砂旧址入选第八批全国重点文物保护单位名单,郑州市也想仿效北京的798艺术区建立二砂文创园区。

　　而今,高大的红砖厂房中已是杂草丛生,钢筋铁骨之间倒不失工业时代的浪漫情怀,既然幸免于改为方舱,那正好留给艺术家们去回想那段激情岁月中的伤痛与辉煌。

杂草掩映下的郑州第二砂轮厂厂房。

厂区内的主干道,远处可见装有清扫工具的三轮车。

往日高耸的厂房如今只能仰望郑州的新楼。

靠锁将军值守的大门。

厂区外沿的厂房。

厂区内未知用途的建筑。

股份制改造后，二砂改名为"白鸽集团"，于是有了这间"白鸽餐厅"。

许久无人经过的厂区道路，熟透的石榴落了一地。

厂区外围的新厂房。

改建后的除尘设备。

厂区内某处的厂房大门。

慢慢转变成文创园区的厂房,有的红墙已布满涂鸦。

厂区内不再通电的变压室。

体现工业时代氛围的"硬核"门把手。

差一点被建成方舱的 27 号厂房（二砂陶瓷磨具车间）内部。

27 号厂房内墙上贴的车间平面图。

车间内随处可见废弃的车床。

二砂行政主楼内一半水磨石一半水泥的地面。

※ 本文图片均为作者摄于 2019 年。

一个不得不失败的产品

王小我

文学家林语堂之外，重新认识一个似乎"空忙一场"的发明家林语堂。

2023年3月，B站科技UP主"老师好我叫何同学"在一期视频中公布，他和团队复刻了一台在历史上短暂出现过的中文打字机。为此他和团队耗费了小半年时间。

即便有一份当年详细完整的专利申请说明书（八万余言，三十九幅设计图），并且在制模条件远不如今日的二十世纪四十年代曾被成功设计出来过，但因为机械结构的复杂程度，何同学的团队还是没能完全复刻出标准意义上的原版中文打字机。最后他们变通了一下，接入电控这种更先进也更普遍的技术来替代机械驱动，总算让我们得以目睹一台中文打字机是如何运转的。

看到这台打字机以一种完全不同于传统英文打字机的工作原理，而是更接近当下计算机时代的中文输入逻辑打印出一个个汉字时，给人的感受是相当震撼的，你会被它领先时代的超前设计理念所折服。在外观和尺寸上,它与雷明顿主导的字母文字打字机几乎没有区别(只略大一点),而在学习使用成本、打字速度和信息处理效率上,它也做到了简单易上手、可以打出任何一个汉字的极致实用性。

无论从哪个角度看,这台中文打字机都是一个十分成功的产品。

按理说,它应该是打字机发明后、计算机时代来临前这段时间里,中文世界信息处理的绝佳工具。但可惜在各种因素交错下,并没有得到这样的机遇:既没有实现量产,更没有应用到中文市场,从而成为一个不得不失败的产品。

现在我们都知道了,这台中文打字机的发明者,是中国现代文学史上的重要作家林语堂。它有一个属于自己的名字:明快打字机。取"简明快捷"之意。

林语堂发明的明快中文打字机。台北林语堂故居供图

林语堂发明打字机把自己搞得倾家荡产，不是什么新鲜掌故，或者说在中国现代文学史阅读以及林语堂阅读中，这都是一个极容易被一看而过的小插曲。

我相信何同学在寻找选题的过程中，墨磊宁所著的学术著作《中文打字机：一个世纪的汉字突围史》，应该给了他和团队一定的启发。这部中文打字机研究专著，相当于把一个文学家的趣闻逸事画了重点，加了高亮，引导一个普通读者第一次认真看待"中文打字机"五个字。当然，林语堂和明快打字机的故事只是这本书的一个章节。

长久以来，林语堂发明打字机的经过，也被看作是一个文学大师不务正业或误入歧途的案例。从过程看，他为此投

雷明顿标准12型打字机。图片来源：wikimedia

入了大量的时间（从起意到落地，将近二十年）和大量的金钱（至少十二万美元），极大挤占了正业：文学创作；从结果看，打字机没有落到市场应用，他还为此背了一身债，纽约曼哈顿公寓变卖，妻子落泪，与自己的美国出版代理人赛珍珠夫妇绝交（借钱遭拒是一个重要原因）。2006年，林语堂逝世三十周年之际，李敖坐在台北阳明山的林语堂故居，锐评其功过是非，说到发明打字机这一段，送了四个字：空忙一场。

但今天，一期复刻明快打字机的视频让我们再次提起林语堂，一部关于中文打字机的学术著作带我们走进这段陌生而又曲折的历史，与林语堂相遇。如此站在一条汉字现代化的历史谱系上回望，对林语堂发明打字机背后的用心，我们终于有了真正的体会：倾家荡产发明中文打字机，不是一次科技发烧友的玩票之作，它是贯穿林语堂一生、对汉字改良和汉语现代化探索自然导向的结果。

用学者周质平的话说，如何让汉字更便利地适用于现代中国，是林语堂终其一生的关怀。

要理解这一点，我们必须在文学家林语堂之外，重新认识一个名声远不如前者的语言学家林语堂。明快打字机作为一个机械科技产品虽然夭折了，但是它所承载的林语堂对于汉字现代化的探索成果一直在悄然流通。直至个人计算机时代中文输入法的成熟和流行，我们才惊觉，林语堂的"不务正业"如何功不可没。

没听过孟姜女故事的英文高才生

每年复盘五四运动的文化遗产,尽管有人总结了它在社会、文化、政治、习俗和制度方方面面的贡献,也有人特别强调它在新思潮和新观念上的巨大作用,但普罗大众对于五四运动的本能认知或者谈论五四运动的起点,总是和三个字有关:白话文。

白话文运动无疑是五四运动(广义上的五四运动包含了新文化运动在内)一个相当重要的组成部分。在这场文学革命中,有很多激烈大胆的宣言和主张。

胡适有八点建议:一曰须言之有物,二曰不摹仿古人,三曰须讲求文法,四曰不作无病之呻吟,五曰务去滥调套语,六曰不用典,七曰不讲对仗,八曰不避俗字俗语。

陈独秀有三大主张:推倒雕琢的、阿谀的贵族文学,建设平易的、抒情的国民文学;推倒陈腐的、铺张的古典文学,建设新鲜的、立诚的写实文学;推倒迂晦的、艰涩的山林文学,建设明了的、通俗的社会文学。

两位新文化领袖人物发出这种纲领性的倡议之后,就有一大批文人学者跟上来响应。他们的态度更放得开了,有我们直观能感受到的痛快淋漓的五四精神(破坏,打倒偶像),比如吴稚晖认为应该把线装书扔进茅厕;钱玄同要废除汉字,采用世界语;就连鲁迅也说,汉字不灭,中国必亡。到这里不难看出来,一场提倡白话文学的运动,已经发展到汉字存废大讨论的激烈地步。

这些事都发生在1915年陈独秀创办《新青年》（初名《青年杂志》）以后。此时林语堂也在北京，1916年大学毕业后，他到清华学校（清华大学前身）英文系任教。但这时候的林语堂并不在新文化运动的舞台中心。当北京乃至全国的青年知识分子和学生都被这股新文化浪潮席卷时，身处现场的林语堂，反而显得有些置身事外。他在清华的课余活动，主要是两件事，第一件事是组织一个"星期日读经班"，召集一帮感兴趣的同好一起读《圣经》，为此还被大家戏称"清教徒""处男"。据说清华有个美国女士对他和另一个好友特别关爱，让他们切身感受到了基督爱的真谛。另一件事是秘密进行的，同时也是对他为什么没有投身新文化运动的回应：林语堂的国学底子太差了，插不上嘴。为理解新文化主将们在反对什么，为什么反对，他开始狂补中国文化课。

这里就显现出林语堂和胡适、鲁迅等现代文学作家迥异的知识结构背景。

胡、鲁都受过扎实的国学训练，有童子功。虽然他们在公共场合和有影响力的报纸杂志上大声疾呼要废灭汉字，要青年不读古书，多看外国书，但他们私下里自己读得很勤勉，也有许多围绕古典文学和文化的重要创作。比如鲁迅，在发表被认为是中国现代文学史上第一篇白话小说的《狂人日记》（1918年）之前七八年，都在干什么呢？他抄古碑，校勘《嵇康集》等古籍，搜罗各种版本的古代小说笔记，这为日后写作《中国小说史略》《古小说钩沉》做了准备。而在新文化运动中后期，胡适提出"整理国故"主张，开始用西方科学方法研究《红楼梦》《西游记》等古典小说，晚年则彻底把精力耗在了《水经注》上。

这种公开宣言和私下行径的背离，不是表里不一。在一场以开启民智、救亡图存为目的的运动中，孰轻孰重，要放大什么声音，动员全社会往哪个方向前进，是要站在一个超越个人的高度去考量的。换句话说，在激情四射、打倒一切的五四运动背后，有一个十分理性的头脑在思考和设计。

这都是那个阶段的林语堂不能领会的。林语堂生在福建漳州乡村一个基督教家庭，父亲是当地的传教士，他从小在《圣经》故事的熏陶中成长，并通过一个和他家交好的美国传教士，得以常常看到一个叫《通问报》的基督教周刊，了解西方的科学发明等新奇知识。林父当然会讲一点《三字经》之类的传统启蒙文化，但不会深，也不会多。林语堂的中学念的是厦门鼓浪屿教会学堂寻源堂，之后凭借父亲传教士的特别身份，进入当时中国最顶尖的英文学校上海圣约翰大学。这是林语堂人生一个重要的转折点，他说："刚开始的时候，我对中国历史有兴趣，可是进入圣约翰大学，就突然中止。一心不能事二主，而我爱上英文。"

林语堂在圣约翰大学全力向英语发动进攻，进步神速。秘诀是随身带一本袖珍牛津字典，随时翻阅查看。一年半的预科学习，他已掌握全部英语学习技能。在校期间，他积极参加英语演讲、英语辩论比赛和英语写作比赛，还担任学生刊物《回音》的英语编辑和学校年鉴《圣约翰人》的主编。到毕业那年，即1916年，林语堂被投票选为"最杰出的学生""最佳英语作家""最佳英语口语演讲者""最佳英语辩论家"。因而，当其他中国现代作家还在进行典雅的文言文写作，或艰难地从文言文写作向白话文写作转型时，林语堂拿出的处女作是一篇英语小说《南方小村生活》（1914年），后来还有《善波》（1915年）和《昭丽：宿命之女》（1916年）。这几篇小说的背景虽设置在中国乡村，但探讨的主题都与宗教信仰和习俗有关。

带着这种日后将独步中国现代文坛的英语能力，林语堂来到北京，在清华当起了游刃有余的英文老师，同时也在蓬勃开展的新文化运动面前目瞪口呆。基督教家庭出身和一路受到的西式教育，让刚到文化中心的林语堂一下子失去了自信。在这种浓郁的中文环境中，他感到一种身为中国人但不懂中国事的内在分裂："《三国演义》里面的英雄好汉故事，任何一个中国洗衣店的员工都比当时的我熟悉。我从小就知道约书亚用羊角吹垮了耶利哥的城墙。当我听说孟姜女哭长城的故事，我羞愧愤怒之极。我生活在自己国家却被剥离了自己的文化传统。"

这种因教会学堂教育背景而错失学习欣赏中国传统文化的遗憾，一直令他耿耿于怀。林语堂后来回忆说，我欠教会学堂一笔债（免学费），教会学堂也欠我一笔债：

不准我看各种中国戏剧。因为我在基督教的童年时代，站在戏台下或听盲人唱梁山伯祝英台恋爱故事乃是一种罪孽……

我早就知耶和华令太阳停住以使约书亚杀完迦南人，可是尚不知后羿射日什落其九，而其妻嫦娥奔月遂为月神，与乎女娲氏炼石——以三百六十五块石补天，其后她所余的那第三百六十六块石便成为《红楼梦》中的主人宝玉等等故事。这些都是我后来在书籍中零零碎碎看得，而非由在童年时从盲人歌唱或戏台表演而得的。这样，谁人又能埋怨我心中愤恨，满具被人剥夺我得识中国神话的权利之感觉呢？

为了纾解这种愤恨和被剥夺感，才有在清华任教三年（1916-1919年）恶补传统文化的故事。向来在自学能力上没服过谁的林语堂，这次也选择了单打独斗，他没有利用身处高级知识分子圈子的优势，向文史哲方面资深学者寻求指导。按他的说法，他那些教授同事也是半斤八两（可能因为清华是理工科学校）。但本质是怕被人嘲笑，死要面子。

他的自修场地是琉璃厂的旧书摊，学习顾问是这些书铺的老板，他们很多都是精通古书版本学问的民间高手。

林语堂对中国传统文化自我修炼的标志性成果，体现在发表于1918年《新青年》上的一篇文章，叫《汉字索引制说明》，提出了自己的汉字检索方案。这是他此后漫长汉字现代化探寻之旅的开端。

这个索引构思包含首笔法、末笔法和号码法三部分。首笔法，即取字之首先笔画来检索部首，为此他确定了笔画先后顺序为横直撇点勾，以此类推。末笔法，用字的偏（右）旁末笔检字，右旁相同的字则按照余部上端最高笔画的平直撇点顺序进行，"余部在左者居先，余部在上者居后"，如此，"一万字的检查问题，变为一千字的检查问题"。号码法，即将汉字笔画分为十类，以1到10阿拉伯数字编号。一个汉字需用四个号码确定在字典中位置。如此，每个汉字皆可用数字指代。

研究出此方案，林语堂也颇为自得，认为是向当时以《康熙字典》为主流的部首检字法的一声炮击。

这篇不到四页的文章发表，北大校长蔡元培为之写序，称赏它"其足以节省吾人检字之时间，而增诸求学与治事者，其功效何可限量耶"。文字学专家钱玄同为之写了跋，"立法简易，用意周到"。

这一年，林语堂二十三岁。

狂飙的新文化主将

林语堂以汉语写作的首度公开亮相，不是文学创作，而是语言学研究，探讨的是如何让汉字检索更便捷的可能性。

这可以看作他对新文化运动的第一次表态。

当其他新文化运动领袖和同仁大力倡导白话文的时候，他是极为赞成的，但当他们进而要全盘否定古文和传统文化甚而废除汉字的时候，在传统文化的巨流中一番沉潜后的林语堂，对此持保留意见。他认为汉字及汉语的真正问题不在存废之争，而在如何改良汉字（包括书写、检索、排版印刷等方面）以适应现代性的需要。

应该说这个看起来更有可行性的方案，新文化主将们不会想不到。他们当然清楚古文不全是迂腐的，传统文化也不全是糟粕。论对汉字及传统文化浸淫之深，陈独秀胡适鲁迅等人应该比林语堂更怀有折中的主张、改良的提议，但他们放弃了一切中庸的说辞和迂回的策略：全部推翻，全盘西化，毫不含糊——正因为浸淫得足够深，他们才比一般人更体会到传统文化在阻碍中国人思维观念的更新上如何顽固。

鲁迅自己就常常苦恼于读古书太早、太多，背负了这些古老的鬼魂，摆脱不开。他解释说，要青年少读或不读中国书，是用许多苦痛换来的真话，绝不是聊且快意，或什么玩笑、愤激之辞。观念不新，何以新一国？这个深层次道理，又不是西式精英教育打底，刚从传统文化巨流中游回来，尚处于发现新大陆的惊喜中的林语堂能参透的，所以狂补完传统文化课的林语堂，会激动地用英文写出长文《礼：中国社会管控组织原则》，赞赏"礼是一种姿态与尺度，它赋予中国社会体系各要素某种和谐道德秩序"。而相比于林语堂的含情脉脉，鲁

195

迅对封建礼教的本质只有一个令人惊骇的冷酷判断：吃人。

五四或新文化运动的反传统主义之所以如此激烈，在于它们有一个强劲的斗争对象在。认识不到这场运动潜含的对象性，又是对其大破大立的狂放作风产生误解的另一个层面。

鲁迅的《孔乙己》随孔乙己文学的流行，又被人翻出来读，但我们读来读去，可能也读不到或者不会留意（版本问题），这篇不足三千字的小说最初发表时，还有一个百来字的附记：

> 这一篇很拙的小说，还是去年冬天做成的。那时的意思，单在描写社会上的或一种生活，请读者看看，并没别的深意。但用活字排印了发表，却已在这时候——便是忽然有人用了小说盛行人身攻击的时候。大抵著者走入暗路，每每能引读者的思想跟他堕落：以为小说是一种泼秽水的器具，里面糟蹋的是谁。这实在是一件极可叹可怜的事。所以我在此声明，免得发生猜度，害了读者的人格。
>
> 一九一九年三月二十六日记

这里尤可注意的是，鲁迅指出当时一种怪风气，用小说进行人身攻击，把小说当作"泼秽水的器具"，虽然没点名，但据后来研究者考证，说的就是反对白话文的强硬保守派、翻译家林纾。

林纾本人是一个一点外语不懂,全靠听人口头翻译再诉诸笔端(自然是文言文)的另类翻译家,但这一点不影响其文学效果(从打动人心来说),非常热销。一部《茶花女遗事》,想必年轻时作为林译小说热心读者的鲁迅,也为之掬过一把泪。但他们的交情也到此为止,面对新文化运动对古文和传统文学的大扫荡,作为桐城派正宗传人的林纾坐不住了,什么手段都招呼上,一边写《论古文之不宜废》《论古文白话之相消长》等文章向白话文运动发难,接着写公开信给北大校长蔡元培,对其为陈独秀胡适钱玄同提供活动舞台问责(陈独秀后任北大文科学长,北大便成为新文化运动中心),以"覆孔孟,铲伦常""尽废古书,行用土语"等罪名控诉北大;另一边,他用自己最擅长的武器——小说,对新文化主要负责人发起总攻,先写了一篇《荆生》(1919年2月),又写了一篇《妖梦》(1919年3月)。

《荆生》的故事很简单,讲三个人在陶然亭高谈阔论,批评孔子和文言文学,结果被隔壁一个伟丈夫荆生听见,过来用铁槌痛打他们一顿。这三人分别叫田其美、金心异、狄莫游,分别影射陈独秀、钱玄同、胡适。鲁迅在《呐喊·自序》里,干脆用讽刺打败讽刺,沿用"金心异"来称呼前来劝他写白话小说的钱玄同,而"金心异"也成了钱玄同后来用得最多的笔名。

林纾这种小小的文字游戏和幼稚影射,并没有什么杀伤力,就是脾气不好的钱玄同也不会在意。早在1917年乔装成一封给《新青年》的读者来信中，人间大炮钱玄同就用"桐城谬种，选学妖孽"这彪炳中国现代文学史的八字名言，给出了致命一击。

但文字较量上的稍稍落败，不代表林纾对白话文运动的阻挠就没有力量甚至威胁。文字之外，他还真有一个能来痛打陈独秀钱玄同胡适一干人等的"荆生"：他曾经的弟子、现于军阀段祺瑞麾下任陆军次长的徐树铮。这让当时的北京文化界谣言四起，一度传言陈独秀胡适要被驱逐出京，好在狂飙突进的五四运动适时到来，阴差阳错冲散了这场危机。

所以，林纾可以看作是白话文运动要奋力斗争的保守势力的典型代表，他的影响力（甚至包含可能的武力），对乍起的新文化运动的冲击，稍有不慎，是有毁灭性的。而保守派大营里，显然不止一个林纾。

在这样一种严峻的局势下，五四运动或新文化运动激烈的反传统主义，是唯一的选择，而从另一个角度，这也是一种机智的斗争哲学。

鲁迅对国民性把握精准。1927年，应香港青年会之邀，鲁迅在一场主题为《无声的中国》的演讲中说："中国人的性情是总喜欢调和，折中的。譬如你说，这屋子太暗，须在这里开一个窗，大家一定不允许的。但如果你主张拆掉屋顶，他们就会来调和，愿意开窗了。"

白话文运动得以成功，就利用了这种"人性的弱点"："在中国，刚刚提起文学革新，就有反动了。不过白话文却渐渐风行起来，不大受阻碍。这是怎么一回事呢？就因为当时又有钱玄同先生提倡废止汉字，用罗马字母来替代。这本也不过是一种文字革新，很平常的，但被不喜欢改革的中国人听见，就大不得了了，于是便放过了比较的平和的文学革命，而竭力来骂钱玄同。白话乘了这一个机会，居然减去了许多敌人，反而没有阻碍，能够流行了。"

有人要在前线战斗，夺取眼前的胜利，也有人要为长远计，做一些更务实的工作。当时的林语堂尽管对新文化运动的激烈性没达到十分理解，但他的"折中和调和"在今天看，其实是对同一件事的不同侧重。他对自己在新文化运动中的位置看得十分清楚。在《论"汉字索引制"及西洋文学》中，他说道，要为白话文学设一个像西文论理细慎精深、长段推究、高格的标准，这才尽我们改革新国文的义务。

五四先锋开辟了一条血路，林语堂的汉字现代化探索则把这条路蹚得更宽更平坦，他们合力将一个"无声的中国"变为"有声的中国"。但当时轰轰烈烈的时代氛围，不适合林语堂做这件"折中和调和"的工作，他要离开。

汉字现代化的撑篙人

1919年，在新文化运动发展到高潮的时候，林语堂结束了在清华的三年教学生涯，在半官费和胡适的资助下，远赴

中年时期的林语堂。台北林语堂故居供图

美国哈佛求学（以学成回国后到胡适任英文系主任的北大教英文为条件）。他先到哈佛，辗转法国，再到德国耶拿和莱比锡。

1923年，语言学家林博士归来。

林语堂最初的志向是在文学。他到哈佛学的专业是欧洲现代文学比较文学方向，师从新人文主义大师欧文·白璧德。后来到德国耶拿，也选了些中古英语和英语小说的课，希望将来回国教教文学史。但等他到了读博士的德国莱比锡大学，发生了重要转变，莱比锡当时是欧洲汉学重镇，汉语藏书量比他拿硕士的哈佛还要多。他的导师、汉学家孔好古的古文知识了得，但是读现代中国的报章杂志却很困难。在这种得天独厚的中文学术环境下，本来想做白话文语法研究的林语堂，很快便沉浸在《汉学师承记》《皇清经解》《皇清经解续编》等旧学里不能自拔。

到1923年毕业那年，林语堂交出的博士论文是德文写就的《古汉语音韵学》。百年来，这篇博士论文无人问津。

百年后，中国人民大学教授高永安在德国工作时偶然读到，立即感到它被低估的价值："林氏的古音学的体系跟高本汉等截然不同，其最大的特点就是以方音为框架的总体设计。这个设计直到今天也没有人再做出过。"他认为很有必要将之译介到国内（后以《林语堂古音学研究》为名出版）。

这让我们了解林语堂在这个冷门领域的开创性贡献："林语堂试图从方音出发来建立汉语历史框架的尝试是符合历史真实的。他的方音研究理念具有创新性，直到今天还有实际意义。他从汉语实际出发，对语言历史研究理念的突破，是对历史语言学的贡献，虽然当时未被人们接受，但是其合理性应该有它的历史地位。林语堂在汉语方音史的研究上做出的努力，为后代研究汉语方言的学者开辟了道路，功不可没。"

学成归国的林语堂准备大展拳脚，他给胡适写信说，这次到北大虽然名义上是英文教授，但是内心更想在语言学上有一番作为。他觉得自己在莱比锡的训练，对于中国的音韵训诂和方音研究会发挥很大作用。跟他一起回来的还有四大箱德文书，其中一半都跟这方面有关。

林语堂在北大，很快参与到两项重要的语言学活动。一是北大《歌谣》杂志组织的方言调查；一是黎锦熙、钱玄同领头的《国语月刊》开展的国语罗马字运动。尤其前者，让林语堂很是一展所长，他也当选为北大研究所国学门方言调查会主席，取得不少成绩。这期间陆续发表的古代语言学论文《前汉方音区域考》《陈宋淮楚歌寒对转考》《燕齐鲁卫阳声转变考》《〈周礼〉方音考》等，事实上都是莱比锡博士论文下篇相关部分。

然而就在他干得正起劲，打算把方言调查会从《歌谣》研究中独立出来，大干特干的时候，这个事进行不下去了。当时像他这种受过严格西式语言学训练的专家很少，能跟他一块去做方言学宏大工程的更没几个，没过多久，方言调查的风头，渐渐被国语罗马字运动盖过去。多年后在自传里，林语堂多次写到年轻时因没听过孟姜女哭长城而羞愧万分的故事，事实上这也映射了当初热情高涨的方言调查事业（《歌谣》上出过顾颉刚的故事研究"孟姜女专号"，比方言调查文章受欢迎多了）难以为继的失落心情。

但林语堂是个自我调节能力很强的人，他没过多沉溺在这种受挫情绪中，很快把注意力转移到汉字改良上。他对汉字改良的思考一直没有停止过，还在莱比锡读博期间，就写了篇长文《为罗马字可以独立使用一辩》寄给胡适，请他代为刊发，这比后来的国语罗马字运动构想得还早。但不知道什么原因，胡适没有发表。

用拼音、罗马字等字母文字取代汉字，或汉字与拼音、罗马字通约并行，后来被证明，都是难以推行的。

林语堂延续自己1918年《汉字索引制说明》的汉字检索优化思路，继续聚焦汉字自身蜕变以适应现代中国的可能性。二十年代，他在《汉字号码索引法》等文章中，提出给不同笔画编号的构思，直接启发了王云五的"四角号码检字法"；而在《北大方言调查会方音字母草案》中，对方音字母做了详细说明外，他还推而广之，实践到用方言字母及规例来拼国语、京语和沪语中。他先确定国语的发音为"以京音为标准，而去其中的俗腔，可谓已得国语的正确发音"。有论者指出，他归纳得出的国语罗马字母声母表和韵母表，和现在我们通行的拼音字母已经十分接近了。到三十年代，在《提倡俗字》等文章中，他提出简化汉字的必要性：如何使笔画减少，书写省便，乃一刻不容缓问题。文字向来由繁而简。这种对简化汉字的呼吁和一些具体方案，要比1956年正式推行的简体字方案早了二十多年。

这一系列关于汉字检索、简化等方面的探索与思考，最终促成了向来热衷科技发明的林语堂，将目光投向一个能够进一步验证和承载他的想法的产品：中文打字机。

Dr.Lin 跻身一线英语作家行列

要说林语堂与其他现代文学名家另一个最大的不同点，那就是他很会赚钱。

当其他新文化头面人物还在为生计奔忙，要靠爬格子、当教书匠换一点微薄的稿酬薪水度日时，林语堂已经实现了财务自由：他发挥自己的语言学和英文优势，和上海开明书店合作，编写了一套三册英文学习教材《开明英文读本》，1928年书成。该书内容活泼生动，还配有丰子恺的插图，一经推出即畅销全国。后来不少跟风之作出来，但在编写质量上跟林语堂版完全没有可比性。编不过就抄，官司一打，登了报道，反给《开明英文读本》做了免费广告。这本书后来成为几代中国人学习英语的权威读物，据林语堂晚年在台湾的秘书回忆，还一度传到日本做了中学英语教材。

林语堂凭此获利颇丰，人称"版税大王"。曾在《论语》《人间世》和林语堂共过事的小说家徐訏，于林语堂辞世后的追念文章中，算过一笔账：

> 一九三三、四年，林语堂先生在上海的收入非常可观，主要的是开明书店英文教科书的版费。这也就是鲁迅曾挖苦他说"靠教科书发财致富"……开明书店应付的版费数额，由于实在太庞大，因而时常发生争议，最后才折衷为每月支付七百元。当时七百元的钱数是非

 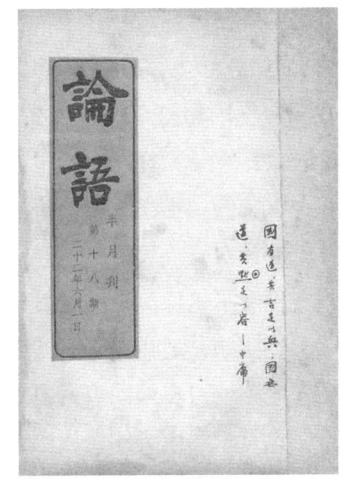

林语堂编写的《开明英文读本》和创办的《论语》半月刊。

常地大。那时语堂先生有中央研究院的薪水，《天下月刊》也有报酬，《论语》《人间世》也有编辑费，这些把它合起来也不下于七八百元，当时，一普通银行员的月薪才不过七八十元，而他一个月的收入却达一千四百元。作为一个作家这是极为特别的。

假如一边靠写《开明英文读本》之类教科书作活路，一边从容做自己曲高和寡的语言学研究，也是不错，但林语堂是闲不下来的。从1932年成立自己的山头《论语》半月刊（随后有同一格调的《人间世》《宇宙风》两种）起，到1936年出国前，是他最活跃、在国内影响力和知名度达到最

205

高峰的一段时期。

显然，这是人们熟悉的文学家林语堂登场了。

但也因为过于活跃，惹了一些麻烦。起先，二十年代的时候，文学家林语堂就跟上了时代步伐，拜在鲁迅和周作人为主脑的《语丝》派码头下，和以胡适为话事人的《现代评论》派对阵。这段时期林语堂的写作很有战斗力，凌厉风发。但写了这样一批文章后，林语堂大概也感觉到写不出大名堂。比如，他也对国民性进行批判，写出过这样火力十足的句子："今日谈国事所最令人作呕者，即无人肯承认今日中国人是根本败类的民族，无人肯承认吾民族精神有根本改造之必要……惟其不肯承认今日中国人是根本败类，奴气十足，故尚喜欢唱高调，尚相信高调之效力。"

这话单看是相当有力量的。但总觉得还差一口气，没有戳到要害处。直到看到鲁迅大刀阔斧把中国人做这样的总结，才知道这口气差在哪儿："一，想做奴隶而不得的时代；二，暂时做稳了奴隶的时代。"精辟到这个份上，林语堂看了，也要写上一篇《中国何以没有民治》，围绕这句"鲁迅名言"敷演发挥以表激赏。看来，写战斗檄文是写不过老辣的鲁迅的。

这当然还有一个重要原因：这与他的个性以及文学审美取向有关。应该说，这段时期他还没有形成特别明确的属于自己的文学品格。直至他看到周作人弟子沈启无编的一部晚明散文集《近代散文抄》，看了公安三袁、金圣叹、张岱、李渔等人的文章，才算找到自己的文学脉络，于是有了后来名声大噪的小品文名家、幽默大师林语堂。自此林语堂自成一路，与之前交好的鲁迅有了艺术上以至政治上的分歧。

国难当头下，写幽默闲适的小品文，为艺术而艺术，这让鲁迅实在看不过去，做一篇《小品文的危机》提出批评，称这种文章是客厅里的小摆设。由此引起一番论战，双方都在摇人儿加入进来。

打笔仗是打不过鲁迅的。鲁迅也劝过林语堂，以他的英文水平，多做翻译是正经，于中国更有益，也能传之后世，写这些小摆设文章是没有意义的。林语堂听不进去。

林语堂对鲁迅也有不满意，因为鲁迅跟年轻的共产党走得越来越近，还当了左联的盟主。而他自己是完全不能接受文学创作和政治有牵扯的（除了1927年在武汉国民政府有一段短暂的外交部履职经历，林语堂一生不曾入仕）。

文坛是非多，政治环境又日渐复杂。以自由主义者自居的林语堂且战且退，回到了让自己感到熟悉和安全的英文舞台。1934年春，他开始悄悄撰写一部英文著作，历时十个月完稿，这就是后来的《吾国与吾民》。

林语堂是一个做事有谋略的人，不轻易冒风险，他很擅于将自己的兴趣专长转化成有利可图的商业化运作。正如他起意编写英文读本，也是先主动找开明书店谈合作，开出需每月预支三百元版税（书销出后再从中扣还）条件被应下，这才动起手来。即便是心头好——汉字检索方案思考，也有商务印书馆在背后支持，并赞助经费，只期研究成功后，优先供给商务印书馆出版工具书用。

同样，《吾国与吾民》的写作，也是半主动半合作的结果，他在英文刊物《中国评论周报》上的专栏"小评论"，为自己赢得了一批热心读者，其中就有后来凭《大地》获诺贝尔文学奖的美国当红作家赛珍珠。由于其丈夫华尔希经营一家小型出版公司和一本名为《亚洲》的杂志，她还帮着物

1942年，林语堂与赛珍珠在美国。
图片来源：《国家人文历史》2015年第22期

色亚洲国家的优秀作者。

他们在1933年结识后，一拍即合：九一八事变后，中国成为全世界的焦点，英语市场上充斥着西方人写中国的书，但大多数胡编乱造。赛珍珠想找一个中国人用英文写一本关于中国的书，而林语堂当仁不让，已经在着手准备。

这种向西方世界讲述中国的写作，林语堂看到过成功案例——辜鸿铭。他对辜鸿铭推崇备至，早在圣约翰大学念书时，辜鸿铭和陈友仁在《英文日报》上大开笔战，就袁世凯称帝话题机锋往复，林语堂就为辜的绝妙英文造诣倾倒（陈友仁同样出色，这也是林语堂后来到陈友仁主事的外交部当秘书的主要原因）。多年后，英文造诣同样不做第二人想的林语堂，在编译《孔子的智慧》里《中庸》一章时，几乎直接采用了辜鸿铭的译本，只略加改动。他如此评价辜鸿铭：

> 他了不起的功绩是翻译了儒家四书中的三部，不只是忠实的翻译，而且是一种创造性的翻译，古代经典的光透过一种深的了然的哲学的注入。他事实上扮演东方观念与西方观念的电镀匠。他的孔子的言论，饰以歌德、席勒、罗斯金，及朱贝尔的有启发性的妙语。有关儒家书籍的翻译，得力于他对原作的深切了解。中国的古经典从来没有好的译本。那些外国的汉学家译得很糟，中国人自己却忽略了这件事。

后来他到德国莱比锡读博士,发现他的这位老校友(辜鸿铭曾在此攻读文学哲学和工程学)的著作,已经是学校指定的必读参考书。辜鸿铭在"一战"后的欧洲,尤其是德国,几乎无人不知。他的英文作品《中国牛津运动故事》和《中国人的精神》,为千疮百孔的西方世界开出了"孔子和儒学拯救人类文明和社会秩序"的药方,备受德国文化界推崇。"在中国,战争是意外;而在欧洲,战争已成为需要",是德国人张口就来的辜氏名言,德国大学里"辜鸿铭俱乐部""辜鸿铭研究会",层出不穷。

在思想上,辜鸿铭也对林语堂有极大影响。林语堂说:

> 在中国的人没有一个能像他这样用英语写作,他挑战性的观念、目空一切的风格,那种令人想起马修·阿诺德的泰然自若及有条有理地展示他的观念和重复申说某些句话的风格,再加上托马斯·卡莱尔的戏剧性的大言,及海涅的隽妙。这个人就是辜鸿铭。辜鸿铭是厦门子弟,像是料理中国人文主义大餐前的一杯红葡萄酒。由于他把一切事情颠倒,所以在我信仰的方向上扮演着一个吹毛求疵的角色。

甚而在基督教信仰上,辜鸿铭的一些言论,也带给林语堂很大冲击:"辜鸿铭帮我解开缆绳,推我进入怀疑的大海。"这位福建闽南籍同乡的英语写作实践,为林语堂在写作方式、主题和角度上，都做了一个殊为成功的示范。在五四运动盛行向西方实行"拿来主义"的风气下，辜鸿铭的特立独行和反向输出，引来了林语堂这个同行者。

因而，1934年看似突然转向的进军英语读者市场，事实上林语堂已经有了十足底气和充分准备。

最终，《吾国与吾民》在赛珍珠夫妇的出版公司精心运作下一炮打响，成为畅销书，一举打开美国市场。林语堂人未至名已骤起，版税、演讲和访学邀请一个个砸过来，前路不愁，这才从容动身赴美。

这一脚迈出去，在美国一待就是三十年。

刚到美国的林语堂，趁热打铁，很快推出比《吾国与吾民》还要火爆的《生活的艺术》，彻底成为美国家喻户晓的"中国哲学家"和西方世界里的中国非官方代言人。《吾国

《生活的艺术》和《京华烟云》英文版书影。

与吾民》在1935、1936年，两度入围《纽约时报》畅销书排行榜，在非虚构类最高排到第八位，这个成绩即便是土生土长的英语畅销书作家，也不能轻易达到。而出版于1937年的《生活的艺术》，可以看作《吾国与吾民》的姊妹篇，前者的书名即取自后者最后一章的题目。这本书在1937、1938和1939年，一共四次登上《纽约时报》畅销书排行榜，在1938年位列非虚构类榜首。关于林语堂的采访和大幅照片，大小报刊争相登载，Dr.Lin成了他的专属称谓。

这两本书把林语堂推上了毫无争议的一线英语作家行列，到1939年的长篇小说《京华烟云》，开售十日就卖出二十万册，是1940年《纽约时报》畅销书排行榜小说类冠军。

甚至林语堂的周边产品——他三个女儿合写的主题为"我的父亲母亲主要是我的父亲"的《吾家》也大受欢迎，最高排到《纽约时报》畅销书排行榜非虚构类第三位。这是获得"压倒性成功"的《京华烟云》发表前半年的事。

1935年到1939年，三年多时间，三部作品（《吾家》另列在外），横扫虚构和非虚构，林语堂出场即巅峰。

总结起来，在美国的林语堂，主要忙三件事：写以英语读者市场为导向的畅销书；给《纽约时报》等报纸写专栏和评论（有学者统计，仅1936年底到1937年底一年时间，林语堂就中国政治文化艺术生活方方面面发表言论，在《纽约时报》出现达二十次）；做演讲和接受采访。

谈笑有鸿儒，往来无白丁。风光无限的林博士虽然不信教（晚年又从异教徒到基督徒），但他在书中主张的快乐的生活哲学和智慧的东方文化，却为欧战期间万千西方读者带去了拯救精神危机的福音。

而另一边，他自己的小家快没救了。除家里人，没有几个人知道，林语堂把赚来的大部分钱都投进了一个无底洞：研发中文打字机。

"我给中国人民的一份礼物。"

林语堂对机械发明的兴趣由来已久，从小就想当个物理教员——这是应付父亲寻问其志向的委婉说法，本质是发明机器。他一见机器就开心，盯着石码到厦门轮船上的机器，一看就是半天。他酷好数学和几何，后来在圣约翰大学学了英文，在他看来，都是误打误撞。这也解释了为什么他在文学事业上，首先是从语言学入手，"因为语言学是一种科学，最需要科学的头脑在文学的研究上去做分析工作"。

他对自己信心满满，认为将来会发明出最精最善的中文打字机，其他满腹满袋的发明计划和意见更不用说了。

林语堂第一次投入研发中文打字机，是在二十年代末三十年代初的上海时期。

凭《开明英文读本》坐上"版税大王"交椅后，林语堂的生活节奏是从容的。除了在上海东吴大学教教课，业余时间他流连书市和商务印书馆等图书印刷公司，因而接触到了当时巨型怪兽一般的商用中文打字机。这种打字机操作起来十分烦琐：机下装满有两千五百个印刷铅字的字盘，打字时即须在盘中找所要的字。此外，在另一盘上，有三千零四十个铅字。若要用这盘上的字，即须用手拿起一个铅字，放在第一盘上的空位然后打。

在上海印刷业的所见所闻，进一步刺激了林语堂要发明一部简单易用的中文打字机的想法。他的二女儿林太乙描绘过一个忙碌的场景：林语堂将汉字分类又分类，积稿盈筐，又画蓝图。

到1931年，林语堂对汉字之于中文打字机的核心难题取得重大进展：他对汉字的首笔、末笔、新韵、号码四法，皆已做详尽透彻的研究，并实行将汉字重新排列。

同一年，趁代表中央研究院到瑞士出差的机会，他取道英国和工程师研究打字机模型，一待就是几个月。那会儿林语堂工作在上海，妻女在厦门。等他从英国回来，到厦门接家人的时候，口袋里只剩三毛钱。

技术和资金都不到位。第一次研发中文打字机，宣告失败。

再有中文打字机的消息出来，是十几年以后寓居美国时的事了。林语堂和蒋介石夫人宋美龄是笔友，在给宋美龄的信里，他透露过关于打字机的一些进展。1945年11月26日给宋美龄的一封信里，林语堂唠完家常，讲了林家一大家子人各种近况后，提到自己正忙于搞打字机，明年春天大概能完成。他信心满满，说这会是国家的一个重大好消息。

经过反复思考和推演，林语堂此时非常清楚一台理想的中文打字机核心是什么：

要有一部人人可用，不学而能的中文打字机，关键在于有个人人可不学而能用的键盘。

为匹配这个理想化的键盘设计，林语堂终于走通了汉字检索这条窄道，独创出"上下形检字法"。

万事俱备，只欠开工。他亲自到唐人街找人排字铸模，到纽约一家小工厂为打字机制造零件，并请来一个意大利籍工程师协助解决机械方面的问题，为此忙得连跟赛珍珠夫妇出版公司早就敲定好的《苏东坡传》都没时间写。

1946年4月17日，林语堂开始申请专利（1952年专利申请通过）。

1947年5月22日，林语堂一家从工厂把机器抱回家，"就像从医院抱婴儿回家一样"。

1947年8月21日，林语堂在自己的曼哈顿公寓举办"开放日"，向公众和媒体展示自己的新发明：中文打字机。他为之取名"明快打字机"，并让林太乙为大家现场演示。

林语堂对这次媒体见面会准备得很充分。他事先散发了新闻稿，介绍明快打字机的使用方法和特色，称它可以打英文、日文、俄文和中文，能打印九万个汉字。打一个字只需按三次键，一分钟可以打五十个字。林语堂这样解释明快打字机的操作原理："打字的过程类似于打一个由三个字母组成的英文单词，例如'and'或'the'，只不过前两个键是用来将该字引至打印位的，而在按下第三个键时，整个单词才被打出来。"

《中文打字机》作者、斯坦福大学历史系教授墨磊宁评价道："实际上，明快打字机通过将打字过程转化为搜索过程，从根本上改变了机械书写的运作方式。可以说，它在历史上首次将'搜索'与'书写'结合起来，预告了如今中文里被称为'输入'的人机交互模式。"

为了将数千个字符藏在空间十分紧张的打字机内部（要保证体积大小向英文打字机看齐），林语堂设计了一套类似行星运行系统的机械结构，墨磊宁称之为"天才的设计"，这使林语堂打字机的字符容量比常用中文打字机字盘的容量大三倍还多，所占空间还更小。明快打字机一共可提供八千三百五十二个字符，用这些字符就可以组成现有的任何汉字。

第二天，《纽约时报》等报刊就对此事做了报道，好评纷至。语言学家、哈佛大学中文教授赵元任送来贺词：不管是中国人还是不懂汉字的美国人，很快就能熟悉打字机键盘。我看就是它了。林语堂自己也很得意，说这是"我给中国人民的一份礼物"：

> 我期望中文打字机的发明能够为中国办公商务的现代化扮演重要角色，使中国进入一个新的工业时代。

1947年林语堂和女儿林太乙演示明快打字机的宣传照。
台北林语堂故居供图

但比起林语堂漫长而巨大的付出,明快打字机的生命力未免太过短暂:他们向当时最大的打字机生产商雷明顿公司推销失败了。

林太乙对这个场景记忆深刻:"在众目睽睽之下,我开电钮,按了一键,打字机没有反应。我再按一键,还是没有反应,我感到尴尬得不得了,口都干了。又再按一键,也仍然没有用。父亲赶快走到我身边试打,但是打字机根本不肯动。会厅里一片肃静,只听见一按再按的按键声,然而这部打字机死也不肯动。再经过几分钟的努力,父亲不得不向众人道歉。于是我们静悄悄地把打字机收入木箱里,包在湿漉漉的油布里,狼狈地退场。"

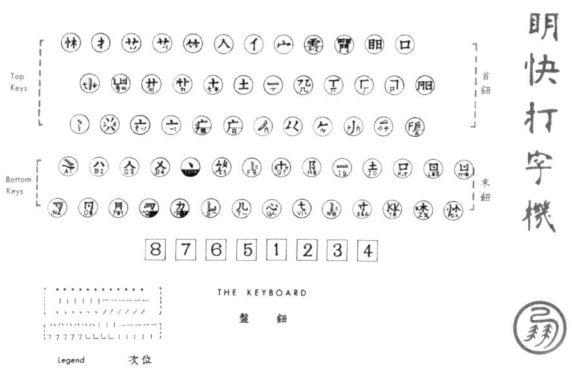

明快打字机的键盘布局说明。台北林语堂故居供图

表面看,在林太乙理解中,这是因为演示过程中机器突然故障,没能成功展现明快打字机的魅力导致。事实上,明快打字机作为一个产品的成熟性,不会因一次演示失败而折损,雷明顿公司有自己的顾虑:第一层,是市场问题,当时正处于国共内战中,时局的动荡、销路的稳定性之外,他们更担心没有专利保护和可能施加的进口与外汇管制;第二层,是他们听说共产党倾向将中文罗马化,进行全国推广,如此一来,为汉字量身定制的明快打字机就毫无存在价值了。

没有资金追加投资,明快打字机无法实现量产,只留给历史惊鸿一瞥。

但林语堂和明快打字机的纠缠,还没有结束。

先是一个闹剧。那个意大利籍工程师扭头跟人说,这是他发明的。林语堂气不打一处来:你一个汉字不识,怎么发明？最后对方看林语堂找来律师要动真格的，便不了了之。

明快打字机留给林语堂最大的遗留问题是一笔欠债。1953年12月他写信给宋美龄说，之所以一直没到访台湾，是因为发明打字机债务累累，"搞这件事花了我十二万美元，搭上了我所有的积蓄"。这笔债务以及因政策变动需补交三万多美元的税，逼得林语堂卖房，老婆卖首饰。最后得到古董商人卢芹斋支援，并《苏东坡传》的部分版税和出让明快打字机专利费，才算清了账。

对于这桩失败的发明，林语堂并不怎么提及和谈论，似乎并不在意。晚年在台湾开专栏"无所不谈"，在一篇《中文电子字码机》的文章中，介绍完毕这种新发明机器的工作原理及广泛用途后，他才提到它在输入和输出的关键环节，采用了明快打字机的键盘设计理念。他为这项实验项目感到自豪："'不懂中文的人也可以于短期内学会每分钟打出二三十字'，这是美国各方专家研究出来的共同的结论。"面对明快打字机，他只是平静地写道：我对华文打字机及华文检字问题，可以说是自一九一六年起，经过五十年的思考，并倾家荡产为之。

后来有一天，林语堂、林太乙父女同坐在一辆计程车上，林语堂手里把玩着一个纸质模型键盘，得意说道：这个打字机的发明，主要在利用上下形检字法的键盘，其他机械上的问题是不难解决的。

林太乙战战兢兢地问道：那么，你假使只把汉字照上下形检字法分类，弄个纸型键盘，像你手里拿的一样，不就可以向人推销吗？当时有没有制造模型的必要？

林语堂轻声回道：也许不造模型也可以推销。但是我忍不住，我一定要造一部打字机，使我可以真正地打字。我当然没想到要花那么多钱。

因成本高昂，明快打字机只生产出一台原型机。事情过去将近二十年，林太乙有一次去美国旅行，多方打听这台原型机下落。好不容易和一个当年参与该项目的工程师取得联系，对方说，十几年来，这个机器都放在他的办公室，就在三个月前，公司搬家，被当成垃圾扔掉了。

除了一份确凿的专利申请说明书和几张照片，明快打字机从一个想法回归到一个想法，像是从来没有存在过。

"言毕，萧然而去。"

1966年，林语堂离开住了三十年的美国，到台湾终老——与故家福建漳州一水之隔。蒋介石特意为他在阳明山上盖了一栋别墅，以表欢迎的诚意。台湾文化界更不会"放过"这位誉满天下的大作家，架不住多方邀约，林语堂时隔三十年，重回中文写作。

写着写着，有意无意间，与三十年代初登文坛一样，他很快又把兴趣投放到语言学和汉字改良上。或者准确地说，他一直就没丢下这门学问。1967年，他为自己结集出版于三十年代的《语言学论丛》重版写的序言里说：

> 《语言学论丛》是我三十年前的著作，一九三三年上海开明书店初版，现在已不易购得。后来我走入文学，专心著作，此调久已不弹，然而始终未能忘怀本行，凡国内关于语言文学的专书，也时时注意。

林语堂晚年的文章，主要收在《无所不谈合集》中，接连有《整理汉字草案》《整理汉字的宗旨与范围》《再论整理汉字的重要》《汉字有整理统一及限制之必要》等文，一再强调整理汉字和部定简体字，以便于普通老百姓学习运用的重要性。又有《国语的将来》《国语文法的建设》等文，对胡适"国语的文学，文学的国语"做持之不懈的解读。这让他看上去像是依然没从五十年前的白话文运动中走出来的"落伍者"。

另一方面，他始终没放下明快打字机。准确地说，是明快打字机的灵魂——上下形检字法。"上下形检字法，取字之左旁最高笔形及右旁最低笔形为原则。这是一条简单原则，无论字分左右旁与否，既无例外。又放弃笔顺，只看几何学的高低，故不为笔顺所困扰。"

1967年，林语堂向台湾有关部门申请并获得"上下形检字法"专利。

林语堂晚年从事《林语堂当代汉英词典》编撰工作。
台北林语堂故居供图

同一年,他受聘为香港中文大学研究教授,并在港中大资助下,着手《林语堂当代汉英词典》编撰工作。

编一部类似《牛津简明字典》的中文词典,是林语堂数十年来的夙愿。早先,抗战时期,林语堂的三哥林憾庐和友人编成过一套六十余册的中文词典,可惜毁于战火。1943年,憾庐去世后,这成了林语堂要代为完成的遗志。现在正是做这件事的成熟时机：国语已统一，国语辞典也有搜集详备版本，而归隐台湾的林语堂，此时业已完成平生主要著述，有了难得的"闲适"时光。另外，他依然没忘白话文学未尽的使命："对于已往的白话文学（诗、词及明清小说）及现代北平国音所有的材料都已有系统的记录。这是开山的工作，前人筚路蓝缕之功，我们后学乃受其赐。所以，我才敢梦想做一本更合时代的汉英词典。"

词典编撰工作室设在台北双城街，有三四个助手做筛选汉字、注释、注音、排序等具体工作，但最终审定，将汉字或词句译成英文，都由七十五岁的林语堂亲自一个个落到纸上。这个庞大而琐细的工程，持续了七年，林语堂每天工作七八个甚至十一二个小时。正所谓，七载辛勤，始偿夙愿。

这部汉英词典，凝聚了林语堂毕生关于汉字改良的探索成果：词典中所用的检字法，是再修订的"上下形检字法"；所采用的拼音法，是当年参与制订的罗马字拼音法简化而成的"简化国语罗马字"。

1971年，重达八十六公斤、两万多页的词典手稿从台北运抵香港中文大学出版部，港中大随后组织人员展开严密细致的四轮校对工作。

1972年，《林语堂当代汉英词典》由香港中文大学出版社出版。该词典收录八千多单字和十万多条词汇，共约一千八百页，以较薄的字典纸印刷，布面精装。林语堂对女儿林太乙说，这是我写作生涯的巅峰之作。

主持编纂词典耗尽了他的力气。在生命的最后几年，林语堂几乎不再写作。

明快打字机昙花一现，《林语堂当代汉英词典》也并没有推广流行。1999年，香港中文大学据原版推出免费网络版。林语堂最终还是没有为苦心经营的"上下形检字法"找到合适的载体。但正如墨磊宁教授所说："在我们试图解释明快打字机为何失败时，我们可能忽略了一个极为重要的事实：它并不失败……作为一种开发于1930年代、问世于1940年代的特定设备，明快打字机可能确实失败了；然而，作为一种新的机械书写和人机交互模式，明快打字机标志着中文信息技术的转变，这种转变可能连其发明者林语堂本人都不曾预料到。"

1976年3月26日，林语堂突发心脏病逝世，享年八十一岁。去世前一年，他勉力提笔，为一个美国教授编选的《林语堂文集》写了篇简短的序，也像是留给这个世界最后的话：

> 我喜欢古时一位中国作家的话："古人本无须有所言，突然间情不自禁有所言，时而叙事，时而言情，言毕，萧然而去。"我也是情不自禁写了一点东西，现在要说的都说完了，我要走了。

《魔笛》背后的权力游戏

王 星

这完全是一场在帝国衰落期难得的德意志式民众狂欢。

虽然不像罗西尼、普契尼这些作曲家那么执著于歌剧，但歌剧史上绝对缺不了莫扎特的席位。

中文里的"才华横溢"一词，可以非常准确地用在莫扎特身上，他就像一个患有多动症的孩子，无时无刻不在寻求着新的创意与刺激。

莫扎特在人世间只度过了不到三十六年，但在这期间，除了婴儿时期，他几乎毫无浪费地全部用来"大水漫灌"自己的音乐试验田——当年几乎没有哪种乐器或是音乐形式逃离过他的魔爪。莫扎特会熟练弹奏现代钢琴的前身羽管键琴，但现代钢琴的初型琴"fortepiano"刚诞生不久就成了他的新玩具。自从1782年入手一台之后，莫扎特用一生最后不到十年的时间，如同新车测试一样给这种新乐器创作了十六部协奏曲，奏鸣曲及重奏曲更不用说。与此同时，他也没放过其他新兴的乐器（比如单簧管），连更适合杂耍剧场而非古典舞台的玻璃杯琴也没逃过——正如他可以创作教堂弥撒曲，但也不会放弃谱写酒馆中常见的粗口卡农小调的乐趣。

然而熟悉莫扎特生平的人都知道，他的挚爱还是歌剧。

在巴黎期间写给父亲的书信中，虽然莫扎特毫不谦虚地汇报了自己的演出如何成功，但他仍表示：我无时无刻不在想创作歌剧。歌剧在莫扎特生活的年代，即十八世纪下半叶，已经发展成一种臻于成熟的艺术形式，尽管还没完全形成十九世纪罗西尼之后那种现代意义上的舞台表演，但已经具备了从宗教、神话剧向"情节剧"过渡的各种条件。除了被奉为典范的意大利语歌剧（而且莫扎特创作的《费加罗的婚礼》《唐·乔瓦尼》等也都成了意大利语歌剧中的经典），莫扎特还幸运地赶上了一个新剧种的兴起：德国歌唱剧（Singspiel）。虽然名为"歌唱剧"，但它与歌剧最大的不同在于：歌剧曾被人讥讽为"那么多人荒唐地唱着歌说话"，德国歌唱剧里的角色说话时倒并不唱歌。

所谓"唱着歌说话"，指的是歌剧中咏叹调与重唱、合唱等之间为延续剧情而穿插的"宣叙调"，虽然是角色间的对白，但配以简单的旋律演唱，比较类似于现代人听到的京剧中的念白。歌唱剧中的对白则是正常语调，再加上使用的是莫扎特的母语德语，在当年的维也纳观众看来，无疑有种五四青年观看"文明戏"的感觉。

1791年9月30日，莫扎特的德国歌唱剧代表作《魔笛》首演于维也纳，两个月后，莫扎特病逝。尽管《魔笛》不是最早的德国歌唱剧，而且甚至不是莫扎特自己创作的第一部德国歌唱剧，但在首演后的二百三十多年中，这部几乎集中了莫扎特最后所有"玩具"技巧的作品，简直成了德国歌唱剧的代名词。尽管后来有不少人想续作（包括大名鼎鼎的歌德），但莫扎特版本中无厘头地身披鹦鹉羽毛戏服登场的捕鸟人帕帕基诺已经成为不可撼动的形象。恰如《黑客帝国》再怎么重启也重现不了当年那个帝国时代，后人也难以续尾莫扎特创作《魔笛》时的那个纷乱的"帝王时代"。

中国传统曲艺中有"定场诗"一说，《魔笛》中捕鸟人帕帕基诺的亮相歌曲《我是一个捕鸟人》，某种程度上也起到了类似作用。虽然"曲艺"这种类比不很古典，而且它也并不是开场的第一首歌，但相较开场那位白马王子怯懦而短暂的求救唱段，或是仙童们拯救者视角的唱段，这首歌确实给观众留下了最直接的第一印象。有种说法认为帕帕基诺"Papageno"这个名字来源于"papagei"（鹦鹉），在德语俚语中指"饶舌之人"；歌词中叠用的"hopsasa"，则是德语俚语中把小孩抱起、抛向空中再接住时的喊叫声。不管确切含意是什么，单从语音上，这两个词就带给人一种无厘头的感觉。

一个甚至没有在歌剧标题里出现的无厘头人形鹦鹉，后来居然成为《魔笛》的形象代表，这里面固然有席卡奈德尔这个剧场开发商兼剧本投资方,以及帕帕基诺首演扮演者的"甲方"因素,但更仔细追究一下,捕鸟人帕帕基诺的雕像至今能以王者姿态高踞席卡奈德尔当年建造、首演了《魔笛》的维也纳河畔歌剧院的大门上,其中的八卦也堪称九转荡气回肠。

"捕鸟王"亨利一世

一切都要从欧洲历史的"草莽"时期说起。事实上,在欧洲历史的一些角落中,总会隐藏着一些个"牧人王"或者"猎人王"。这倒也能理解,作为法兰克人或是哥特人、日耳曼人,毕竟散兵游勇时不缺部落,南下灭掉古罗马"天地一家亲"后,又因为联姻"一表三千里",谁也说不准今天和自己一起打鸭子的那位,会不会鸭子还没上桌就先登了王位。

公元十世纪,东法兰克就贡献出了一位"捕鸟王"亨利一世。之所以拥有这个别号,传说是因为他得知自己被推选为东法兰克国王的消息时正在捕鸟。当然,传说都会自带滤镜,连"尧舜禅让"如今都已经被人质疑并非那么田园风光,没有人能仅凭捕鸟就当上国王。事实上,这位亨利原本是萨克森公爵。萨克森公国当年与东法兰克王国毗邻,但实力远强于后者。912年,即亨利继承爵位的第一年,他就开始进犯当时属于东法兰克王国的图灵根，得胜之后意犹未尽，在915年又来扫荡了一回。对于南边的邻居弗兰肯公国，亨利也没忘记不时去"捕鸟"。当时东法兰克王国与弗兰肯公国的统治者是康拉德一世，只活了三十七岁，短暂的一生中一直在招架周边逐渐各自强大起来的公国的骚扰。918年，康拉德一世在又一场混战中受了重伤，不治而亡。根据公元十世纪成书的《萨克森纪事》记载，他在临终前叮嘱弟弟艾伯哈特：务必将王位"禅让"给萨克森的亨利公爵继承，因为亨利虽是王国的头号劲敌，但也唯有他能保护王国的完整。康拉德一世死后，艾伯哈特与其他东法兰克贵族又蹉跎了一年，才作为代表去找亨利，传达王国内各贵族以及周边公国统治者的会议决定，恭贺亨利众望所归地成为东法兰克国王，于是亨利一世成为"捕鸟王"。不过，说不定此时亨利的弓箭和鸟网早就已经等得长毛了。

亨利一世收网后，就干了件另类出格的事：拒绝在加冕典礼中包含任何形式的天主教宗教仪式。他坚称，这样做是为证明自己的"国王"称号是全体人民赋予的，而不是哪个主教赐予的。中国古代的贤王商汤，如果能在平行宇宙里看到亨利一世的鸟网，估计又会重复一番他被《史记》记录的那段训导："汤出，见野张网四面，祝曰：'自天下四方，皆入吾网。'汤曰：'嘻，尽之矣！'乃去其三面。"帕帕基诺在《我是一个捕鸟人》中，也祝愿自己能网罗所有的鸟儿乃至姑娘，似乎可以验证东方文化里"猎马带禽归"的野望景象与愿景,确实至少在欧洲也是跨世纪的。

回到亨利一世,他的父亲是萨克森公爵"光辉"奥托,而"光辉"奥托的父亲是吕道夫。吕道夫是当时统治法兰克王国的加洛林王朝的一名朝臣,后因协助东法兰克王国首任国王、法兰克国王查理曼大帝的孙子、"虔诚者"路易的儿子"日耳曼"路易抵御维京人与斯拉夫人而获得爵位。吕道夫一生忠于法兰克,自己的婚姻都依照查理曼大帝的安排,迎娶了一位法兰克贵族军官的女儿。在那个兵荒马乱的年月里,吕道夫据说居然活到了一百零七岁。他的女儿,即亨利一世的姑姑吕嘉德嫁给了"日耳曼"路易的次子、东法兰克王国的第二任统治者"青年"路易,"青年"路易死后,东法兰克王国和法兰克王国乃至整个南欧,在加洛林王朝的各种子嗣表亲间经历了近百年类似军阀混战的过程。亨利一世的舅舅也叫亨利,曾经在"青年"路易麾下任总司令,而且后来又辅佐加洛林王朝多年。最后康拉德一世将王位交给亨利一世,某种程度上也算是倦鸟归林、自投罗网。

亨利一世在加冕时拒绝天主教宗教仪式,其实也暗藏着位于欧洲西部的法兰克王国(大致为今天的法国)与位于欧洲东部的东法兰克王国(大致为今天的德国)类似帕帕基诺歌词中"hopsasa"的历史怨念。

法兰克王国的查理曼原本也是部落首领发家,但因为得到了罗马教皇的祝福加冕,而一度成为一统欧洲的"大帝"。尽管查理曼大帝后来与罗马教廷闹得很不愉快,但法兰克王国还是延续了由意大利传承的宗教与文化传统。最明显的例证是语言：法兰克王国"从良"了拉丁语族，在此基础上发展出法语；法兰克王国东边的各公国都执拗地使用着自己原有的日耳曼"土语"，即便后来部分公国被法兰克王国的加洛林王朝征服、合并成立为"东法兰克王国"，也是如此，这些"土语"最后发展出今天的德语以及包括英语在内的各种表亲。亨利一世是第一个成为东法兰克国王的现代意义上的德国人。正因法兰克王国的意大利倾向，亨利一世才断然以人民的名义划清王位与教廷的关系，这也预示了千年之后分别在德国与英国发生的两场同样萨克森风格的政教大戏。

东方人喜欢论祖，欧洲人更喜欢。或许是因为缺乏伊比利亚半岛居民在姓名里嵌入家谱的记忆力，也不如地中海居民熟谙地理知识而且擅长黑色幽默，法兰克王国在国王姓名的选择上逐渐陷入"路易"的循环，而东法兰克王国的王位一经萨克森的卓越子嗣亨利坐上，"亨利"这一名称就首次进入欧洲王朝姓名的摇号队伍。看多了欧洲史，基本上一看君主的名字是"亨利"还是"路易"，就能像听方言一样推测出对方的老家。不过，"亨利"这个名字最显赫的时期，还得等它跨到英吉利海峡对岸时。东法兰克王国的亨利一世一生功勋卓越，其中最卓越的一项，就是生了个以亨利一世父亲的名字命名的奥托。这位奥托继承王位后，以征战结合联姻的方式基本完成了德国各公国的统一，并且征服了意大利王国，史称奥托大帝。奥托大帝不仅不疏远罗马教廷，还说服罗马教廷赐予自己一个新的帝王封号，在962年成为"神圣罗马帝国皇帝"，算是当年查理曼大帝从教廷得到的皇帝称号的升级版。由此，奥托王朝正式登上历史舞台。奥托大帝的爷爷"光辉"奥托后来被上了尊号，多半也是借了孙子的光，以显示他不光会生儿子，还很奥特曼。

哈布斯堡的猎场

由于"捕鸟王"亨利一世的功绩，"捕鸟者"的形象在德语地区天生多了些戏剧感。

不过，等1756年莫扎特降生时，神圣罗马帝国的光辉已经从奥托王朝转移到了哈布斯堡王朝头上。这个王朝起源于如今法国的阿尔萨斯，奠基于瑞士，发家于奥地利与西班牙，在欧洲史上绵延了七百余年。在英国温莎王朝出现之前，哈布斯堡王朝一直是欧洲式"征战结合联姻"扩张法的最具耐心以及最具创意奖项得主。在它的努力下，神圣罗马帝国的疆域一度覆盖欧洲大陆直至伊比利亚半岛、地中海，同时包括这些地区的所有海外殖民领地。可惜的是，这些领地更多的是名义上的疆域——就像一个人通过曾祖姑妈遗留的嫁妆获得了某个海外宝岛的所有权，但他自己连打车去机场的钱都凑不够一样。相比之下，莫扎特是幸运的，他赶上了继马克西米利安一世后哈布斯堡王朝最辉煌的时期。更准确地说，莫扎特所处时代的统治者，属于哈布斯堡王朝奥地利分支的哈布斯堡-洛林一脉。马克西米利安一世精心安排的政治联姻蜘蛛网，成就了他的孙子查理五世，把神圣罗马帝国的疆域拓展到西班牙与那不勒斯。

然而，"罗马帝国"这个名字似乎自带"分家"诅咒。1556年，查理五世去世前，也将自己的帝国分东西两部分，并规定继承者的子孙只能世袭他们各自的王位，不得互传。自此，哈布斯堡王朝正式分为西班牙分支和奥地利分支，颇有些东方式"南拳北腿"的架势。这种生生不息的王位游戏又玩了近两百年后，无论是西班牙分支还是奥地利分支，都出现了因近亲联姻而导致的健康缺陷问题——男性后裔不断夭折，于是，这些源自北方游牧部落的家族王朝，同时遇到了一个令人头疼的历史遗留问题：女性能否继承王位？

在他们的老祖宗根据游牧生活制定的《萨利克法典》中，对此是明文禁止的。西班牙分支比较简单，1700年就绝了后，然而末代成员却以遗嘱的方式，将王位拱手让给了法国波旁王朝的成员。这显然不是奥地利分支乐于看到的结果，于是奥地利分支挑起了西班牙王位战争。当时奥地利分支的统治者是尚武的利奥波德一世，他原本想让自己的次子查理继承西班牙王位，没想到开战五年自己就死了，再过六年，利奥波德一世的长子、继承了奥地利分支王位的约瑟夫一世也在维也纳死于天花，于是原本准备去西班牙当国王的查理，误打误撞地成了奥地利的国王查理六世。

查理六世没有自己父亲那么大的野心，有实际在手的奥地利王位和"神圣罗马帝国皇帝"的头衔，对他来说已经足够了，于是西班牙王位继承战争以签约分地、互不相欠了结。神圣罗马帝国依据条约得到现今意大利的大部分领土，真正有了点罗马味道。意大利曾经向法国出口过大批艺术与文化产品以及艺术家，如今又多了一个"新顾客"：希望在自己的帝国中再现法国邻居路易十四式帝国文艺范儿的查理六世。所以，在今人眼中，当年莫扎特去意大利像是"留学取经"，但在当时的人看来，不过是到帝国的某个音乐大学城去转了一圈，而且这也解释了为什么当时维也纳宫廷里聚集着如此众多的意大利音乐家。

对于失之交臂的西班牙王位，文艺青年查理六世用来安慰自己的办法是：引进全套烦琐的西班牙宫廷礼节和奢华的西班牙风格宫廷礼服，依照西班牙风格，斥重资翻建维也纳的宫廷建筑。不过，查理六世最大的成就是：从1713年一直到1740年，也就是在他唯一的孩子（而且是个女孩）诞生之前，未卜先知地坚持说服各路选帝侯签署条约，承认了女性对王位的继承权。

罗马教廷对欧洲王位的女性继承权，是睁一只眼闭一只眼的：以法理论，《圣经·民数记》里明确指出了男女都有继承王朝财产的权力；从实用角度看，为了这个皇帝头衔，北方这些"蛮族"已经以各种"勤王"的理由打劫过罗马好几次，不如任由他们各自商量。自从查理五世1530年来打过一次秋风后，罗马教廷实际上没有再加冕过任何一个"神圣罗马帝国皇帝"，后来的那位矮个炮兵少尉也还暂时没降生，于是，第一个神圣罗马帝国皇后诞生了，就是未来令隔壁普鲁士的吹笛青年腓特烈大帝也不得不敬佩的玛丽亚·特雷西娅。

为昭示她那位来自洛林王朝的"倒插门"挂名皇帝丈夫弗朗茨一世的贡献，哈布斯堡王朝自此改称"哈布斯堡-洛林王朝"，所有皇家成员也都使用"哈布斯堡-洛林"这样的"复姓"。不过，在欧洲这张错综复杂的联姻网上，特雷西娅与弗朗茨倒是难得的自由恋爱结婚的一对。

年轻的《牧人王》

放到更宽广的历史背景中看，莫扎特其实是很幸运地赶上了一个极适合音乐家发展的时期。

特雷西娅皇后统治时期，是欧洲大陆内战最频繁的年代，她的儿子、继承了爷爷查理六世音乐爱好者传统的约瑟夫二世，营造出一段和平时期，但继承了母亲好战的基因，同时再现了爷爷不善战的基因。欧洲的内战多出于统治权继承问题，而后世获得"欧洲的丈母娘"之称的特雷西娅皇后，与丈夫非常尽职地在二十年里生育了十六个子女，所以这一时期的音乐家们，间接获得了一个对各类庆典类音乐作品，尤其是歌剧这种大型作品有源源不断需求的庞大消费市场：有多少成年的王族子嗣，就有多少婚礼和"外事接待"活动，更不用说大大小小的各种加冕仪式，歌剧成为一种时髦的堂会式庆典。更重要的是，从哈布斯堡-洛林王朝对历史与神话题材的正歌剧的偏爱可以看出，他们很懂得如何强调自己头上那顶帝国王冠的正统性，不会放弃任何一个庆典场合。与此同时，依照政治世界中历史悠久的迎来送往原则，帝国的臣属们也不会轻易忽视任何一个以类似方式表现忠心的机会。

1775年，年仅十九岁的莫扎特就被分配到这样一项任务，不过那时歌颂的是"牧人王"而不是"捕鸟王"。歌剧的委托人是时任萨尔茨堡大主教的希罗尼穆斯·冯·科罗雷多。

希罗尼穆斯出身于一个源头可以追溯到波希米亚地区的大王朝科罗雷多-曼斯菲尔德。公元十世纪，逐渐强盛起来的科罗雷多-曼斯菲尔德家族，也拉着自家盟友与兄弟南下拜访罗马教皇，由此获得了合法称王的权力。在后来数百年的家族繁衍史中，科罗雷多-曼斯菲尔德王朝同周边其他贵族家族之间形成了犬牙交错的枝蔓联系。对于哈布斯堡王朝来说，科罗雷多-曼斯菲尔德家族主要扮演的是臣属角色，这个家族贡献出不少武将，希罗尼穆斯的弟弟文泽尔·约瑟夫·冯·科罗雷多就是特雷西娅皇后以及约瑟夫二世统治时期重要的将军。希罗尼穆斯本人却因为身体原因无法从戎。

萨尔茨堡是一个兼具宗教与世俗统治权的"大主教-王子"领地。1772年，当萨尔茨堡大主教一职出现空缺时，哈布斯堡王朝不顾当地民众的强烈反对，将这个肥差派给了十年前就已拥有另一块主教-王子领地的希罗尼穆斯·科罗雷多。三年后，特雷西娅皇后最年幼的儿子马克西米利安·弗朗茨大公出访萨尔茨堡，该大公与莫扎特同年出生，因为年纪最小而且恰好出生在父亲生日那一天，于是格外受到全家宠爱。1767年莫扎特一家在维也纳为特雷西娅皇后表演时，自幼喜爱音乐的大公显然也在听众群中。由此不难看出，上任不久的科罗雷多大主教，在招待仪式的安排上很是下了心思。

歌剧主题的选择更是如此。虽然曲作者莫扎特只有十九岁，但剧本作者可是已年过七旬、撰写过数十部"御用"神话或历史剧剧本的梅塔斯塔西奥。所谓"牧人王"，指的是近东地区的古国西顿的王位继承人，与"捕鸟王"类似，他得知自己成为国王时正在牧羊。然而，就像真实历史中"捕鸟王"的网不是随意挂的那样，真实历史中的"牧人王"也不是随意找地方放羊的。事实上，西顿被亚历山大大帝灭国后，成为马其顿王国的一个行省，"牧人王"是亚历山大大帝以"血统更纯正"为由找来取代西顿旧王朝的总督。到了梅塔斯塔西奥笔下，这段征服史被轻车熟路地改写成一个田园牧歌式的故事。亚历山大大帝依然出场，然而是以贤王兼教导者的身份；未来的"牧人王"被赋予"阿明塔"这个虚构名字，设定为一个热恋中的青年；西顿"被推翻的暴君"的女儿名叫"塔米丽"，亚历山大大帝希望阿明塔能放弃原来的恋人，迎娶塔米丽，这样他对西顿王位的继承就有了双重血统保障。全剧最后结束于"爱情与责任同样重要"这一主题，很圆满地完成了对贤君的颂扬，以及对年轻大公优良王朝血统的赞颂，同时给少年大公展示了王朝风范的爱情与联姻，是一出三观毫无毛病的道德剧。至于历史事实，那并不重要，而大公终生未婚，也是后话。

在后人撰写的莫扎特传记中，科罗雷多大主教通常是以恶人形象出现的，其实这多少有点冤枉。他从小接受的是严格的宗教教育而非音乐教育，在他看来，音乐更多的是一种可以帮助帝国实现政治目的或者为宗教信仰服务的工具，因此他确实并不觉得安排莫扎特与仆人一起吃饭有什么不妥。莫扎特热衷歌剧创作，最后义无反顾地离开萨尔茨堡，原因之一也是在这里很少有创作歌剧的机会。由此也可以看出，对音乐基本无感的科罗雷多大主教，以何等体贴的臣属眼光委托创作了《牧人王》。在音乐方面，科罗雷多大主教远不止为哈布斯堡-洛林王朝尽了这一点忠。在后人看来，让莫扎特效力科罗雷多大主教的朝廷，绝对是暴殄天物，但对于特雷西娅皇后来说，希罗尼穆斯是在帮皇室解决一个棘手的问题：如何把天才改造成经济适用型服务人员？

早在1771年，特雷西娅皇后就曾委托莫扎特为她第四个儿子费尔迪南大公的婚礼创作过一部《阿斯卡尼在阿尔巴》，全剧也是类似《牧人王》的田园牧歌风格。然而，当费尔迪南大公提出，想把莫扎特留用在自己的朝廷时，特雷西娅皇后断然拒绝。老莫扎特带着天才儿子周游欧洲，获得赞许无数，但没有一个朝廷愿意雇用，父子俩最终还是回到了萨尔茨堡。老莫扎特原本就是萨尔茨堡宫廷乐师中的一员，如今科罗雷多大主教又以领主身份接纳了他桀骜不驯的儿子，暂时结束了父子两人在帝国各宫廷间近乎"上访"的求职漂流。随后的八年里，科罗雷多大主教又容忍了莫扎特数次长时间离职另寻工作的行为。

从维也纳朝廷的角度来看，科罗雷多大主教对帝国足够尽职。

"开明专制君主"

当然，莫扎特最终与科罗雷多大主教决裂，也是在维也纳。

1780年，强腕的特雷西娅皇后去世，约瑟夫二世结束了十五年共同执政的身份，正式独自行使神圣罗马帝国皇帝的权力。科罗雷多大主教进京观礼拜贺，同时也带上了自己在皇家荫庇下培养的音乐团队。在维也纳期间，由于宫廷礼仪以及"不专心本职工作"等陈年鸡毛蒜皮问题，莫扎特与科罗雷多大主教再次发生争执。科罗雷多大主教的属下情急之下在莫扎特屁股上踢的那一脚，在很多莫扎特传记中都有记载，不管当时现场场面如何不堪，这一脚确实把莫扎特从一个乡村田园故事世界，踢进了约瑟夫二世雄心勃勃营造的帝国改革世界。

尽管特雷西娅皇后本人是个倾向保守、极其虔诚的天主教徒，但在约瑟夫二世接受早期教育时，给他留下了足够多的被十八世纪启蒙运动影响的空间。约瑟夫二世熟读过孟德斯鸠、伏尔泰等人的著作，期盼自己可以成为启蒙运动心目中的开明贤君。当他可以独立执政时，共治期被母亲限制过的各种狂飙突进改革梦想一下爆发出来：全面解放农奴，大力压制天主教教会权力，容忍多种宗教信仰存在（虽然他本人是坚定的天主教徒），同时大幅度放松对出版物的审查，鼓励艺术创造。约瑟夫二世的一整套改革措施在后世被称为"约瑟夫主义"，尽管后世也同时将他称为"开明专制"的推行者——即乐于承认民众的一些言论权并赋予民众私人财产所有权，但严格要求民众必须在遵守君主指定的法规的前提下行使这些权利。

对于那个时代的艺术家来说，约瑟夫二世确实算是个体贴人的好甲方——毕竟他性格中专横、易怒的一面都喷向了忤逆自己改革意愿的廷臣，对于能创造出盛世杰作的艺术家，约瑟夫二世一般都是和蔼可亲的。在这方面，他成功地实现了父亲曾经想营造的隔壁路易十四式艺术花园的梦想。

或许是出于对刚过世的母亲的尊重，约瑟夫二世最初仍旧没有正式雇用莫扎特为宫廷音乐家，但他确实饶有兴趣地给莫扎特提供了一些"短期合同"。在约瑟夫主义涉及天主教会的措施中，除大量关闭修道院与教堂并将其财产收归国有分配、用于公众项目与慈善设施建设之外，最令罗马恼火的是：神圣罗马帝国内教职的任命改由帝国认定，而不允许罗马直接派遣，理由是自奥托一世称帝起就开启了由皇帝任命包括教宗在内各级教职的先例。约瑟夫二世梦想创造一个由一位具有启蒙思想的皇帝统治的中央集权帝国，既然这位皇帝的母语是德语，那么不管帝国的称号中是否有"罗马"二字，真正成为某个"神圣帝国"的皇帝，都需要更多源自德语，而不是意大利语的艺术"献礼"作品。于是，1776年，约瑟夫二世以他特有的决绝风格，遣散了维也纳最重要的城堡剧院里所有的意大利裔歌手与剧作者，将剧院改名为"国家宫廷剧院"，广泛招募德语歌手与剧作者。1778年，由约瑟夫二世以帝国的名义资助的国家歌唱剧剧团成立。也正是因为有了这个剧团，莫扎特接到了定居维也纳后的第一个歌剧委托作品：《后宫诱逃》。

《后宫诱逃》也是国家歌唱剧剧团演出的第一个原创作品，此前他们只是靠演出翻译改编意大利语歌剧维持。在美国电影《莫扎特传》里，廷臣曾暗示约瑟夫二世"用德语歌唱就是为人民歌唱"，在真实历史中，这句话其实应该说成"用德语歌唱就是为皇帝歌唱"才更恰当。

约瑟夫二世的一系列改革，在他去世前就遭遇了一连串堪称惨败的挫折，根源就在他急于在太过分散的帝国领地上短时间完成全面改革，还同时谋求对外扩展疆域，恰似梦想张网捕获天下所有飞禽的捕鸟人。就音乐作品而论，莫扎特创作的《后宫诱逃》，确实达成了皇帝以德语挑战意大利语的愿景，但可惜这只是一部歌剧。约瑟夫二世梦想推广德语为帝国领地里的统一"官话"，然而帝国南部的拉丁语系地区权且不论，就连与帝国在地理位置上最唇齿相关的波希米亚与匈牙利也都不接受。匈牙利的反应尤其激烈，加上约瑟夫二世又以"保管"的名义拿走了原属匈牙利国王的王冠，匈牙利境内一度几乎激起民变。

除语言之外，《后宫诱逃》的剧情也颇有帝国宣传大片感。故事发生的背景地是土耳其，情痴男从土耳其后宫救出被帕夏（即土耳其大公一类的君主）掳走的情人，被发现后以忠贞感动了帕夏，于是专制屈服于爱情。这听起来很像是当年《牧人王》故事的某种东方原素加强版，只不过《牧人王》的故事说的是"天降大任"，而《后宫诱逃》更像是"万国来朝"。与约瑟夫二世是同时代人，尤其喜好万国来朝的中国乾隆大帝，也可以按照"开明专制"的标准被归为同类启蒙贤君。

然而神圣罗马帝国的问题在于：当时土耳其人确实经常"来朝"，但只带了武器没带贡品。的确，在十七世纪中期与后期，利奥波德一世曾召集帝国内各选侯国的军队，分别击退过两轮奥斯曼土耳其帝国的大举进攻，使神圣罗马帝国帝冠的含金量陡增。1699年，神圣罗马帝国与奥斯曼土耳其帝国签署《卡洛维茨条约》。这是奥斯曼土耳其帝国自十三世纪建国以来，首次承认神圣罗马帝国的存在，也是他们第一次向信奉基督宗教的欧洲国家割让土地。根据条约，神圣罗马帝国获得了克罗地亚、吸血鬼的老家特兰斯瓦尼亚，以及最重要的战果：匈牙利。当时洛林血统还没注入哈布斯堡王朝，但这种堪比隔壁"太阳王"路易十四的荣耀时刻，肯定让约瑟夫二世无比向往。可惜他似乎没那么好的命："绥獣"的事他没做到位，结果被匈牙利搅得心烦意乱，而"建极"的事将令他更头疼不已。

两个"奥托"

后来的事实证明：想重现"奥托大帝"的帝国荣光，确实是件天时、地利、人和缺一不可的事情。

汉语将土耳其人建立的这个帝国称为"奥斯曼"，是沿用了帝国创始人奥斯曼姓名的阿拉伯-波斯语发音，而当奥斯曼的势力扩张到东欧时，日耳曼人错念成了"奥托曼"，随后法兰克人、盎格鲁-萨克森人也一路向西以讹传讹。土耳其人的这个帝国，折腾得欧洲几个世纪都寝食不安，却误打误撞拥有了一个与神圣罗马帝国创始人奥托一世仿佛爷俩一样的名字。

1780年，就在特雷西娅皇后去世那年，约瑟夫二世北上俄罗斯，去会见一个比他的母亲年轻，但同样令整个欧洲为之胆寒的女人：后世有"大帝"之称的叶卡捷琳娜二世。

叶卡捷琳娜大帝也被史学家视为"开明专制君主"之一，与约瑟夫二世一样，她也熟谙启蒙运动著作，然而在实际执政手腕上，约瑟夫二世只能算是一个文科男遇上了一个程序员女。作为双方亲密交谈的结果，约瑟夫二世不大情愿地签订了一个协议，答应需要时协助俄罗斯出兵征讨土耳其。之所以同意这样的协议，是因为叶卡捷琳娜二世答应：假如土耳其成为神圣罗马帝国与俄罗斯协同作战的敌人，俄罗斯就可以在与普鲁士同盟的同时也与帝国同盟。

说起来，普鲁士应该算是叶卡捷琳娜二世的娘家。普鲁士祖先是居住在波罗的海沿岸，现在波兰境内一带的古普鲁士人，十三世纪被以"圣战"的名义打来的条顿骑士团征服并同化。由于条顿骑士团是隶属罗马教宗的三大圣战骑士团之一，因此普鲁士也成了神圣罗马帝国领土的一部分。然而毕竟天高皇帝远，罗马教宗只有虚名，并无实权。为吸引更多的定居者，条顿骑士团兴建了一系列自由市并加入汉萨同盟。虽然十五世纪的一系列战败，使普鲁士一度沦为波兰的行省并在1525年改为路德宗，断绝了与罗马教廷乃至神圣罗马帝国的联系，然而，约瑟夫二世诞生时，后世同样有"大帝"之称的腓特烈二世已经即位。腓特烈二世也是位

"开明专制君主"，也熟读启蒙运动著作，不过毕竟他自幼接受的是一个铁血军人老爸的军事化教育，在读书吹笛子的同时，就开始了野心勃勃的帝国扩张，而且丝毫没有忘记自己祖先为教会而战时在东方遭遇的战败与耻辱，一俟时机成熟，腓特烈二世就将铁血矛头直指东方，尤其是曾经将条顿人驱逐出境的匈牙利。于是，约瑟夫二世这位文科男又遇上了体育男。

然而，无论是从战略层面还是颜面上而言，匈牙利都是约瑟夫二世不能失去的。匈牙利不仅是哈布斯堡王朝传承给哈布斯堡-洛林王朝的重要战果，更是神圣罗马帝国开创时的重要领地：955年，奥托一世在现今德国的巴伐利亚一带击败长期侵扰西欧的马扎尔人，使之皈依天主教并由游牧转向定居生活，这就是匈牙利的雏形。奥托一世是以条顿君主的身份凯旋的，罗马教廷赐予他一顶神圣罗马帝国的帝冠，很大程度上也是把他当成了可以抵御东方"异族"的救命稻草。时代更迭、王朝更换，神圣罗马王国的帝冠犹在，如今约瑟夫二世却要面对东方那个同样名字中带有"奥托"的凶悍的土耳其帝国，北方条顿人的后代腓特烈二世也仿佛奥托一世附体般虎视眈眈。努力变身新一代"奥特曼"，同时与俄罗斯重建同盟关系，这是约瑟夫二世为数不多的选择之一。

叶卡捷琳娜二世出生在现今波兰的什切青，她的父亲是普鲁士的一个小王公，母亲则与瑞典王朝有密切的血缘关系。1742年，叶卡捷琳娜源自瑞典王朝一系的远房表哥、俄罗斯彼得大帝的外孙卡尔·彼得·乌尔里希被选定为俄罗斯王储。尽管远远不是美满婚姻，但腓特烈二世毕竟是迎娶了哈布斯堡王朝那位文艺青年查理六世妻子的堂妹，这场连环套婚姻进而使他与俄罗斯彼得大帝的长子成为连襟，因此有了对俄罗斯宫廷家事的发言权。作为增强普俄同盟重要的一步棋，腓特烈二世挑选出了这位貌似毫无心机的普鲁士公主作为太子妃人选，以此与维也纳方面的人选抗争。但他恐怕不会想到，自己亲手发掘出了另一个大帝：卡尔·彼得·乌尔里希后来成为彼得三世。

尽管是彼得大帝的外孙，彼得三世却自幼生活在德语地区，而且是腓特烈二世的忠实崇拜者，他极力倡导普俄同盟，只是历史证明把德奥俄掌控得更游刃有余的是他的妻子。与彼得三世不同，叶卡捷琳娜在刚嫁入俄罗斯、尚未称王之前，就明确表明自己愿意"归化"俄罗斯文化。彼得三世甚至不会说俄语，叶卡捷琳娜却不顾自己笃信新教的父亲的强烈反对，改宗东正教。1762年1月5日，彼得三世登基。可以料想，他很快就宣称取消与奥地利在那场冗长的七年战争期间的同盟关系，效仿瑞典，与普鲁士单独缔结和约。然而就在这一年的7月，叶卡捷琳娜迫使刚继位六个月的彼得三世退位，自己登基称王。她虽然也同普鲁士签署了一些示好的协约，但腓特烈二世很快就发现：这是一头狮子而不是一条狮子狗。

也正是在这一年,一个名叫莫扎特的天才儿童,旅行演出到了维也纳的皇宫。当特雷西娅皇后聆听这个来自邻近巴伐利亚选侯国的小镇男孩的弹奏时,不知道心里是否还怀着对俄罗斯与普鲁士的愤恨。

特雷西娅皇后统治期间发生的第三次战争,是1778-1779年的巴伐利亚王位继承战争。不过这场战争的主导者是约瑟夫二世,因为他的母亲并不赞成用战争方式获取对巴伐利亚的控制权。尽管从不畏战,特雷西娅皇后骨子里还是一个以民生为先的启蒙时代里的保守君主,毕竟她接手的是一个已经被她的文艺父亲玩出了财政危机的帝国。约瑟夫二世却不同,和中国的乾隆爷一样,他心目中的启蒙君主是要文治武功的,只可惜他的爷爷不是康熙帝,约瑟夫二世的爷爷查理六世给哈布斯堡-洛林王朝留下了一个巨大的难题:由于特雷西娅继位,造成了欧洲选侯国阵营重新洗牌,如果没有男性子嗣,哈布斯堡-洛林王朝很可能空有皇帝的头衔,却丧失对德语地区的控制权,进而被野心勃勃的普鲁士反制。

巴伐利亚是帝国德语地区最大也最富庶的选侯国,特雷西娅皇后曾设法通过联姻获得此地的统治权,在约瑟夫二世第一任妻子帕尔马的伊莎贝拉1763年因分娩去世后,特雷西娅皇后安排约瑟夫二世迎娶他的从堂姐、巴伐利亚的玛丽亚·约瑟法。然而,特雷西娅皇后夫妻恩爱的好命似乎用尽了儿子的婚姻缘:第一段婚姻是约瑟夫二世流水有情可惜落花无意甚至花只爱花，伤心欲绝的约瑟夫二世很久不愿续弦；被母亲施压缔结的第二段婚姻更糟糕，基本是一场持续两年的相看两生厌生活，1767年约瑟法病重时，约瑟夫二世甚至不愿前去看望。两场婚姻都没留下存活的子嗣，约瑟夫二世也没再动过联姻的念头。

1778年，巴伐利亚的王位出现空缺，约瑟夫二世试图以十三年前的那段婚姻证明自己有继承权，但这个理由显然在当时欧洲的联姻赛马市场太缺乏说服力。叶卡捷琳娜二世在莫斯科观望，特雷西娅皇后与腓特烈二世都认为不值得为巴伐利亚重启战争，应该用外交方式解决，然而约瑟夫二世觉得自己的奥特曼时刻到来了。于是，1778-1779年间，欧洲发生了一场近乎"陪太子读书"的奇怪战争：外交人员们穿梭各朝廷之间传达各种朝令夕改的消息，巴伐利亚、普鲁士与约瑟夫二世的军队被大规模调动，涉及的兵力与物资量数倍于七年战争，然而真正发生的战斗却屈指可数。

这场鹬蚌相争的战争，最后以叶卡捷琳娜二世出面斡旋迎来转机。叶卡捷琳娜二世威胁：如果不停战和谈，俄罗斯将出兵五万支持普鲁士。在之后签订的协约中，约瑟夫二世与巴伐利亚各自做了些退让，一场历史上著名的"不战而战"就此收场，然而收不回来的是约瑟夫二世为这一年的操练耗费的超过帝国全年收入的军费。也正是由于叶卡捷琳娜二世的表现，约瑟夫二世在和约签署的次年前往俄罗斯。在他看来，为扩大帝国在德语地区疆域，同时巩固在欧洲东部的统治，与俄罗斯合作大举出兵征战土耳其，是"可以承担"的损耗。何况这样也很德意志——出于可以理解的人性，恰是由于来自土耳其的长期威胁，十八世纪的德语文学中，出现了很多从土耳其人手中英雄救美的民间文学。

把莫扎特愤而从萨尔茨堡宫廷辞职单纯归罪于科罗雷多大主教，实在是再次冤枉了他。确实是喜爱玩闹，但莫扎特绝不像很多情怀传记中描写的那么不谙世事，或许是操作手法有所欠缺，但从小熟谙良禽择木而栖的莫扎特其实是有备而来的。早在1778年，他就听说了"国家歌唱剧"项目。他创作过一部名为《扎伊德》的德国歌唱剧的片段，此次专门随身带到维也纳等待时机。单纯从剧情上看，《扎伊德》可以算是一部极简版的《后宫诱逃》。国家歌唱剧剧团的负责人施蒂芬是个志高才平的剧作者，他看上了这个主题，毫不犹豫地套用同年刚在莱比锡上演的热门歌唱剧《贝尔蒙德与康斯坦茨，或后宫诱逃》，写出了自己的剧本。约瑟夫二世显然对这个主题也很满意，因为他曾要求莫扎特在两个月内完成全剧的创作与排练，以便款待1781年10月到访的叶卡捷琳娜二世的儿子、俄罗斯王位的继承人保罗大公。不过，似乎是考虑到大公与叶卡捷琳娜二世面和心不和，出于保险起见，最后上演的只是用德语翻译改编的格鲁克两年前的希腊神话剧旧作《在陶里斯的伊菲格尼亚》——年轻的大公好不容易有机会出门，却错失了看新生代大片的机会，反被教育了一通老生常谈。

尽管推迟了演出，以德语为脚本、以土耳其后宫为背景、"以德服人"为大结局、由一位帝国资助的德意志天才创作完成，《后宫诱逃》依然可以被视为一部完美迎合了约瑟夫二世的政治梦想的宣传剧，也可以被视为约瑟夫二世给国民制作的一部战争动员剧。

1782年7月16日，《后宫诱逃》上演，大获成功。倘若没有《后宫诱逃》，约瑟夫二世投资的国家歌唱剧剧团或许根本不为后人所知。因为太过著名，而且同样属于德国歌唱剧范畴，后世歌剧爱好者们每当提起《魔笛》时，总难免想到《后宫诱逃》。但从委托方的身份来看，两者性质完全不同。《魔笛》即便是完成于约瑟夫二世去世之前，它也不会被列入国家歌唱剧剧团的剧目——正如约瑟夫二世很多短命的改革措施一样，由于剧目匮乏，这个剧团在1783年，即《后宫诱逃》上演的第二年就被解散了。或许这就是为什么莫扎特在1786年之前没有再创作过德国歌唱剧。

谁在捕鸟？

自1784年起，约瑟夫二世再度陷入匈牙利、特兰西瓦尼亚的各种抗议乃至起义泥沼中，但这似乎并没影响维也纳进入它在音乐史上最辉煌的年代之一，莫扎特回归到自己作为钢琴演奏家的身份，音乐厅场地紧张，他就利用以往没人想到的各种私人居所、餐厅舞池乃至露天花园举办独奏音乐会。他对作曲的乐趣也在这段时间得到了充分满足。每个演出季，莫扎特都会推出三四部钢琴协奏曲新作，如前所述，几乎是用一种互动游戏的方式，在短时间内完善了这种音乐体裁并扩充了这种新兴乐器的曲库。与此同时，他深入接触了约翰·塞巴斯蒂安·巴赫与亨德尔的作品，"赋格"这种独具王者气派的曲式进入了他的作曲玩具箱，未来将在包括《魔笛》在内的作品中大放异彩。

1784年，尤其发生了两件大事：一是莫扎特认识了来维也纳出差顺带拜访自己的柏拉图情人的约瑟夫·海顿，二是莫扎特加入了共济会，次年海顿也加入了莫扎特所在的同一分会。这年还发生了一件不大不小的事：某天意气风发的莫扎特在维也纳街头逍遥时，忽然听到一家宠物店里有只欧椋鸟在鸣唱他的《G大调第17钢琴协奏曲》中的一段旋律，出于惊喜，莫扎特买下了它。除了从书信中可以隐约看出他小时候家中似乎有宠物小狗，这只欧椋鸟几乎是莫扎特一生中唯一有记载的宠物。无论是欧椋鸟确实鸣唱出了莫扎特创作的旋律，还是其实是莫扎特从鸟鸣声中获得了灵感，莫扎特显然对这个"傻乎乎的小东西"用情至深。三年后欧椋鸟去世时，莫扎特还专门写了二十四行的悼亡诗，这也是他平生最长的打油诗作。在《魔笛》的原始故事素材中，完全没有什么捕鸟人的角色，开篇实际上是"打虎上山"，为饶舌的鹦鹉人帕帕基诺创作了那么多"鸟味"十足的唱段，或许是莫扎特确实从欧椋鸟那三年的朝夕陪伴中学到了"鸟类心理学",抑或是如其悼亡诗中所说,希望欧椋鸟仍能为他讴歌吟唱。

不过死亡暂时还远。终获自由的莫扎特,正春风得意地享受着来自各种观众的赞赏与打赏,能挣钱更擅长花钱的本性全方位爆发;帝国东部虽然麻烦事不断,但有了俄罗斯这个似乎信誓旦旦的盟友,约瑟夫二世也凭着一腔"天降大任"的鸡血愈挫愈勇。1786年,莫扎特又接到了一部由约瑟夫二世委托的小成本德国歌唱剧《剧院经理》。

这部歌唱剧掺杂了大量的对白,音乐内容只有大致三十分钟,演唱的角色只有四个,讲述了一个剧院演员为争夺角色而如同群鸟般炫技比拼的故事,剧中的男高音干脆简单粗暴地以"鸟叫先生"命名。在莫扎特自己编纂的作品目录中,这部作品被归入"音乐竞赛"类别。它的首演实际上是一场在帝国王宫美泉宫举行的私人演出,演出方式颇具约瑟夫二世风格:在大厅的一端上演莫扎特的德国歌唱剧《剧院经理》,另一端上演一出类似题材的独幕意大利喜歌剧《先听音乐再说话》,作者是萨利埃里。约瑟夫二世当然不会想到后人会如何纠结这两人之间的关系,在他当时看来,这只是一场很多君主乐于看到的龙虎斗游戏。诚如莫扎特自己书信中所说,这是一出"愚蠢的闹剧",但如果结合他同一年创作的歌剧《费加罗的婚礼》来看,剧中的重唱段落很像是莫扎特在为《费加罗的婚礼》中著名的八重唱段落做着自己偷着乐的小品练习。

美泉宫，得名自哈布斯堡王朝的神圣罗马帝国皇帝马提亚斯1612年狩猎途中发现的泉水。1743年，特雷西娅皇后主持在泉水附近营造皇宫，最后宫殿在规模与豪华程度上都超过了法国凡尔赛宫，堪当神圣罗马帝国权势的象征。约瑟夫二世希望自己能效仿王朝里那些擅长择机狩猎捕鸟的前辈，但似乎他捕捉到的最绚烂的鸟就是莫扎特。自《费加罗的婚礼》首演算起，莫扎特还有五年多一点的寿命，约瑟夫二世的寿命则还有不到四年。无论是从作品的数量还是质量上看，这五年多都可以说是浓缩了莫扎特创作力的华彩。

然而历史却往往更像是一碗温吞面，或是约瑟夫二世著名的妹妹玛丽·安托瓦内特喜欢的那种"天使之发"小细碎面。在约瑟夫二世为了情怀与面子苦熬的最后四年中，把莫扎特留在维也纳，应该是他最英明的决定之一。

《费加罗的婚礼》其实可以被视为莫扎特在商业操作上的小精明又一例证。根据歌剧脚本作者达·庞蒂的自传，最初想到使用博马舍的这个剧本的，其实是莫扎特。1783年，国家歌唱剧剧团被解散，但帝国的城堡剧院总得有剧目来装点，于是又退回到稳妥的意大利语歌剧老传统上。首先，需要一个脚本作者。在德累斯顿宫廷供职的意大利诗人马佐拉，年轻时在家乡威尼斯结交了两个损友：达·庞蒂与后世以"花花公子"之名著称的卡萨诺瓦。《费加罗的婚礼》诞生两年之前，在家乡同样因情感过于丰沛而混不下去的达·庞蒂北漂，前来投奔马佐拉。通过萨利埃里，马佐拉把达·庞蒂打发到维也纳，萨利埃里又把达·庞蒂推荐给约瑟夫二世解决城堡剧院的问题，于是达·庞蒂开始重组意大利语剧团。通过银行家冯·普兰肯斯坦，莫扎特认识了达·庞蒂。

尽管钢琴音乐会很成功，但莫扎特还是对歌剧念念不忘。当时将畅销书或故事改编成舞台作品回锅翻炒，也是业界常规，而且无须担心版权。教士出身、天上人间江湖事皆通晓的达·庞蒂自然是此中好手，因此一上任便忙得不可开交。莫扎特曾经在1783年7月两次尝试向达·庞蒂推荐可改编的脚本，但都被托词太忙没被接受。莫扎特也曾尝试找其他的剧作家合作，但都因为嫌对方的剧本太蠢而半途作罢。平心而论，莫扎特的音乐天赋侵占了不少他的文学修养内存，他也对此很有自知之明。在与施蒂芬合作《后宫诱逃》时，莫扎特在家信里抱怨过脚本写得很蠢，但又说施蒂芬的好处在于"很听话"，提各种修改意见都照办，因此他可以尽情地做各种音乐实验，相当于只拿台词当作人声的通奏低音式背景伴奏音乐，然而这两次，显然是碰到了蠢且"不听话"的。

1782年，由意大利作曲家帕伊谢洛谱曲，根据博马舍"费加罗三部曲"中的第一部《塞维利亚的理发师》改编的歌剧，在俄罗斯圣彼得堡演出，大获成功。费加罗系列原本就符合莫扎特的趣味，如今又有了成功先例，技痒的莫扎特赶紧将《费加罗的婚礼》再次推荐给达·庞蒂。也许是不好意思再推辞，也许是精明的达·庞蒂同样嗅到了其中的商机，这次他答应了。

问题是，约瑟夫二世此前封禁了博马舍的这部作品。根据达·庞蒂后来在自传中的说法，约瑟夫二世是因为原作涉及情色问题而封禁的，然后达·庞蒂又说，正是他自己保证说可以将歌剧脚本改编得完全"思无邪"，皇帝才高抬贵手。达·庞蒂任职教士期间，就闹出过"思有邪"问题并最终被逐出威尼斯，他当然很熟悉这有无之间的界线，约瑟夫二世或许确实是被达·庞蒂的保证打动，但另外一件事也难保不让约瑟夫二世心动：此剧的前传《塞维利亚的理发师》已经由叶卡捷琳娜二世的宫廷乐师谱曲并成功上演。既是盟友，又同是"开明君主"，本应见贤思齐；再者，以爱情的名义歌颂奴仆的自由意志，《费加罗的婚礼》有理由成为一个展示他正大力推广的废除农奴制政策的宣传剧。

达·庞蒂在自传中从来不吝啬自我表扬，但关于《费加罗的婚礼》的歌剧脚本改编，他还是表扬得比较到位："我做的不是翻译工作，而是改写，或者可以说是提取精华。"不愧是多年的情场老手，达·庞蒂在感情戏或绿色版调情戏上，补充了层次更丰富的文字。按照他的说法，他想创造一种新的观剧感受。达·庞蒂说，自己和作曲者都努力控制这部歌剧的长度，然而结果显然不是城堡剧院演出史上最短的歌剧。对于莫扎特来说，有这样的创作机会，更像是一次充满各种挑战的刺激游戏。从他犯的一系列"错误"就能看出，他显然乐在其中：《后宫诱逃》就得到过约瑟夫二世这样的评价："这么多音符！"这次《费加罗的婚礼》作为一部喜歌剧又超长了。

一个雄心万丈的君主，一个左右逢源的冒险家，一个恃才傲物的音乐天才，一时间成就了维也纳音乐史上的一次盛事。

1786年5月1日，《费加罗的婚礼》在维也纳首演，随后又持续上演八场，最初两场的返场曲目分别达到了五首与七首。事必躬亲的约瑟夫二世甚至因此额外费心发布了敕令：为避免歌剧演出时间过长，今后禁止独唱以外的曲目返场。

但约瑟夫二世很快就得费心其他事情了。《费加罗的婚礼》首演三个月后，他最怵的腓特烈二世去世，北方的压力暂时缓解。由于腓特烈二世无嗣，王位最终由他的侄子腓特烈-威廉二世继承。腓特烈-威廉二世又是个文艺青年，自己还会演奏大提琴，与他酷爱"战场外交"的叔叔不同，二世更喜欢"内王外圣"，在法国大革命爆发后甚至与维也纳成了盟友。不过这些约瑟夫二世都看不到了，他能看到的是：1787年8月，俄罗斯再度挑起与土耳其的争端，第六次俄土战争爆发。为履行之前与俄罗斯签订的协议，1788年2月，约瑟夫二世御驾亲征土耳其，他那场备受国民诟病的费力费钱不讨好的土耳其战争由此开始。同时，他完美地错过了音乐史上的又一次盛事：歌剧《唐·乔瓦尼》在布拉格与维也纳的两次首演——由达·庞蒂和卡萨诺瓦这两个登徒子天才操刀剧本、由莫扎特这个唯恐事不够热闹的头等音乐玩家谱曲、关于史上头号浪荡子的歌剧首演，可不是随便能遇到的。

1788年11月，在《唐·乔瓦尼》的维也纳版首演近半年以后，约瑟夫二世回到维也纳，带着他从土耳其战场上唯一的收获：疟疾。

死亡的仁慈

《唐·乔瓦尼》其实更接近一个商业项目。

与现代人的概念不同，无论有没有洛林的血脉，在哈布斯堡王朝的成员看来，捷克都是如同故乡一样亲切的"潜龙邸"。玛丽亚·特雷西娅的名字至今在捷克许多地方可见，就是一个反向的例证。然而，由于约瑟夫二世在波希米亚地区推行废除农奴制并提高了对贵族的税收，他本人在当地的受欢迎程度就成了一个微妙的问题。《唐·乔瓦尼》的缘起其实是为款待约瑟夫二世的侄女、奥地利的玛丽亚·特雷西娅女大公，她新婚不久，准备在1787年10月14日出访布拉格。然而，由于排练时间过于仓促，最后改演了《费加罗的婚礼》。

据说当时很多捷克人认为，给一对新婚燕尔的夫妻看一部关于婚后出轨的歌剧并不合适，而且莫扎特在家书中也抱怨，女大公夫妇在演出中半途离席，然而这毕竟是来自约瑟夫二世的命令，由此也可看出，《费加罗的婚礼》在约瑟夫二世心目中的地位。另一方面，捷克观众热衷的唐璜或堂胡安或唐·乔瓦尼主题，也未必就比《费加罗的婚礼》更适合新婚夫妇观看。

无论帝意如何，天高皇帝远的布拉格剧院在1787年10月29日首演了《唐·乔瓦尼》，维也纳的首演则是在1788年5月7日。后来贝多芬曾指责莫扎特将自己的天才浪费在了一出不道德的戏剧上，但莫扎特从来不算是什么道德斗士，正如为《费加罗的婚礼》谱曲并不意味着他与约瑟夫二世一样是启蒙运动的忠诚追随者。虽然没少出入法国沙龙，也接触过一些启蒙运动名人，但莫扎特的一封家信明确体现出他对启蒙运动的负面态度："我必须告诉您一点或许您已经知道的消息，也就是：那个无视我主的大恶棍伏尔泰已经像条狗、像个畜生一样死掉了。他活该！"这段言辞激烈的文字写于1778年7月3日，令后世很多学者更困惑的是，这段文字写于莫扎特母亲去世那天，夹杂在他写给父亲利奥波德报告母亲死讯的信中。家信的前三分之一算是比较和缓地告诉了父亲那个坏消息，或许是出于父子两人家信的常规，或是想转移一下情绪，中间三分之一，莫扎特汇报了自己在巴黎求职与演出的进展，然后就突兀杀出了这么一段，随后莫扎特又恳求父亲千万照顾好自己，再次安慰父亲说，母亲已经安息于全能的主的怀抱。

被时间与宗教的重洋间隔后，有时后人确实很难理解当事人的想法，尤其是莫扎特这种不拘常理的脑回路。不过利奥波德自己也不是寻常人物，尽管他对儿子自主择业以及自己决断婚姻大事颇为不满，但其实莫扎特是忠实地继承了其父青年时期的叛逆基因。利奥波德当年的就业与婚姻，也是忤逆了自己父母的期望，由此可以想象利奥波德在阅读儿子这封家信时的心理阴影与无奈。

1785年时，莫扎特在维也纳正处于事业最巅峰期，这一年利奥波德曾应邀前来分享儿子的荣光，但并没能改变他对儿媳的厌恶，他甚至没兴趣留下观看《费加罗的婚礼》首演。1786年底，因为利奥波德拒绝帮莫扎特带孩子，父子二人再度在家信上吵得不可开交，其无解程度基本相当于约瑟夫二世在土耳其战场上的无奈。不过，利奥波德1785年的到访也产生了一个不算意料之外的结果：他结识了约瑟夫·海顿，听到后者对自己儿子的衷心称赞，然后很可能也加入了共济会。1787年5月28日，利奥波德在萨尔茨堡去世，莫扎特未回去奔丧，但从他给病中的利奥波德的家信中可以看出，他安慰父亲的口吻已经不同于当年母亲病故时的"安息于全能的主的怀抱"，而是变成了更具共济会精神的"死亡是最终的考验"。

与此同时，如同他在给父亲报告母亲死讯的家信时的风格一样，在远离家乡的布拉格，在一些离经叛道的朋友陪伴下，莫扎特创作了《唐·乔瓦尼》。

关于《唐·乔瓦尼》中的将军石像在多大程度上被莫扎特赋予了父亲的影子，后世已经有足够多的讨论。别有意味的是：《唐·乔瓦尼》在布拉格首演的版本，最后是宣扬"惩恶扬善"的合唱，但在维也纳首演时，这个段落被删除，直接以唐·乔瓦尼被打入地狱结束，直到现代"惩恶扬善"段落才被恢复。与《费加罗的婚礼》相比，《唐·乔瓦尼》其实是一部以死亡为始，又以死亡为终的"喜歌剧"。在王者的世界里，"鸟"是一种可被捕获的对象，但在西方神话的世界里，鸟也经常会成为"死亡"的象征。

然而，"死亡之鸟"的翅膀还只是刚刚展开。《唐·乔瓦尼》从创作到首演，几乎都是在莫扎特最喜欢的氛围下完成的：有酒有酒友有女人，有崇拜他的剧院经理，有惺惺相惜或者说臭味相投的脚本合作者。无怪乎有观看了布拉格首演的人后来记录说：在这个小个子身上绽放出的天才光芒，如同阳光一样难以描述。莫扎特自己也热泪盈眶地感慨：只有布拉格人才理解我！

再华丽的结尾也只是落幕的开始，在捷克并没有可供莫扎特挑选的固定工作，1787年12月，约瑟夫二世倒是给莫扎特提供了一份固定工作：担任维也纳的宫廷乐师，这个职位刚刚因勤勉的格鲁克的去世而出现空缺。这并不是一个薪金丰厚的职位，负责的工作也很有限，只是每年冬天给霍夫堡皇宫的公众舞厅谱写舞曲。约瑟夫二世似乎是想以此暂时稳住莫扎特，莫扎特接受了这个闲职，也算尽责地完成了工作——虽然在他看来创作舞曲多少有些无趣，有记录他曾抱怨："对于我做的事来说，钱给得太多了；对于我能做的事来说，钱又给得太少了。"

事实上，这笔七百弗罗林的微薄年金，成了莫扎特后来几年的救命稻草。因为沉浸于歌剧创作，他一度远离了独奏演出甚至多次离开维也纳，错失了维也纳贵族最乐于为艺术打赏的黄金时代的尾巴。随着土耳其战争的全面展开，贵族们不得不奔赴战场，帝国的娱乐开销也因巨额军费支出而大幅度削减，莫扎特自己的家庭开销却没有大幅度削减，除了从维也纳市中心搬到郊外，他对金扣子等奢侈品的追求依旧放飞自我，并从此开始借债。后世的传记作者注意到，莫扎特在这段时期出现了抑郁症的症状，而后世的听众成了1788年这个抑郁年份的最大受益者：莫扎特闷头完成了他最后三部交响曲巨作。

之前接触过的巴赫的赋格，给予莫扎特创作这些交响曲的灵感，但1789年莫扎特去巴赫在普鲁士老家的求职之旅却没带来什么灵感——腓特烈-威廉二世并不像传说中那么礼贤下士，途经布拉格时，一家剧院老板忽悠的歌剧委托最后也没有下文；出生长大在维也纳但世袭了普鲁士贵族头衔的利希诺夫斯基王子同意顺道捎上莫扎特去柏林，两年后却以一笔一千四百一十五弗罗林的说不太清的借款将莫扎特告上公堂。除了在莱比锡切身体验到老巴赫的管风琴作品，以及旅途中疑似延续了一段源自《唐·乔瓦尼》时期的来自布拉格的小恋情，这段在1789年春天延续了两个月的旅行，更适合一场戏而不是人生。

最后还是1789年底，来自维也纳城堡剧院一部新的歌剧委托更"真金白银"，那就是莫扎特与达·庞蒂的最后一次合作：《人皆如此》。

依旧是达·庞蒂喜好的可以展示他所熟悉的各种情场手腕的剧情，剧名以及全剧临近终场的三重唱中的歌词，甚至干脆借用了《费加罗的婚礼》第一幕里的一句歌词："美人皆如此。"歌剧在1790年1月26日，即莫扎特三十四岁生日前夜首演于城堡剧院，虽然明显成功，但只上演了五场，原因很简单：约瑟夫二世驾崩了。

应该是只有体验过巅峰感的人，才能体会约瑟夫二世在生命的最后两年何等失落。对于他来说，"利奥波德"同样是一个爱恨交加的名字：前有建功立业的利奥波德一世，如今又有自己那个性格莫测的亲弟弟利奥波德。作为家中第三个儿子，按照当时欧洲王室的传统，利奥波德自幼被朝神学方向培养，准备成为王朝棋盘上的"主教"棋子。不想他的二哥查尔斯·约瑟夫十六岁时因天花夭折，因此利奥波德的棋子角色由"主教"变身为"城堡"，肩负起了镇守帝国南部重要领地、现今意大利境内托斯卡纳的重任，成为托斯卡纳大公。

对于查尔斯·约瑟夫这个弟弟，约瑟夫二世一直私下里对他冷嘲热讽——由于查尔斯·约瑟夫是特雷西娅以皇后身份实际掌控帝国大权后生下的第一个儿子，得到了母亲特别的疼爱，约瑟夫二世则不时"善意"提醒他：先做好我的弟弟，然后再梦想做帝国皇帝。1788年底，饱受疾病困扰的约瑟夫二世，希望利奥波德这位二弟回到维也纳来辅助摄政，然而利奥波德置若罔闻。在他生命的最后两年里，约瑟夫二世的首相也拒绝前来探视，更不用提辅佐理政。1789年法国大革命爆发后，约瑟夫二世又要徒劳地操心自己心爱的小妹妹——被作为拉拢法国的政治筹码嫁过去当王后的玛丽·安托瓦内特的命运。1790年2月20日，心力交瘁的约瑟夫二世在孤独中病故，临终前留下遗嘱，要求在自己的墓碑上刻下这样的文字："此处安息着一个曾经怀有最美好的愿望但最终一事无成的君主。"

不过，他的这个愿望倒确实实现了，不像他在北方的老冤家腓特烈二世，死后想静静地安葬在无忧宫自己的爱犬身边都没能实现，其灵柩被当作帝国荣光纪念品般四处搬迁了二百多年，直到1991年8月17日，才最终安葬在腓特烈二世为自己安排的无忧之地。

约瑟夫二世驾崩后，利奥波德继承帝位，史称利奥波德二世，有历史学家称他为"史上最狡黠、最有心机的独裁君主之一"。从利奥波德二世在他哥哥临终前的举动看，确实配得上这个评价。早在1786年，他就响应约瑟夫二世的号召，在托斯卡纳废除了死刑，成为现代史上第一个如此大手笔的君主，然而在继承大哥的帝位后，他首先宣布的就是退出那场冗长而费钱的对土耳其的战争，随后又下令停止废除农奴制的改革。或许是作为托斯卡纳大公，从十八岁起就在异乡，与出了名的既会算钱更会算计的美第奇王朝周旋，他在这二十五年里学会的东西远超过大哥在同样二十五年里握着帝国权杖学到的。

1791年9月6日，作为神圣罗马帝国皇帝帝权的一个重要组成部分，利奥波德二世在布拉格加冕为波希米亚国王。加冕庆典上，上演了莫扎特的新作：正歌剧《狄托的仁慈》。

莫扎特最初的传记作者们都记载说，这部歌剧是莫扎特在十八天里创作完成的。现在的音乐史学者对这种说法有些疑问，但也都承认这确实属于歌剧史上创作时间花费最短的作品之一，因为波希米亚城邦与布拉格的城邦剧院老板签订委托合同是在这一年的7月8日，剧院承诺制作一部拥有一流的阉人歌手、脚本，并"由一位出色的音乐大师谱曲"的歌剧。对于任何作曲家来说，这么短的时间都是一个挑战，聪明如萨利埃里，就第一时间托词"太忙"婉拒了，虽然他仍有空闲去出席加冕典礼，嗅探一下风向。波希米亚城邦要如此大张旗鼓地庆祝利奥波德二世的加冕，最关键的原因是：波希米亚境内的农奴制将随着国王加冕而正式恢复。

看到城邦剧院给出的双倍优厚报价，莫扎特接受了。

以他的才华来说，这个"山芋"不算烫手，但略有些无趣，而且还有些陈年。脚本的作者是莫扎特阴魂不散的老相识梅塔斯塔西奥，也就是莫扎特十六年前那部《牧人王》的初始作者。梅塔斯塔西奥本人已经在1782年真的成了阴魂，但他的歌剧脚本仍然如同幽灵一般，游荡在十八世纪各种意大利语歌剧的舞台上。显然是为了赶工，城邦剧院才选用这个诞生历史已经长达半个世纪、被改编谱曲过四十多次的老脚本。

故事也是很老派的：发生在古罗马时期的归罪于爱情冲动、没有严重后果的冲突，一如既往地以贤君仁慈赦免告终。对于在曾经出现过冲突的帝国疆土上举行的一场加冕典礼来说，这样一个宣传"君君臣臣"的故事是相对安全的。莫扎特也显然是用一种近乎商业流水线的方式处理了这个"行活儿"。他带上自己的学生苏斯迈尔打下手，誊写乐谱并处理一些程式化的段落，顺道私心带上了一位共济会兄弟、单簧管乐手施塔德勒，为他创作了几首标明必须使用单簧管伴奏的咏叹调。

利奥波德二世对这出歌剧的反应历史上没有记载，倒是有八卦记载说他的妻子、西班牙的路易莎观看后，用意大利语轻蔑地将之称为"一团德国屎"。不过这种"秽语综合征"在十八世纪的欧洲并不罕见，莫扎特本人也完美继承了母亲在这方面的基因，想来不会过于介意。一部因为死亡而上演的陈年老脚本，似乎又使神圣罗马帝国回归到帝恩浩荡的老年代。对于曾经被夹在铁腕母亲与貌合神离的弟弟之间的约瑟夫二世来说,死亡已经展现了它仁慈的一面;对于曾被裹挟在强势的父亲、神经质的母亲以及心有不甘的姐姐之间的莫扎特来说,挑战死亡的魔笛还未响起。

"为德国人民歌唱"

创作《狄托的仁慈》之前,1791年7月起,莫扎特就已经有了更具挑战性的任务,又一部德国歌唱剧:《魔笛》。

这次并非一个"为德国国王歌唱"的委托,而更接近所谓"为德国人民歌唱"。不过,歌唱的鸟儿也得有食吃,先为新加冕的神圣罗马帝国"捕鸟王"后代服务,然后再顾及帕帕基诺这样的民间捕鸟人,这也是合理的抉择。

与约瑟夫二世不同,虽然同样被后世认为是深受启蒙主义影响的"开明专制君主",利奥波德二世的风格更介于腓特烈二世与叶卡捷琳娜二世之间。约瑟夫二世的国丧期期满之后,《人皆如此》分别于1790年的7月与8月在维也纳各上演了两场与一场,此后在莫扎特的有生之年再没有在维也纳上演。帝国的艺术家们很快嗅出了新一代君主的口味。假如说腓特烈二世与叶卡捷琳娜二世的"开明专制"还都借用了路易十四式的阳光情调,利奥波德二世的君主之道则更多脱胎自马基雅维利式的地中海季风。

面对约瑟夫二世留下的债务烂摊子，利奥波德二世确实也没有闲暇花费精力在纯娱乐项目上。虽然得到1791年9月才能以波希米亚国王的身份正式颁布恢复农奴制的谕令，但利奥波德二世继承帝位后几乎是在第一时间，即1790年5月，就与波希米亚、匈牙利的贵族签订了协议，同意在他们境内恢复农奴制。利奥波德二世的盘算跟利奥波德一世一样清楚：俄罗斯是这场土耳其战争的唯一赢家，为了在东方形成抵御俄罗斯的防护带，他必须安抚好波希米亚与匈牙利；与此同时，西方"猪队友"法国的国内正因为阶层大革命闹得如此不可开交，利奥波德二世既不能公然得罪逃向维也纳的流亡贵族，更不能遂了叶卡捷琳娜二世的心愿让帝国与普鲁士联盟进军法国——城堡剧院舞台上的情感纠葛可以你侬我侬地吟唱"美人皆如此"，政治舞台上的美人纠纷可不是一句软话能解决的。一边是苦苦哀求救助却被自己勇气不足谋略更无的丈夫拖累的妹妹玛丽·安托瓦内特，一边是虎视眈眈随时准备背后捅刀的叶卡捷琳娜二世，利奥波德二世只能如孤狼一般周旋在诸国之间。

1790年11月11日，利奥波德二世在如今斯洛文尼亚境内的普莱斯堡加冕为匈牙利国王。在此之后，他才能暂时从东方事务中抽身，处理棘手的法国问题。在意大利完成自己君主学徒期的利奥波德二世，仿佛也被近千年前征服意大利的"捕鸟王"奥托一世附体，将被约瑟夫二世拆得七零八落的帝国捕鸟网又在俄罗斯与普鲁士眼皮下寻找缝隙重张了起来：他以"奥属尼德兰"（大致为如今的比利时）作为筹码，诱惑普鲁士与自己结盟，同时又以出让"奥属尼德兰"给普鲁士为要挟，换取与英国的联盟。1791年8月，利奥波德二世与土耳其正式缔结和约。在同一月份，利奥波德二世与普鲁士签订协议，共同声明：如有第三方出兵法国援救王族，两家将携手出兵相助。将帝国四周磨刀霍霍的群雄都裹上通心粉后，利奥波德二世才踏实前往布拉格，收获早已在他的棋盘上安排好的波希米亚王冠。

后世的音乐史学家对莫扎特这部《狄托的仁慈》褒贬不一，但莫扎特显然也没想在这部歌剧上花费太多心思，正如坐在台下聆听的利奥波德二世多半也是三心二意，他们各自心中的星辰大海显然都在别处。

利奥波德二世即位后，遣散的第一批人群里就包括达·庞蒂，理由是"生活不检点"。萨利埃里在莫扎特谱写《狄托的仁慈》时其实并不真的很忙，生活严苛古板的利奥波德二世也并不像他的大哥那样，真心以为艺术是一个开明帝国必不可少的。萨利埃里很快辞去了自己的"意大利语歌剧指导"职务，也从"长期合同工"变成了"短期打工者"。无论后世对他与莫扎特之间的关系推测出了多少可能性，他们确实共同见证了从宫廷音乐家到自由音乐家的这个转折期。莫扎特甚至运气更好一些，通过共济会的关系，他又有了一个继达·庞蒂之后与自己趣味相投的脚本合作者，而且还是他的早年旧相识：席卡奈德尔。

至此，《魔笛》的笛声隐约响起了。

席卡奈德尔最初结识莫扎特，是1780年在萨尔茨堡，处于"狂飙突进"年龄的莫扎特正与当时的雇主科罗雷多大主教闹得不可开交。贫民出身的席卡奈德尔随剧团来萨尔茨堡演出，尽管他们的演出更多只能被定义为杂耍剧，但莫扎特看得不亦乐乎，不仅场场出席，还邀请席卡奈德尔来家里参加全家人酷爱的飞镖游戏。约瑟夫二世似乎也颇欣赏席卡奈德尔这种德意志式的民间品味，在普莱斯堡观看过席卡奈德尔剧团的演出后，1784年还邀请他们前来维也纳。当然，这也可能是约瑟夫二世为填补国家歌唱剧剧团在前一年被解散后的空缺——席卡奈德尔剧团在维也纳演出的第一个剧目就是《后宫诱逃》。

1785年，约瑟夫二世很谨慎地在最后一分钟禁演了席卡奈德尔改编的德语版《费加罗的婚礼》，但仍将他的皇家委托合约延续到1786年，允许他上演格鲁克的德国歌唱剧。1788年，席卡奈德尔通过婚姻关系得到了维也纳郊区的维登剧院（维也纳河畔歌剧院前身）的经营权。1789年，在他与莫扎特共同的共济会朋友冯·鲍恩费尔德的资助下，席卡奈德尔组建了新剧团，而且雄心勃勃地准备制作大型歌剧。《后宫诱逃》再度成为剧院的保留剧目，而且在同年上演了改编自德国诗人、作家维兰德整理的民间史诗《奥伯龙》的同名德国歌唱剧。1790年，由席卡奈德尔及其剧团成员，与莫扎特按照共济会"兄弟"方式共同创作的《哲人石，或：

魔岛》在维登剧院上演。因此，虽然不是出于缜密的预想，但《魔笛》的问世事实上已经水到渠成。

假如说宫廷音乐家主要得揣测君主的心思，自由音乐家就需服从市场的自由选择。在杂耍剧团混迹多年，席卡奈德尔对如何八面逢源自有心得，手法恰如利奥波德二世在神圣罗马帝国的残破缝隙中重新编织自己的捕鸟网。《魔笛》脚本的芜杂曾被诟病，但这却是它当年首演后大获成功的重要原因：市民从中看到了阖家欢式的杂耍，共济会赞助人看到了自己的符号印记，浪漫派看到了正时兴的古埃及因素与本民族的民间故事，外加莫扎特的音乐，这完全是一场在帝国衰落期难得的德意志式民众狂欢。

《魔笛》的脚本主要受到维兰德1786-1788年编纂出版的童话集《神怪奇谭》的影响。书中收集了十九个童话故事，其中十二个为维兰德自己创作，维兰德在魏玛与歌德共同的朋友、法学家兼作家冯·埃希德尔贡献了四篇，维兰德与一位佚名作者合作了一篇，与莫扎特的《魔笛》关系最密切的，则来自维兰德的女婿利博斯汀德创作的两篇故事之一：《璐璐，或：魔笛》。

维兰德被后世誉为德国启蒙运动的"四杰"之首，歌德与席勒远在其后。他的名言是："只有真正的世界主义者才能成为好公民。"以单纯的欧洲视野来看，《魔笛》脚本的"杂拌"确实足够"世界主义"。法国教士让·特拉松的作品《赛托斯传》也是《魔笛》的创作来源之一。在改革派政治家冯·格比埃尔改编的戏剧《塔莫斯，埃及之王》中，莫扎特的音乐分别在1774年与1790年两度被用作"伴奏音乐"，虽然并没有明确证据表明莫扎特是专门为这部戏剧创作的音乐，但后来《魔笛》中塔米诺的名字确实来源于塔莫斯。

这个大杂烩又因为另一个原因变得更加"乱炖"。由于这些题材太有演出市场，莫扎特又临时忙于《狄托的仁慈》，等他从布拉格回来，维也纳已经有了《魔笛》原作的类似改编本，于是席卡奈德尔使用了从民间杂耍剧中学会的偷换大法，硬将原本是正面角色的夜后改成反角，绑架夜后女儿的恶人摇身一变成为大善人。

不过席卡奈德尔更重要的贡献还是帕帕基诺。在这个角色身上，席卡奈德尔悄悄塞进了十六、十七世纪德国狂欢节即兴喜剧表演中一个类型化丑角："汉斯香肠"。这个丑角传统上被定位为：既笨拙又狡猾、既喜欢冒险又胆小怕事、既追求享受又得过且过。与此同时，这个笨拙矮胖的乡巴佬式角色其实是全剧的毒舌担当。由于过多地被用来讽刺世相，"汉斯香肠"自十八世纪起就以"粗俗"为由，被从德语舞台上查禁，改换为更加"淳朴"的意大利或英国式丑角。然而萨尔茨堡原本是"汉斯香肠"的兴盛地之一，很多演员在表演"汉斯香肠"时还会穿上萨尔茨堡的乡村服饰。约瑟夫二世生前也在维也纳的舞台上查禁了"汉斯香肠"，不过这些都没拦住席卡奈德尔大胆地把这个角色改换成一个淳朴的对爱情与真理的追求者。

当"汉斯香肠"改头换面，穿着鹦鹉套装，以捕鸟人的身份出现在舞台上时，来席卡奈德尔剧院观看的平民恐怕会暗自窃喜见到了老相识，而有更形而上追求的观众也会惊喜地联想起这个脚本另一个更加奥妙的文字来源：1790年上演的汉斯勒的《婆罗门的太阳节》。于是，印度洋也参与了这场群鸟合唱。

印度洋确实参与了，而且是《魔笛》中的大祭司萨拉斯特罗招惹的。萨拉斯特罗的原型，是当时维也纳宫廷中最著名的科学顾问冯·博恩，他精通地质勘探、矿物学、化学、冶金学、古生物学乃至软体动物学，如今矿物学领域"斑铜矿"的命名就是向他致敬的。博恩出生在传说中吸血鬼的老家特兰斯瓦尼亚，即当年利奥波德一世引以为豪的征服地，后来以汞合法炼金见长，再加上他"光明会"维也纳分会会长的身份，使其听起来颇像中国那些内外丹双修的高人。除此之外，博恩还是共济会的高阶层会员，同时是莫扎特的入会介绍人兼导师。不管博恩自己怎么看，曾经被共济会开除，后来又在维也纳重新入会的席卡奈德尔也把他视为自己的偶像与导师。

1776年，博恩被特雷西娅皇后任命为如今维也纳自然历史博物馆的前身——皇家博物馆的矿物与铸造业分部顾问。这个职务他一直做到去世。但这个从维也纳的耶稣会大学肄业，改去布拉格学习法律与矿物学的特兰斯瓦尼亚人，似乎并不太买自己雇主的人情，不仅秘密加入了特雷西娅皇后厌恶的共济会，还隔三岔五写些政治与宗教讽刺小册子，半无意地任其流入市场。

约瑟夫二世以对出版审查宽松著名，因为对宗教信仰同样宽容，共济会在他统治时期获得了很大的发展空间。然而约瑟夫二世对匈牙利的激进改革政策又招惹了博恩，博恩对匈牙利贵族的大力支持，甚至使他在约瑟夫二世的改革被废除后得到了匈牙利名誉市民的奖励。不过，很多高人是能够内丹与外丹分开修炼的，博恩作为学者的一面，促使他在约瑟夫二世独自执政的当年就提出建议：开展远洋科学考察。约瑟夫二世同意了。

1783年，远洋科学考察队向巴哈马群岛一带进发。尽管这是来自一位矿物学家的提议，但科考队的主要科学人员却是植物学家，博恩本人因为健康原因并没有参加。这次科考行动一个更实际的理由是：美泉宫原有的热带植物收藏在1780年的一次供暖设备事故中损失大半，亟须补充。热带植物或许真的是那个年代皇室间攀比的重要奢侈品，因为即便有数次战争的巨额开销，帝国的"科考"船队也一直在源源不断地从南半球向维也纳运送着奇花异草。

收获最丰富的是1786—1788年的那次，船队经好望角绕进印度洋，按照约瑟夫二世的指令，他们需要去马达斯加邻近几座已是法国殖民地的小岛上收集热带植物与动物，这些小岛中包括当时的法兰西岛（现为毛里求斯）以及当时的波旁岛（现为法属留尼汪）。他们带回了世界上第一株被盆栽的多肉植物，但更重要的是带回了十二只活的哺乳动物和二百五十多只鸟。

法属留尼汪是世界上最著名的灭绝动物渡渡鸟的葬身地，然而科考船队到达时，岛上已经被法国开发成了咖啡种植园——渡渡鸟早在一个多世纪前就被吃光了，当时岛上更多的是一种色彩绚丽的大鸟：鹦鹉。土耳其人兵临城下，对皇帝来说是件头疼的事，对于维也纳市民来说却是咖啡、牛角面包以及各种土耳其元素服饰的大流行。以席卡奈德尔的嗅觉，自然不会放过鹦鹉，于是，《魔笛》这盘"乱炖"中的最后一道配菜也齐了——席卡奈德尔几乎没有放过任何一个可以赢取票房的因素，还由此婉转地向自己的共济会导师再次致敬。

排练《狄托的仁慈》的时候，莫扎特就已经出现明显的身体不适，但席卡奈德尔准备的这个大杂烩还是极大地激发了他最后的创造力，或许也是他从中看到了早年在萨尔茨堡的日子。莫扎特在1787年6月14日，也就是父亲利奥波德去世两周后，创作过一部《音乐的玩笑》，在这首两把圆号与弦乐四重奏演奏的名副其实的谐谑曲中，隐藏了大量演奏与和弦错误。有学者认为他是在嘲讽乡村乐师，但考虑到乡居的老利奥波德是音乐史上知名的小提琴教育家，莫扎特自己没留下线索就没有人能够真正猜到：《魔笛》很像一场更大规模的音乐玩笑。

莫扎特清醒地意识到：在席卡奈德尔这个由七姑八叔外甥侄女组成的芜杂剧团中，并不是每个人都能胜任真正的歌剧演唱，因此他在谱曲时也做了类似席卡奈德尔创作脚本时的混搭处理。对于那些不大容易找准调的演员，在他们的唱段开始前，乐队会给一段前奏提示；出于同样的考虑，剧中使用了一些源自民间的小调，剧中的重唱较多也是这个道理。

然而，一出歌剧总得有些炫技唱段，于是莫扎特搬来了救兵：自己夫人的大姐。夜后是好人还是坏人无所谓，关键是她每次出现都要激情爆表、亮出让意大利头牌女歌手也仰首的花腔女高音（早在《人皆如此》中，莫扎特就使用过高低音过山车这一招，因为他想戏弄一个自己看不上的意大利女高音，让她在舞台上像公鸡打鸣一样伸缩脖子）。相比之下，主角塔米诺、帕米娜以及萨拉斯特罗都算是正常角色。

最需要费心的，是席卡奈德尔的帕帕基诺以及他又拉进来的帕帕基娜，他们的杂耍功能远高于演唱功能，因此莫扎特并没有给这两个角色安排太复杂的唱段，但诡异地混入了萨利埃里作品的因素：第二幕帕帕基诺初次见到帕帕基娜真面目时的唱段里，使用了以毫无意义的意大利语模仿鸟鸣的手法，而这正是1786年莫扎特按照约瑟夫二世的安排在美泉宫与萨利埃里"比赛"时听到的；帕帕基诺吹箫笛时的音调，也貌似借鉴了萨利埃里的《降B大调大键琴协奏曲》。

或许萨利埃里与莫扎特之间的关系确实远不如我们在看过电影或戏剧后想到的那么多,至少从家信中可以看出:无论《安魂曲》是怎么回事,《魔笛》的上演很让莫扎特乐在其中。

1791年12月5日,莫扎特去世。有相当长一段时间,人们经常慨叹莫扎特居然被下葬乱坟岗,以致后来尸骨无存。但实际上这只是他的老朋友约瑟夫二世制定的政策的结果:所有非贵族的平民一律下葬平民公墓,此外出于卫生防疫考虑,下葬的遗骸在一定年份后必须清理。独自躺在冰冷的皇家地下墓穴里的约瑟夫二世,终于又多了一件属下照办的事。

最后,《魔笛》被证实是席卡奈德尔的剧院里票房最成功的作品,首演后几个月里就上演了近百场。更令人惊讶的是,脚本里被搅成一团、几乎从"笛子独奏"变成"独子笛奏"的各种童话、传说与共济会思想,居然真打动了一些启蒙运动名流。

比如歌德就看得眼泪纵横,而且认真尝试着写一个立意更高大的续篇,并且找到当初德国歌唱剧《奥伯龙》的作曲者乌兰茨基配曲。无论是海顿还是莫扎特,当乌兰茨基1790年开始执掌维也纳的皇家剧团管弦乐队时,他们都给予了乌兰茨基极高的评价。然而歌德并没能完成这部剧本,乌兰茨基也没有再提此事。反倒是席卡奈德尔在1798年又写了一部号称"《魔笛》第二部"的《迷宫，或：元素乱斗》，大致剧情是塔米诺与帕帕基诺这两对情侣在《魔笛》中只经历了水与火的考验，如今要进一步经历风与土的考验。演出海报上介绍说是"两幕大型英雄喜剧"，可惜也中了续作容易惨败的魔咒。

绕过历史森林里的迷宫，能守望在《魔笛》的小树林里闲看帕帕基诺在"hopsasa"，才是件幸事。捕鸟人帕帕基诺的雕像永久留在了河畔剧院的门楣上，"捕鸟王"故事中的另一些帝王与风云人物的"独子笛奏"却还没结束，他们将像塔米诺与帕米娜一样，逐一去接受最后的黑暗考验。

利奥波德二世满怀抱负，却在加冕为波希米亚国王后不到半年就神秘死于维也纳，只比莫扎特多活了三个月。他对王朝最大的贡献是和父母一样生了十六个孩子，因此王位有了继承人——后来的弗朗茨二世。可惜，哈布斯堡-洛林王朝以弗朗茨一世"倒插门"的代价赢得的皇帝称号，最后终结在这位与祖父同名的君主身上：1806年，拿破仑强行解散了神圣罗马帝国，弗朗茨二世成为末代帝王。

在当年争持不下的三位"开明专制"君主中，叶卡捷琳娜二世笑到了最后，她在1796年去世。儿子保罗一世据说自幼性格与相貌酷似她的丈夫，也就是她最厌恶的彼得三世，因此一直得不到母亲的喜爱。叶卡捷琳娜二世的猝然去世，成就了保罗一世登基，但在四年后就被亲信暗杀。保罗一世被称为俄罗斯历史上最"堂吉诃德"的皇帝，他的儿子亚历山大一世倒是因为最终击溃了拿破仑的军队而令整个欧洲刮目相看。

席卡奈德尔想要致敬的博恩，没等《魔笛》上演就在1791年7月去世了，去世前正在写一本《利奥波德盛筵》，主要是赞颂利奥波德二世的谨慎持重。达·庞蒂辗转去了美洲新大陆，他在纽约做过书商，在大学教过意大利语课，第一个在纽约制作了全本演出的《唐·乔瓦尼》，后来还建造了纽约第一座专门用于歌剧演出的剧院。达·庞蒂的剧院曾被火灾彻底烧毁，后经重建，成为现代纽约大都会歌剧院的前身。席卡奈德尔的运气没有那么好，《魔笛》的成功使他养成了喜欢制作大成本剧目的习惯，在辉煌过一段时间后终于债务缠身，他在六十一岁，即1812年亚历山大一世迎战拿破仑时，于赤贫中死于维也纳。在这一年同样死于维也纳的，还有莫扎特当年的雇主科罗雷多大主教，由于不敌拿破仑的军队，他逃离萨尔茨堡后一直客居在这里。

在席卡奈德尔事业最辉煌的时期，他甚至有能力请来一位正在维也纳冉冉升起的音乐新星住在剧院里创作。那位新星的出现，还得追溯到科罗雷多大主教委托莫扎特创作的《牧人王》。在观众贵宾席中与莫扎特同岁的马克西米利安·弗朗茨大公，后来成为科隆选帝侯，以艺术保护人身份著称，他的教堂乐队中有一个脾气暴躁的男高音，名叫约翰·凡·贝多芬。弗朗茨大公很赏识约翰的儿子路德维希的音乐才华，于是在1787年给他写了封推荐信，让他去维也纳，师从自己幼时认识的一个名叫莫扎特的音乐天才。

至于贝多芬与莫扎特两个人到底有没有在维也纳相见过，以及贝多芬在弗朗茨大公去世后改到维也纳发展，以及贝多芬后来住进席卡奈德尔的剧院是为创作一部他觉得比《唐·乔瓦尼》道德境界高得多的歌剧《费德里奥》，而事实上又在剧中借鉴了几处《魔笛》里的段落——那就是另一大串"hopsasa"式的《魔笛》变奏了。

再往后，《魔笛》中的笛子甚至也逐渐变成了吉他，而且带上了一点宿命的阿尔罕布拉宫式的回忆味道。

后赵的崩溃

张璟琳

一场谋杀引发整个政权的崩溃,中原再次失序。

一场公开的谋杀

东晋永和四年(348年)八月的一个夜晚,后赵太尉石韬遇刺身亡。从伤痕上看,行刺者故意让死亡过程变得缓慢并且痛苦。

石韬是后赵天王石虎十三个儿子中最得宠的一个,石虎甚至犹豫过要不要废掉现太子石宣,改立石韬。次日,太子石宣进宫奏报死讯,石虎当场昏倒,过了好久才苏醒。

石韬的丧礼上,石宣当众掀起尸衾,端详弟弟可怖的死状,大笑而去。兄弟俩的仇恨是邺城的公开秘密,看着石宣的背影,人们很容易联想起最近引起轰动的一则新闻:石韬改造太尉府,建了一座规模逾制的宫殿,取名"宣光殿"。天下汉字那么多,偏要冒犯太子名讳,石宣认为这是挑衅,带人来到太尉府，杀掉筑殿的匠人，截断大梁而去。而石韬的回应则是将宫殿修得更加高大，原先梁长九丈，现在十丈。不久后石韬就遇刺了，这是巧合？

石虎也心存同样的疑问，他将石宣骗进宫软禁，派人捉捕石宣的亲信。那些人有的已经遁逃，没来得及遁逃的经过拷问很快招供：谋杀石韬只是计划的第一步，趁石虎临丧时弑父自立，才是石宣的最终目的。

石虎表现出野兽般的震怒，他将石宣囚禁在装席子的仓库，用铁环穿透下巴，拿来杀死石韬的刀箭，让石宣舔舐上面的残血。石宣的哀嚎震动整个宫殿。

石虎要公开处死石宣。一个巨大的柴堆架起在邺城北部，柴堆上支起木桩，木桩顶部装有绞盘，绞盘上的绳索用来穿起石宣下巴的铁环，将他固定在木桩上——受刑者是皇子，如此创意的折磨方式很可能出自石虎本人。

死刑的执行者是石韬生前宠爱的两个宦官。两人将石宣生生拔掉头发，抽掉舌头，扯着铁环拖上柴堆。一人用绞盘将石宣固定住，另一人依照石韬死状，将石宣截断双腿双臂，挖眼剖腹。最后两人四面纵火，火焰与烟尘很快覆盖了整个柴堆，没人知道火起之前石宣是否已经死亡。

数千宫女簇拥着石虎，在铜雀台上观看行刑。火焰熄灭之后，石虎下令将石宣的骨灰撒在各城门要道，任千人踩万人踏，又下令处死石宣的妻子儿女等九人。石宣的妻儿当时也在铜雀台上，他们先陪石虎目睹丈夫或父亲被挫骨扬灰，又看着死亡朝自己走过来。

杀到石宣的幼子时,石虎的理智稍微恢复。这个孙儿是他平素十分疼爱的,石虎不禁抱之而泣。他正在考虑是否赦免这个孙儿,已经杀红眼的行刑者却从他怀中将孩子抢走。孩子攥住祖父的衣带大叫,竟将衣带都扯断了。

行刑者的举动看似大胆到不可思议,其实是源于恐惧。他们对石宣的仇恨未必大到这种程度,但如果自己没有表现得不共戴天,而被盛怒中的石虎怀疑为不忠,下场就会很悲惨。这种误会在石虎身上非常容易发生,比如这场阋墙之变并非难以预料,早先有位臣子曾警告石虎,宫中可能会有变故。凶案发生后,石虎却认为他知情不报,将其处死。

行刑者应该知道十二年前的往事:太子石邃失宠,一夜之间,太子、太子妃连带子女共二十六人都被肢解,抛尸在同一口大棺材里。在那之前,石邃是石虎最重视的儿子,骁勇,有战功,是石虎篡位的好助手,他的儿女们,石虎也曾含饴弄抱,但终究没留下一个活口。所以他们清楚石虎的取舍,动情不忍只是一时,日后必定反悔,与其届时迁怒于我曹,不如当机立断。不过,如今的石虎毕竟已是五十四岁的老人,他的体重达到了连战马都无法承受的地步,这样的身体想必不会太健康。

石虎病倒了。

仅仅一年前,石虎还对未来充满信心。他命令石宣周游各地，拜祭山川，顺便打打猎，更主要的目的是炫耀军威，震慑可能存在的反对者。石宣出行的排场是天子大驾的规格，大辂、羽葆、华盖，建天子旌旗，护卫军队多达十八万。当年魏文帝南征孙吴，戎卒十余万，旌旗数百里，规模也不过如此。

石虎在宫中凌霄观远眺，看着这支浩荡大军穿越金明门而出，大笑说："我家父子如此声势，除非天崩地陷，还有什么好忧愁的！我只需抱子弄孙，享受天伦之乐而已。"

邺城的毁灭与重建

后赵建国，石勒定都襄国。石勒死后，石虎篡位，将都城迁到邺城。

邺城，按《读史方舆纪要》里的描述，"山川雄险，原隰平旷，据河北之襟喉，为天下之腰膂"。"山川"是指邺城西边的太行山，"原隰"是指邺城所处的河北平原。太行山隔开山西高原与河北平原，守住狭窄崎岖的太行山八陉，西边的敌人就过不来。河北平原土地肥沃，有稠密的人口、成熟的水利灌溉，物质足以支撑这座北方重镇熬过一次又一次漫长的围城。邺城南边还有改道前的古黄河，黄河天险是一道防火墙，使黄河以南频繁爆发的战火不能轻易蔓延至黄河北岸。

因此，在南北分裂、东西分裂兼有的时代，邺城是有王气的。那些控制了黄河下游区域，但无法控制整个黄河流域的割据政权，喜欢定都邺城。这样的政权，后赵之前有曹魏，后赵之后有前燕、北齐（东魏）。

邺城也是"五胡乱华"开始的地方。

西晋永兴元年（304年），一支来自北方的段氏鲜卑、乌桓联军攻陷邺城，"士众暴掠，死者甚多"。撤离时，鲜卑掳走妇女八千余人，这些妇女后来全部被沉入易水水底。在此之前，邺城已经有整整一百年没有爆发战事（上一次邺城被围是东汉建安九年，公元204年，曹操消灭袁氏），这次屠杀被认为是一段黑暗历史的开端，《晋书》上感慨说"黔庶荼毒，自此始也"。此后邺城频繁沦为战场，西晋永嘉元年（307年），石勒攻陷邺城。彼时的石勒刚刚摆脱隶籍，自我定位是流寇，于是他干了流寇最擅长的事，抢劫、杀人、放火。邺城士民被杀一万余人，大火旬日不熄，当年袁绍、曹操营建的宫殿群化为灰烬。

西晋王朝在快速崩塌，体现到邺城这个局部，就是一次又一次的城池易主。邺城本是当时世界上最繁华、人口最稠密的名都之一，贼来如梳，兵来如篦，很快，城内除了拿刀箭的，已经找不到其他人了。

西晋建兴元年（313年），石虎再次攻陷邺城，确立了羯人对这片土地的最终统治权。此时，这座昔日名都已是一片焦土，然而仅过了三十年，东晋永和年间，邺城重新成为一座宏伟繁华的都城，论宫阙峗巍，不亚于同时代新落成的君士坦丁堡。《水经注》中说，在六七十里外远眺邺城，"巍若仙居"。

邺城的重建，主要是在石虎即位后开始的。他彻底翻修了邺城的里里外外，城外建园林、猎场、行宫、阅兵台，城内广建宫殿。

邺城周围的园林、猎场，面积是以州郡为计量单位的，往来驰骋的猎车"辕长三丈，高一丈八尺，置高一丈七尺"，这样的猎车据说有一千辆，此外还有格兽车四十辆，可"立三级行楼二层于其上"。石虎经常组织禁军，乘坐这些庞然大物举行围猎。围猎累了，需要休息。于是从襄国到邺城，二百里中，每隔四十里就建起一座行宫，行宫里长年储备美丽的婢女，等候着石虎不时而至的临幸。

邺城的城墙、城门，都被加高加固。城墙每隔百步就建一箭楼，邺城西南的凤阳门，朱柱白壁，上面叠起一座六层的建筑，有二十五丈高，顶上安着一对巨大的铜筑凤凰，高一丈六尺，人在邺城之外七八里就可遥见此门。

当初魏武帝营建的铜雀、金虎、冰井三台，因为以邺城城墙为台基，有十丈高，所以没有在此前的战火中焚毁。三台内腹都筑有藏室，可以安排伏兵，台座下挖有深井，用来储藏粮食与盐。石虎又将铜雀台增加两丈，建起五层楼阁，使高度达到三十七丈，楼阁周围建屋一百二十间，居住着宫里的众多女官、女伎，石虎经常在铜雀台上宴请蕃客，以此来夸富。金虎台因为避石虎的讳，改名金凤台，同样建屋一百余间，用来安置女官、女伎。冰井台除了建屋一百四十间用来安置宫女，另外还有冰室、深井，用来制造并储藏冰块。

三台上都建有正殿，以供石虎居寝。每个正殿中，都设有三丈见方的御床，用可以折叠的屏风隔开前后，床的四角各安一条纯金的金龙，龙嘴衔挂五色流苏，床的帐顶托着金莲花，花中悬浮着金箔织成的香囊，终年燃烧名贵的香料。石虎居殿中时，床上立身材修长的宫女三十名，床下立宫女三十名。

石虎还仿照西晋洛阳皇宫格局，在曹魏文昌殿的旧基上建东宫、西宫及太武殿，东宫住太子，西宫自己住。太武殿为朝会正殿，基高二丈八尺，采济北谷城山文石为地基，下有藏室，可容纳伏兵五百人。此外，邺城内前后又新增琨华殿、显阳殿、晖华殿、金华殿、九华宫、御龙观、宣武观、东明观、凌霄观、如意观、披云楼、逍遥楼、齐斗楼等大小宫殿四十余座。这些宫殿均以壮丽奢华著称于世，宫殿中布置有自动引水设施、净水设施以及其他各种机械设施，穷尽机巧。

东晋士人陆翙著有一篇《邺中记》，描绘这座在乱世中越来越华贵的城市。作为敌国的臣子，陆翙的本意应该是展示石虎的暴虐，但他的笔下却常常不自觉流露出壮美企羡的味道。

确实，比起邺城，以竹篱为城墙的东晋都城建康，实在显得寒碜。

石虎的战争

农耕时代，君主宫殿的规模往往与民生之凋敝正相关。后赵拥有如此规模的宫城，本身就意味着危机，何况石虎在位的十几年间，后赵没有一年不处在战争状态。

最初，后赵是打内战，消灭了石勒的两个儿子——镇守长安的石生与镇守洛阳的石朗。内战之后又打外战，南边的东晋、西南的成汉、西北的前凉、北边的拓跋鲜卑、东北的段氏鲜卑和慕容鲜卑，除了成汉躲在长江上游的崇山峻岭后面打不到，后赵对其他各政权都发起过战争。这些对外战争拓展的疆域十分有限，而四面开花的打法则反映出领导者战略的混乱与随意。

这些敌人中，对后赵影响最大的，是慕容鲜卑。

后赵与慕容鲜卑的交恶，始于石勒统治时期。慕容鲜卑在西晋灭亡之后，依然以晋朝臣子自居，首领慕容廆还接受了东晋授予的官职。石勒平定北方，遣使要慕容廆臣服，遭到拒绝。慕容鲜卑地处偏僻的辽东，天寒地冻，石勒的征服欲望不强，可是被如此拒绝，面子上挂不住，于是派慕容鲜卑的仇家鲜卑宇文部进犯辽东。但宇文部不敌慕容鲜卑，反被攻陷国都，掠走人民数万、畜产百万。

石虎统治时期，慕容鲜卑已经建国，是为前燕。石虎对前燕用兵，源起于段氏鲜卑。段氏鲜卑与慕容鲜卑同属东部鲜卑，两部关系复杂多变，既世代联姻，又时常相互攻伐。段氏鲜卑的领土在辽西，正夹在后赵与前燕之间，有一次两部打急了眼，燕王慕容皝假装向后赵称臣，相约东西夹击段氏鲜卑。石虎大发士卒二十万，水陆并进，攻占段氏鲜卑的王庭令支城，慕容皝却并没有如约与石虎会师，而是趁机掠夺段氏鲜卑的人口、畜产。石虎发现被耍，恼羞成怒，进攻慕容鲜卑，却在棘城大败而归，损失三万余人。两国从此战事频发，后赵败多胜少。石虎前后征发士兵近百万，累计耗费谷豆一千四百多万斛。因为计划从海、陆两线发起进攻，石虎又征发民夫十七万，修造战船万艘。这个计划最终没有实施，修造的战船一直泡在水里，造船的十七万民夫被水淹死、被野兽吃掉的，达到三分之一。

前燕势力逐步扩大，段氏鲜卑的单于段辽最终也是投降于慕容皝，而非石虎。后来，前燕先后吞并高句丽与扶余国，统一辽东。石虎目睹劲敌崛起于卧榻之旁，自然不能容忍，恰好当时执政东晋的庾冰、庾翼兄弟也在宣称要北伐中原，公元343年，石虎再次征集军队，打算同时进攻前燕、东晋与前凉。这次征集规模空前，士卒总数达到一百余万，仅仅是制造盔甲，就需要动用匠人五十万。石虎下令，被征发的士兵每五人要自备车一乘，牛二头，米十五斛，绢十匹，准备不齐的一律处斩。后赵各级官员趁机上下其手，层层加码。后赵百姓卖儿卖女也不足以供应军需，走投无路。一时之间，从青州到司州，也就是今天的山东到河南，处处可见枯槁的尸体挂在路边的大树上。

这支庞大的军队最终集中到邺城，阵列在宣武观前的原野上。石虎登上宣武观，检阅完军队，他没有下令出征，而是宣布解散。

这个突兀的结局或许是因为，石虎自己也不知道，如果此次出征再次失败，他该如何收场。

石虎再也没有派遣主力接触前燕军队，即便前燕吞并了"事赵甚谨"的鲜卑宇文部。石虎派一支数万人的军队驻扎到后赵东北边境的乐安城，这座城池是昔日进攻前燕的前方基地，两国交战最激烈的时候，曾经屯兵数十万、积谷一千一百万斛。这支军队在乐安城制造攻城器具，似乎要采取攻势，但是当前燕的慕容霸赶来戍守前燕境内的徒河城，后赵军队却"畏之，不敢犯"。

石虎也没有再进攻东晋。即便执政东晋的庾冰、庾翼兄弟一直嚷着要北伐，并联络前凉、前燕，相约一起夹击后赵。庾翼甚至驻扎到沔水边的襄阳城，直接威胁后赵的腹心区域，石虎对此也毫无反应。

而仅仅在五年前，庾翼的哥哥庾亮派兵驻守长江北岸的邾城，石虎反应迅速并且激烈，后赵大军随即攻陷邾城，东晋损失近十名宿将、上万士卒，庾亮因此忧愤发病而死。两相比较，石虎的火气明显不如以前了。

石虎最后一次大规模用兵的方向是西北。公元346年，前凉国主张骏病故，年仅十六岁的张重华嗣位凉州牧，后赵来袭。前凉以弱国处乱世，外交政策是多磕头少吃亏，张骏生前同时向后赵、东晋两国称臣，张重华嗣位后立即向石虎奏报，礼数并无缺失。石虎这时进攻前凉，原因就是对方弱小，新主年幼，可趁其国丧而伐之。

然而前凉的抵抗顽强得出乎意料，后赵前后出兵十余万，打了一年多，夺得几座边境城池，再无战果。石虎摇头叹息，承认"彼有人焉，未可图也"。

受挫于外部战场，石虎几乎将全部精力投入到打猎、礼佛、修宫殿中去。这些事情不需要敌人参与，全都结果可控。然而这几项爱好意味着钱财的耗费、农田的荒芜和徭役的增加。在靠天吃饭的农耕时代，统治者迷上其中任何一项，都意味着治下百姓负担加倍，倘若不幸遇上灾年——这是常有的事——则是更多的饿殍辗转沟壑。

当初修建太武殿，后赵正逢干旱，一斤金只能买到二斗米。官府的赈灾有名无实，饥民们进山采橡果、入水捕鱼充饥，却遭到各路豪强抢劫，一无所得。不过这并未妨碍石虎大兴土木，除了修宫殿，他还征发民夫往漳水投石，试图建起一座桥，但"功费数千亿万"，桥还是不成，役夫饿死太多，只好放弃。此后十数年，不仅是邺城内外新修了四十余座宫殿，从襄国到邺城，二百余里，每隔四十里石虎就建一座行宫。修建这些宫殿动用的劳力起码超过百万，死伤多少，史书无载。

石虎后期的营建主要分三部分，修猎场，修洛阳长安的宫殿，修邺城华林园。

石虎的猎场北沿黄河、南至荥阳、东至阳都，也就是从今天的河南新乡、郑州到山东沂南一整片区域，民居拆除，田园长树长草，给野兽生长腾出空间。石虎下令，侵犯苑中野兽者，刑罚最高可至斩首。监督猎场的官员趁机发财，以"犯兽"罪名侵夺百姓妻女家产，因此而死的有百余家。

石虎同时征发民夫二十六万，修复被匈奴人焚烧的洛阳宫殿。在此之前，他已经征发过民夫四十万，修葺长安、洛阳两城的宫殿。

石虎统治后期，仅修宫殿一项，征发的民夫已接近七十万，然而他后来再次征发十六万民夫修建华林园。华林园是魏晋时期皇家园林的常用名称，最早的华林园建于魏明帝时期的洛阳，初名芳林园，因为冒齐王芳的名讳，改称华林园，沿用到西晋。洛阳沦陷时，华林园毁于战火，东晋就在建康扩建了孙吴王宫的花园，改名为华林园。石虎要在邺城修华林园，含有与东晋争正朔的意思。

不过他还有额外的用意。建造华林园的直接原因来自一个叫吴进的僧人，他警告石虎：胡运将衰，晋当复兴，应该苦役晋人，镇压他们的气运。石虎因此将工期压得很紧，迫使修造者举着烛火连夜赶工。工期压力一大，安全问题就顾不上了。园中池水需要与漳水相连，穿凿水道时城墙崩塌，压死百余人；水道交汇时遇上暴风大雨，淹死数万人。众多臣子劝谏石虎，述说民生凋敝。石虎大怒，说：即使早上建成，傍晚就塌掉，我也无所恨！

东汉、曹魏、西晋三朝不许汉人出家，信佛的汉人只能在家做"信士"。晋末乱世，政府控制力削弱，出家既可免除徭役，又有固定的衣食来源，所以江南江北都暴增了许多僧人。后赵君臣曾经廷议汉人出家的问题，结论是不禁，因为石虎本人也信佛。

羯人信拜火教，敬奉胡天神，邺城宫殿中建有专门供奉胡天神的寺庙，不过石虎同时也在宫中竖起大佛金身。大佛坐在巨大的檀木车上，周围雕有九条龙向佛像喷水，又有十几个木刻的僧人围绕佛像打转，绕到正面，就向佛像行礼，还会像人一样上香。整个系统由檀车带动，车不动，都不动，车一行驰，则龙喷水、木像行礼上香。倘若史书的记载没有过分夸张，这份工艺足以令人惊叹。

与名僧清谈、建寺庙、养僧尼，是东晋十六国的时尚，各个政权的权贵都有这爱好。那些后来名列《高僧传》的高僧们，也都喜欢结交权贵朋友。如果有人讽刺地问：出家人何以游走朱门？他们大概会回答：在君眼中是朱门，在贫僧看来跟蓬户没有不同。

石虎结交的高僧是来自西域的佛图澄。石虎不读书，没有能力像那些江南名士一样与高僧交流心得，他信佛，除了受彼岸往生的吸引，还因为佛图澄是实用性很强的高僧，据说佛图澄有神通、能预言祸福，并且还能治病。另外，不知是否佛图澄故意误导，石虎认为佛是"戎神"，即"保佑西戎的神"，羯人来自中亚，所以"正所应奉"。

佛图澄被尊称为"大和尚"，"乃国之大宝"，参与决策军国大事。他居住于邺城内的宏伟庙宇中，每天的清晨、黄昏，后赵高级官员都要前来问安。每隔五天，太子会率领诸皇子前来问安。如果举行朝会，佛图澄可以乘辇上殿，举辇者是宫中的宦官，边上还有太子及诸皇子扶辇，主持朝会的人宣布"大和尚进殿"时，全体官员都必须肃立迎接。邺城内外，凡佛图澄所在之处，无人敢向那个方向吐痰或者便溺。

佛图澄的高僧面目因此十分可疑。他与石虎父子都保持着良好的关系，其中包括石邃。而石虎父子的行径全然不似佛教徒，尤其是石邃，还做过这样的事情：砍下盛装打扮的美貌宫女首级，洗净血迹，置于盘上，传阅众人。石邃的东宫中纳有美貌的比丘尼，他会在奸淫之后将其杀死，混杂在牛羊肉中煮熟，不仅自己吃，还赐给左右，想看看他们能不能分辨出来——史书记载，佛图澄是有女弟子的，他频繁出入皇家，石邃宫中的比丘尼是否其女弟子耶？即便不是，教徒有此遭遇，教宗也能恍若不知？

上文提到的吴进，其身份值得关注。大概只有佛图澄的弟子才有机会向石虎陈说如此大政方针，《高僧传》中提到佛图澄有个得意弟子叫道进，这个道进，可能就是吴进的法名。当时汉人出家，会将姓改为竺、支、法、道、慧等，以作为法名。比如前秦名僧道整，俗家姓名叫作赵整。即便吴进并非道进，他的僧人身份也足以令人遐想，僧侣集团在这个暴虐政权中扮演的是什么角色。

异族统治者的恐惧

羯人高鼻、深目、多须，这个外形与汉人迥异，也与匈奴迥异。他们来自中亚，历史学家认为他们源自"昭武九姓"，是居住在泽拉夫善河域的粟特人。他们为何流落到蒙古草原，已经不易考证。晋武帝泰始年间，羯人随南下流亡的匈奴定居于并州（在今山西省）。

羯人在蒙古草原上就是少数民族，地位低下。到并州之后，是少数民族中的少数民族，地位更加低下。石勒身为小酋长之子，也要靠做佣耕、小贩过活，后来更是沦为奴隶。因此，当匈奴贵族取汉人姓名、穿戴汉人衣冠、读儒家经典，努力汉化的时候，羯人没有参与进来。羯人身上残留着更多游牧民族的气息，在后来的乱世中，后赵的军队也最为残暴，每攻陷城池，杀戮王公贵族，坑埋百姓，将物资劫掠一空，时人称为"胡蝗"。

如果在草原上，这些或许算不得暴行。昔日匈奴强盛之时，每战胜敌人，屠其部落男丁，将妇孺掠为奴隶，甚至肢解敌酋，割下首级做成饮器，都司空见惯。后来匈奴没落了，乌桓、鲜卑前来复仇，屠杀匈奴部落，剥下匈奴单于的人皮，刨开匈奴祖坟，也是习以为常。不过，后赵毕竟是在成熟的农耕社会，社会运行规则与草原上不同。农耕社会需要稳定的社会秩序、更加精细的社会分工，一味地暴力掠夺不仅令被征服者难以生存，也会令征服者的统治难以为继。

然而后赵无法放弃暴力。汉人实在太多了，疆域又如此广袤，异族人在这个世界里，就如孤舟行驶于大海，这份不安全感足以令所有异族统治者在深夜里惊醒。统治者的恐惧往往会以极其暴虐的方式释放给整个社会。在忽必烈统治之前，被蒙古人占领的华北地区，人口从五千万骤减至一千万以下，一位花剌子模的使臣回国报告，说"土壤中满是人之脂膏，腐尸遍地"。羯人的数量远远少于蒙古人，所以他们的恐惧或许也远甚于蒙古人。在蒙古人之前，鲜卑、沙陀、契丹、女真都曾在华北地区建立过稳固的政权，有许多前车之鉴，羯人却是第一批统治中原的异族人，想抄作业都没处去抄。更要命的是，在建立后赵政权之前，这个种族几乎没有任何统治经验。

所以，只有最大限度地掌握暴力，毫不忌惮地使用暴力来解决问题，才能找到些许安全感。

打仗要靠人，提供军需粮饷也要靠人，因此十六国政权都热衷于虏掠人口。石勒、石虎陆续从新征服区域迁来三十万余户，差不多一百五十万人，安置在襄国、邺城附近。这些迁徙者绝大部分是羯人、羌人、氐人、巴氐，后赵京畿附近的胡汉比例因此达到石勒、石虎心中的安全值。后赵给予这些胡人土地，作为回报，这些胡人替后赵打仗——后赵京畿实际就是个庞大的军营，襄国、邺城城池坚固，藏兵百万，震慑四方。石虎派儿子率领十几万大军周游各地，主要目的也是展示武力，提醒地方豪强不要生异心。

不过石勒与石虎还是有差别的。石勒明白，仅凭暴力，不足以长治久安。他对权力天生敏感，喜欢听人讲解《汉书》，崇拜汉高祖刘邦，这大概是因为汉高祖同样出身低微，有代入感。当听到郦食其劝刘邦复立六国后裔，石勒大吃一惊，说这是个馊主意啊！汉高祖怎么会取得天下的？听到后面被张良劝阻，才松口气，说幸好有张良啊——这份无师自通的敏感，大概就是张良所感叹的"天授"，这类人适合成为统治者。

既然听过《汉书》，石勒必然知道陆贾与刘邦那次著名的对话：马上得天下，难道也可以马上治天下？他建学校、恢复察举制，又仿照"九品中正制"制定"九品官人法"，系统性吸纳汉族士人加入后赵政权。这份汉化的努力，不亚于此前的匈奴刘渊，也不亚于后来的前燕、前秦。石勒一早就安排汉儒为太子石弘的老师，教授经学、律令。太子的样子，就是后赵政权未来的样子，石勒是想自己做汉高祖，让石弘做汉文帝。

然而石勒毕竟与刘邦不同,刘邦是汉人,石勒是羯胡。

在匈奴刘渊称帝之前,"自古以来诚无戎人而为帝王者",这个观念根深蒂固,尽管天下人已对西晋司马家失望透顶,不过没有人能想象自己将会臣服于异族。因此,即使东晋苟安江南,势弱地偏,却一直被认为是正朔所在。后赵境内的汉族地方豪强未必忠于司马家,但肯定不会忠于后赵。祖逖北伐时,整个黄河以南的地方豪强都与他暗通款曲,石勒对此只能假装不知。

石勒想通过"胡汉分治"来解决问题。"胡汉分治"起于匈奴刘渊,贯穿整个十六国时期,它将国家按民族切开,"大单于–单于台"与"皇帝–官僚"两套政治体系并行,胡人听命于大单于,汉人听命于皇帝。石勒身兼大单于与皇帝(起先未称帝,以赵王名义行使帝权),试图成为胡人与汉人的共主。石勒任命石虎为"单于元辅",又委任张宾、徐光、程遐等汉人襄理朝政。胡汉之间,其实有分工,"一般说,胡族部落系统用于打仗,汉族编户系统用于耕织。这就叫胡汉分治"(陈寅恪《魏晋南北朝史讲演录》)。所以,当大单于石勒后期不再亲征,军权就逐渐落到单于元辅石虎的手中。

石勒晚年,已经感觉到问题所在。他是奴隶、流寇出身,在沙场出生入死二十年,年近四旬才有子嗣,长子石兴早死,现任太子石弘才刚二旬,没有带兵打仗的经验,又由于汉化教育过于成功，石弘"幼有孝行，以恭谨自守"，长大后"虚襟爱士，好为文咏，其所亲昵，莫非儒素"，完全没有乱世枭雄的气质。石勒感到不安，他说，现在天下不太平，怎么能只学文不学武呢？不过他没有将石弘扔给战场、扔给那些胡人将军，而是让另外两个汉人教授太子兵法。石弘的众多老师中，只有一个王阳是羯人，他负责教石弘击剑。

石勒私下里对中书令徐光说：大雅（石弘字大雅）这么软弱，太不像我了。

徐光依旧拿汉高祖、汉文帝来安慰他：汉高祖以马上取天下，汉文帝以仁政守成。子孙继承祖先伟业，统治超过三十年，一定是要推行仁政的，这是天道。

史书上说，石勒"大悦"。

这所谓"大悦"，不过是暂时的自我麻痹。石勒、徐光都明白石弘即将面临的严重危机。徐光劝石勒杀石虎，替太子消除隐患。然而天下未平，强敌环伺，都要依仗石虎统军震慑，又如何能杀得？徐光再三劝，"勒默然，而竟不从"。

石勒只能用委婉的方式感化石虎。他公开表示对曹操、司马懿的鄙视：大丈夫行事当磊磊落落，像日月一样光明正大，怎么能像曹孟德父子、司马仲达父子那样，欺负孤儿寡母，窃取天下——等他一死，留下石弘，可不就是孤儿寡母么？

石勒临终，遗令中叮嘱石虎，一定要三思而行，学习周公、霍光辅佐幼主，不要做令后人唾骂的事情。

但这些方式都显得过于软弱，不是胡人风格，当然不会起作用。石勒去世当天，石虎就处死了徐光、程遐等一系列令他讨厌的汉人。石弘做了大半年傀儡后，被石虎杀死。

石虎的军事才能也是殆由天授。他幼年丧父，被石勒一家收养，石勒都没机会读书，石虎自然同样目不识丁。后来石勒及其他羯人被贩卖到冀州做奴隶，石虎因为年幼，幸免于难。十七岁之前，石虎与石勒母亲王氏在并州上党的家乡相依为命，那些年并州战争不断，汉人、匈奴、羯人、乌桓、鲜卑相互仇视，孤儿寡母能存活下来已不容易，受教育自然更是奢望。但是到了十七岁，石虎来到石勒军中，"御众严而不烦，莫敢犯者，指授攻讨，所向无前"。

有这份天赋，是石虎的幸运，也是石勒的幸运。石勒生前可以将兵权放心托付给自家人，没有石虎，后赵的疆域或许不会那么广大，但代价是，石勒死后，其子孙被石虎杀了个干净。

石虎对于统治的理解，明显与石勒不同。石勒建"君子营"，擅于采纳汉族谋士的意见，石虎则热衷于打仗、打猎、修宫殿，而且不听劝。石勒让名儒给太子授业读书，石虎鼓励儿子石宣、石韬打猎找女人，炫耀武力。

石虎也曾有一些劝学、改进选官制度的举措，但那只是统治前期的萧规曹随。到其统治的中后期，他已完全抛弃文治的努力，纯粹以武力震慑维持政权。

现实很难证明石虎是错的。乱世之中，典章文籍里的蓝图伟业，经不起兵刃轻轻一割。石弘好典籍，被石虎灭了；匈奴君主刘和好典籍，被会打仗的兄弟刘聪灭了；更早之前，西晋的王公贵族满腹诗书、出口成章，但他们的皇帝被俘虏、都城被焚毁，他们自己也被活埋在豫州宁平城的荒郊野外。当时石虎就在现场。

人才的匮乏或许是另一个原因。掌握权力后，石虎与文臣打交道的经历很不愉快，这些文臣唯一擅长的事情似乎就是劝谏，劝谏打猎、劝谏挑选美女入宫、劝谏修建宫殿。这些聒噪别说石虎，即使石勒也曾难以忍受，发牢骚感慨"做人君竟然如此不自由"。

后赵统治者需要的是张宾那样的国士，实用性强，靠头脑攻城略地，而不是一群腐儒来指导自己怎样做人。自张宾死后，石勒与程遐等人议事，议到一半，往往心头火起，说：右侯舍我而去，令我与此辈共事，太残酷了。这些人石勒瞧不上眼，石虎自然也瞧不上眼。

后赵朝堂不乏名闻天下的高门子弟，如范阳卢氏的卢谌、河东裴氏的裴宪、颍川荀氏的荀绰、清河崔氏的崔悦、北地傅氏的傅畅。这些人熟悉历朝典章制度，懂得如何治理国家，不过石虎并不认同高门士族的价值，他曾经娶过清河崔氏的女子为妻，但很快就因为一个变童而将其杀死。而那些高门子弟也每天都活在耻辱之中，卢谌出仕后赵十余年，做到中书监这样的高官，却多次嘱咐儿子：我死之后，墓碑上的官衔只写"晋司空从事中郎"——晋司空就是指英雄刘琨。卢谌年轻时，曾在并州追随刘琨抵抗匈奴与羯人，他一生的光亮都耗尽在那段时光里。

石虎想必感慨过人才难得，而当张宾不可复得，便转而求诸佛图澄那样的国师。

石虎不知道，曾有个年轻人特意到邺城生活过一段时间，就近观察了后赵政权之后，便远远躲到华山去隐居。

这个年轻人叫王猛，日后辅佐前秦苻坚，被称为"关中良相"。

凌云台上

魏文帝曹丕曾在洛阳皇宫筑有凌云台，高如其名，据说木结构的楼阁升到半空，在风中摆动，却始终不会倒。这份工艺肯定是被夸张了，不过凌云台确实很高，后来晋武帝登台远眺，能看到位于洛阳另一个角落的大臣家里的苜蓿园。

后赵的皇宫仿制洛阳皇宫，凌霄观应该也仿制了凌云台。当石虎登上凌霄观，他会看到这样的景观：漳水泛着粼光，从远处蜿蜒而来，绕城而过，流向远方。在他脚下，是自己一手筑造的雄伟都城，城墙高而坚固，粮储充足，城内外屯兵数十万。军营上旌旗猎猎，连绵数十里，士卒们操练时刃尖闪动的点点光亮，都在提醒他自己有多强大，当初董卓筑郿坞、公孙瓒筑易京，心理也大抵如此。

邺城内外有当时最雄伟的宫殿群，殿宇堂观、亭台楼阁、水景喷泉，举世无双，粉黛佳人，满堂满殿——这些全都是他的私产。石虎昔日在上党饥馁殆死，何曾想到会有今日？

如果阳光晴朗，视野足够开阔，石虎还可以看见，城东华林园中，成群野兽在追逐奔跑；城西的凉马台前，禁军骑兵在操练。每月初一、十五，他会亲临凉马台阅兵，五千骑兵结为一方阵，石虎鸣镝一发，五千骑兵一时奔走，从漳水岸边冲至凉马台下，再发一箭，骑兵后队变前队，复冲回漳水岸边。这些骑兵都经过细致甄选，健壮挺拔，身穿绣着云腾飞蛇的锦衣，手持黑色马槊，往来奔驰时，漳水似乎都随之沸腾。

如果每天看到的都是这些景象，确实很容易相信后赵政权坚如磐石。

石虎已经十多年没有走出京畿范围，他也从来不看奏章。获得权力伊始，石虎就将这些可厌的案牍工作甩给太子去处理。这种权力分配导致了严重的后果：一、石虎的儿子们与父亲实在过于相似，权力因此滑落到他们宠信的宦官、弄臣手里，朝政糜烂，千疮百孔；二、太子的权力急剧膨胀，一不小心，就会与君权产生冲突。石虎前后两任太子石邃与石宣，都企图弑父。

曾经有人向石虎述说民生凋敝,不过石虎并不关心,也不在乎。在起初几年里,他保持着克制,听得多了,最终还是不耐烦。在一次暴怒中,石虎命令贴身侍卫折断了大臣逯明的脊椎。逯明是当年追随石勒起兵的"十八骑"之一,后赵的开国元勋,引来杀身之祸的原因是他劝谏石虎停止搜罗民女进宫。逯明都可杀,于是"朝臣杜口,相招为禄仕而已",世界清净了。

石虎不知道,在他看不到的远方,有多少枯槁的尸体挂在树上,在风中摇曳。他也不知道,那一次石宣出巡"所过三州十五郡,资储靡有孑遗","士卒饥冻而死者万有余人"。

"我家父子如此声势,除非天崩地陷,还有什么好忧愁的!我只需抱子弄孙,享受天伦之乐而已。"他在凌霄观上说这句话,是发自肺腑的自信。如果只论疆域版图,后赵政权可与当时的罗马帝国、萨珊波斯王朝并列。加上城池坚固,拥兵百万,有高僧加持,天下谁能奈我何?

石虎的姿态想必十分豪迈,笑声想必十分爽朗,常年簇拥在他身边的上千宫女,此时肯定齐刷刷跪下,娇滴滴山呼万岁。这些宫女是石虎从民间搜刮而来的,总数据说有十万。石虎饶有兴趣地将她们组织化,授予女尚书、女侍中等官衔,共分二十四个等级。石虎还挑选女伎一千人组成仪仗队,穿戴着紫纶巾、熟锦裤,以金银雕饰衣带,以五种花纹纹饰长靴,吹吹打打,跟随左右。

这些宫女最终都成为食物。在不久之后的将来，邺城数次被围，她们被绝望中的守城士兵啃食干净。

乞活军

黍离之悲，语言往往无力述说。唐末、宋末、明末的野史笔记，今人读之恻然，悲愤充满胸臆，那其实是局外人的反应，若是离乱人自己，怕只有两行清泪，默默浸透纸背。西晋末年的景象，不会好过任何一个王朝的末世，但因为年代久远，也因为乱世持续了数百年，许多承载血泪的纸页已经湮灭无痕，绝望冤苦，掩埋于黄土。

长安、洛阳、许昌、晋阳、临淄，这些名都大邑皆已成荒土；襄阳、蓟城、寿春，因为靠近边境，时常成为战场，因此被加固成庞大的军营。除却吸干半国物力营建起来的邺城，后赵境内其他城市都已成为废墟，城墙毁坏，街道长满荆棘，豺狼狐狸出没其中。

乡村的景象同样荒凉。每一个艳阳高照的日子都变得危机四伏，战争、饥馑、瘟疫，不知会从哪个方向突然袭来。幸免于难的人们聚族而居，有的在村落原址，有的移到附近山川险要之处，砌起望楼碉堡，围以高墙、环以沟堑、架设吊桥，自己保卫自己——这些是先人在乱世中传下的故智，东汉末、三国中，战火燃及的区域都曾坞堡林立，许褚、李典等曹魏名将皆坞堡主出身。

行政体系已然崩溃，郡县制空留其名，当时所谓刺史、太守，往往只是势力较大的坞堡主，政令所行，不出势力范围。往往一州一郡之内，数名刺史、太守并立。大部分坞堡不足以自存，依违于诸胡、汉政权之间，贡输谷物、兵源，以换取生存空间。但也有少数坞堡实力强横，闭境自守，割据一方，如西南一隅氐人杨氏建立的仇池国。河东郡汾阴县的大族薛氏，凭借强大的宗族、牢固的薛氏坞堡，保持独立一百余年，先后经历前赵、后赵、前秦、后秦、匈奴夏国诸多政权，最后才臣服于北魏。

在修建坞堡也无法生存下去的区域，许多人聚集宗族、乡党，抛下已成废墟的家园，迁徙远方，成为流民。流民命运更为多舛，他们去寻找远离战场的乐土，但海内鼎沸，安有乐土？

晋末相对安定的区域，或幸赖于天险阻隔了战火，如江南，如西南的益州（今四川省）；或幸赖于偏僻落后，无人觊觎，如东北幽平二州（今河北省北部与辽宁省），如西北凉州（今甘肃省）。它们都远离昔日富饶繁华、人口稠密的黄河中下游区域，以当时原始的交通条件、闭塞的信息传播，再考虑遥远路途中的未知凶险，有卓识与胆量主动迁徙到边陲的，只是少数，能安全抵达目的地的，人数更少。大部分流民都是受饥饿驱使，到附近州郡就谷。往往，他们到达目的地后才发现，此处与家乡一样残破，于是继续流浪，辗转于一个又一个战场。他们与其他流民团体作战，与当地坞堡武装作战，与试图劫掠流民的胡、汉军队作战。势力较大的流民团体会征服或者驱逐旧主人，占据当地坞堡，甚至建立割据政权，例如十六国之一的成汉国。势力弱小的流民团体，则或沦落为奴仆，或成为他乡野外的饿殍，他们的姓名，史书不载。

因为是百战之余，流民武装具有很强的战斗力，容易被各方政权引为己用。北方流民的主要聚集点，一在长江下游的晋陵（今江苏常州）、京口（今江苏镇江）附近，这部分流民主要来自中原地区；二在长江中游的襄阳（今湖北襄阳）、樊城（今湖北襄阳）附近，这部分流民主要来自关中、蜀中。

下游的流民后来被谢玄招募成军，当时称京口为北府，这支军队因此被称为北府军。淝水之战，北府军击溃前秦，拯救了东晋，同时也改变了东晋的权力格局，最终，北府军将领刘裕篡取政权，建立刘宋政权。

中游的流民则被桓温家族所用，桓氏家族借此力量割据一方，不受东晋辖制，桓温的儿子桓玄甚至篡位称帝。东晋灭亡，流民军势力未散，刘宋、萧齐两朝，北府军在权力的腐化下削弱，镇守襄、樊的萧衍攻陷建康，建立萧梁政权。

此外，十六国时期另有一支著名的流民武装，名称很悲壮，叫"乞活军"。

乞活军的构成比较单一，主要是并州人。

并州是十六国乱世开始的地方。公元304年，匈奴刘渊在并州离石建立政权，并州刺史司马腾抵抗两年，在公元306年末，翻越太行山，弃州东逃。跟随司马腾一起逃亡的，还有并州州兵、吏民一万余人，几乎搬走了整个并州政府，民族成分主要是汉人，也有乌桓。

当时并州已经变得不适合生存，残存的百姓不足两万户。继任并州刺史刘琨向洛阳汇报，说这里胡人遍布山谷，百姓一打开家门就看到贼寇，一移动脚步就遭到劫掠，无法生存，唯有逃亡。携老扶弱的难民不绝于路，留守故乡的十不存二，随处可见有人卖妻卖儿。死于兵火饥馑的尸体相互堆积，白骨遍布原野，哀呼之声，不忍卒听。

最初，逃亡可能只是一次战略转移。因为司马腾被新任命为都督司、冀二州诸军事，镇守邺城，掌握了更多的军队与更大的权力，而且，他的哥哥东海王司马越是洛阳的执政大臣，他的另外两个兄弟，高密王司马略与南阳王司马模，一个都督荆州诸军事，另一个都督秦、雍、梁、益四州诸军事，整个王朝都在兄弟四人手中。流民们乐观估计，暂在冀州度过荒年，来年整顿兵马，光复家园并不遥远。

然而乱世已至，基于常态的逻辑不再成立。在此前的内战中，冀州属于司马腾兄弟敌对的那一方，两年前攻破邺城，大肆抢劫杀人的乌桓、鲜卑军队，则是司马腾的盟友。因此，邺城人痛恨司马腾，冀州人也厌恶这些来自并州的流民，称他们为"贼"。几个月后，石勒的军队进攻邺城，守军放弃抵抗，司马腾城破被杀。

流民们感到绝望，他们凄惨地称呼自己为"乞活"。

因为组织化程度高，且受过军事训练，乞活军的战斗力超越其他流民组织。他们继续效力于西晋王朝，在黄河流域、淮河流域、长江北岸，四处邀击匈奴、石勒。然而局面已开始土崩瓦解。没过几年，东海王司马越也死了，洛阳沦陷，皇帝被俘，王朝覆灭。光复并州成为幻想，乞活军再也没能返回家乡。

乞活军与石勒都来自并州，但视彼此为仇雠。乞活军痛恨石勒。他们的首领或出身士族，或出身地主豪强，或出身乌桓部落酋长，在并州有家宅田产，是社会中上层阶级。他们被司马腾招揽进政府，在数次灾荒中受到过司马腾的庇护，而石勒摧毁他们的家园，还杀死了他们的恩公。石勒也痛恨乞活军，原因是同一枚硬币的反面。石勒在并州时，依靠做小贩、佣耕过活，挣扎在社会底层。在以往的灾荒中，司马腾为筹集粮饷，同时为削弱胡人，出了个稗政：并州军队袭击羯人村落、捕捉大量青壮年后，押解到太行山以东贩卖为奴。为防止逃逸，司马腾采用了一种大长木枷，将两人锁在一起，这木枷十分沉重，而且中途不会解开。天气寒冷，山路崎岖，许多人走到一半就死掉了——石勒就是被掳掠的羯人之一，他被卖到冀州，做了好几年奴隶。数年之后，石勒起兵，积攒多年的怨毒终有机会发泄，凡是落入他手的晋朝公卿，很少能够活命。杀戮最惨烈的一次，近百位王侯、十余万晋军，无一逃生。乞活军如果成为俘虏，往往会被石勒活埋。

不过，也发生过这样一幕。在某次战役中，一支乞活军陷入围困，乞活军军官在阵前对石勒说："那些与明公争天下的人，明公不趁早图灭他们，却来攻击我们这些可怜的流民。我们是明公乡党，终当奉戴明公为主，何必咄咄相逼？"石勒心以为然，就此撤围——这支乞活军脱离困境后，继续与石勒为敌，他们的首领陈午临死前，特地叮嘱："不可效命于羯胡！"那个在阵前劝说石勒的乞活军军官，也在祖逖北伐时，因为作战骁勇而受到嘉奖。

尽管有作战勇猛之名，乞活军的战绩却并不好。这应该与他们的势力分散有关。乞活军始终没有形成统一的指挥，而是分成好几支，都以"乞活"为号，有时协同行动，有时各自为战，甚至还曾经相互攻伐——其中原因，或许是分散后便于筹集粮食，不过更大可能是他们来自并州的不同郡县，各自以宗族、部曲组成武装，实力均衡，谁也不服谁。最终被石勒各个击破。

因为离散度高，乞活军的活动区域十分广泛，冀州（今河北省南部、河南省北部）、豫州（今河南省东南部、安徽省西部）都有他们的身影。其中，冀州乞活聚集在黄河以北的广宗（今河北邢台附近），豫州乞活聚集在黄河以南的浚仪（今河南开封附近），两处都曾留有乞活军筑造的堡垒、高台等遗迹。

随着乱世的漫延，石勒的势力日益壮大，乞活军的处境则日益窘迫。西晋建兴元年（313年），冀州乞活被消灭，首领李恽、田徽先后战死，另一位首领薄盛是乌桓族，率部投降石勒。

豫州乞活多存活了六年。东晋建武元年（317年），祖逖北伐，到豫州收服诸坞堡武装，当时豫州乞活的首领陈川是前任首领陈午的族叔，并没有获得豫州乞活的全体拥护。祖逖一来，豫州乞活内部分裂，大兴二年（319年），一部分乞活军投降祖逖，陈川担心被祖逖吞并，竟投降石勒。石勒将陈川的部众五千户迁徙到广宗，与早已归顺的冀州乞活居住在一起。

乞活军与石勒之间的仇恨渐渐被时间抹平。在乞活军一方，随着最早一批首领纷纷战殁，昔日司马腾的恩情与故乡的样子，都已变得模糊并且遥远。在石勒一方，他的胸襟已随势力、野心一同扩张，并州毕竟是桑梓之地，况且石勒发现，乞活军中不仅有仇人，也有恩人——建兴元年那场战役里，石勒原本打算将冀州乞活俘虏全部活埋，直到他在人堆里发现了郭敬。郭敬本是并州邬县的大地主，石勒做佣耕时，种过郭敬家的田。在以往的饥荒里，郭敬接济过他衣食。石勒被贩卖为奴，差点死在半路，幸亏郭敬嘱咐他人加以照顾，才得以幸存——石勒最终赦免了这支乞活军俘虏，将他们全部划归为郭敬的部属。

冀州乞活、豫州乞活消亡之后，关于乞活军记载更加碎片化，从史书中零星闪现的痕迹，可知他们依然在流浪，主要活动于江淮之间，很可能是豫州乞活残留在河南那部分的后裔。为了生存，他们有的还做过佣兵。

乞活军最后一次出现，是在东晋元熙元年（419年），"时有一人邵平率部曲及并州乞活一千余户，屯（洛阳金墉）城南，迎亡命司马文荣为主"。当时东晋灭亡已开启倒计时，军政大权尽落刘裕之手。刘裕为扫平障碍，翦除东晋宗室，有一批复姓司马的王孙贵戚逃离江南，投奔后秦。但没过多久，后秦也灭亡了，这些司马家儿于是流离江淮之间，司马文荣是其中之一。

司马文荣随即在司马家儿的内讧中丧生，部属也被吞并。不久之后，北魏占领河南，这些人全都投降，那支乞活军想必也在其中。

此时距离乞活军离开家乡，已有一百一十三年。次年，东晋灭亡。

冉闵

冉闵出生于军人世家，先祖是黎阳营的军官。

黎阳津（今河南浚县）是古黄河（今已改道）北岸的重要渡口，与南岸的白马津一起，历来是兵家必争之地。东汉光武帝因此在黎阳设营，常驻军队。黎阳营的营兵起先有服役年限，到东汉中后期，已经演变成终生服役的世袭职业军人。直到东汉末年，黎阳营一直是北方重要军镇，当年司马懿的哥哥司马朗预感到战乱将起，想迁徙到安全的地方，他选择的避难地就是黎阳，因为"黎阳有营兵"。后来袁绍、曹操隔河对峙，黎阳也是双方往来争夺的重点。曹操统一北方后，黎阳的战略地位下降。黎阳营被裁撤，原黎阳营的营兵想必都被征召进曹魏的军队。冉闵的高祖辈、曾祖辈、祖父辈为曹魏效力，曹魏灭亡后为西晋效力，担任牙门将这种低级军官的身份——魏晋时期武人地位低下，这应该是他们能获取到的最高官衔。

冉闵的祖辈将家园安在魏郡内黄。内黄靠近邺城，土地肥沃，是个安居的好地方，但在晋末乱世中，最早受到冲击。冉闵的父祖率领宗族、部曲加入了乞活军，这支乞活军就是日后的豫州乞活，首领是陈午。

洛阳沦陷次年（312年），陈午的军队被石勒击破，冉闵的父亲冉瞻被俘虏。冉瞻的父辈兄长（如果有兄长的话）可能都已战死，当时的流民武装、坞堡武装首领大都是世袭，冉瞻成为这支宗族武装的首领。石勒看这支武装骁勇善战，要收为己用，于是将冉瞻改姓为石，命令石虎收为养子，当时冉瞻十二岁——赐姓攀亲、结异姓兄弟、收养义子，都是历代军阀笼络人心的常用手段，石勒用了全套。之前曾有乌桓酋长张訇督归顺石勒，两人结义，张訇督改名为石会。石勒自己收养的义子中，有不少汉人，史书明确记载的有石堪、石聪二人。

冉瞻的名字再次出现在史书，是公元324年左右。当时他二十四岁，率领后赵军队在淮河流域与东晋作战，攻陷了好些城池，杀死了好些东晋将领。史书上评价冉瞻"骁猛多力，攻战无前"，他也因军功被封为西华侯。这些评价与爵位，应该都是通过与东晋作战获得的。

冉瞻死于公元328年，前赵、后赵两国开战，冉瞻随石虎在高侯原对阵匈奴刘曜，后赵大败，士卒的尸体相枕二百余里，冉瞻战死，死时二十八岁——冉闵的生年不详，假设冉瞻十八岁生子，当时冉闵十岁左右。

冉瞻算是为石虎鞠躬尽瘁、死而后已，石虎对冉闵十分关照，"抚之如孙"。冉闵继承了父亲的爵位与军队，虽然年幼，却已体现出果敢勇锐的气质。长大之后，果然是名良将，"身长八尺，善谋策，勇力绝人"。

冉闵初露头角是在公元338年，石虎东征前燕，将慕容皝围在棘城，围城不克，退兵时被前燕追击，大败而归。诸军丢盔弃甲，唯独冉闵所部一军独全，由此知名。当时冉闵才二十岁左右。此后，冉闵曾到汉江流域，参与对东晋的作战，不过只担任偏师的统帅。真正令他接近权力的，是平定梁犊叛乱。

梁犊叛乱是石虎杀石宣事件的发酵。当年石邃要弑父，石虎不仅屠灭儿子满门二十六口，还杀尽石邃党羽及东宫官员二百余人——太子原本好好的，为什么要弑父？肯定是你们这群人教唆坏的。

没想到，换了个太子石宣，竟然也要弑父。石虎实在想不通，他在朝堂上叹息流涕，说："我真想剖开肚子，拿三斛石灰洗涤肚肠，何以总是生出恶子，年过二十就想谋杀老父！"——总归又是人教唆的。

这一次，石虎将东宫宦官、太子卫队的军官三百多人，全部车裂肢解，尸体抛入漳水。但仍不解恨，索性将东宫地基挖开，倒入污秽，养猪、养牛；东宫卫士十余万，全部发配西北凉州。

将东宫用来养猪，东宫不会抗议，但将数万军队成建制地发遣边疆，则十分危险。况且这还不是一支普通的军队，石宣做了十几年的实权太子，对麾下护卫精挑细选，东宫卫士被称为"东宫高力"，地位、供养仅次于护卫石虎的"龙腾中郎"。石宣曾率领这支军队南征东晋、北伐鲜卑，全是得胜归来。无论是兵源、作战素养、战斗经历，这支谪戍军都优于寻常军队。

起初，这些谪兵还没有想到要反叛，被豢养了十几年，衣锦食甘、作威作福，一时无法相信自己已经被抛弃。他们顺从地接受谪谴，从邺城出发，向西过太行山、渡黄河、入潼关，横穿渭河平原，在流放中度过了永和四年的除夕。

一直走到雍城（今陕西凤翔县），后方传来赦令：石虎称帝（此前只称后赵天王，没有称皇帝），大赦天下，但是，参与石宣叛乱的东宫谪兵不得赦免——他们终于明白，自己被弃之如敝履了。

后赵的地方官员到此时也明白了石虎的心意，负责押送的雍州刺史张茂夺走谪兵的马匹，让他们推着小车，徒步去戍所。这个举动如同火星，点燃了怨气，谪兵们终于反了。没有盔甲、兵器，他们就以斧子、树杆为武器，在冷兵器时代，这依然能组成一支可怕的军队。

叛军多是汉人。叛军首领梁犊，原为东宫高力军督将，也是个汉人，反了后赵，就自称东晋征东大将军，率众打回中原去。

哀兵必胜，兵法又说，归师勿遏。后赵安西将军刘宁来镇压，战败；叛军打到长安，长安守将石苞尽全力抵抗，战败；叛军杀出潼关，石虎派汉将李农、冉闵和羯人张贺度率领步骑十万，邀击于新安，战败；叛军逼近洛阳，李农再次邀战，再次战败，退守成皋关（今河南荥阳）。成皋关是当时的战略要地，它另有一个著名的称谓，叫虎牢关。

叛军绕过成皋关，抵达东边的陈留郡，陈留郡内有延津、文石津等渡口，从这些渡口渡过黄河，就是后赵的京畿。石虎慌了。但是，他可以派遣的军队已经不多。

由于史料的散失，十六国的兵制无法得到详细的研究，但可以确定，当时各政权都存在大量私属武装。这些私属武装的士兵只效忠于各自的首领，政权统治者或用金钱、土地、权力赎买，或用武力胁迫，使这些首领效忠于自己。当然，如果有首领不服从统治，或者过于强大，对政权构成威胁，统治者也会将那支军队消灭或者吞并。民族不同，私属武装的构成也不同，胡人军队主要由同族的部落民构成，汉人军队则主要由宗族、部曲、乡党组成，比如上文提到的坞堡武装、流民武装等。

这样的私属武装，在后赵政权中尤其多。羯人的数量本来就少，不像匈奴、氐人、慕容鲜卑兵马强盛，前赵、前秦、前燕诸政权依靠本族军队就足以攻城略地、震慑不服，后赵做不到。而且羯人主要聚集在并州，石勒却是被贩卖到冀州数年后在冀州起兵的，因此后赵早期军队中羯人并不多，最早追随石勒的"十八骑"中，有汉人、有羯人、有匈奴、有乌桓、有月支胡，甚至还有流落中原的天竺人。势力壮大之后，后赵军队中又增加了鲜卑、羌人、氐人、巴氐，其中汉人与乌桓最多。按史籍中记载的数据简单相加，后赵早期军中的汉人有十余万、乌桓数万。石勒补充兵源的方式，一是掳掠人口，仅在起兵后第三年的一次扫荡中，石勒就拉了五万汉人壮丁；二是吸引胡、汉私属武装的加入，所以他需要结义异姓兄弟，认养子养孙。

建立政权后，石勒、石虎都试图建立中央直属的精锐军队。石勒曾到并州招募羯人，迁徙到邺城、襄国。羯人被称为"国人"，享有特权，史书上多次留下羯人抢劫汉人、横行不法的记载。不过羯人组成的军队战斗力并不可靠，当后赵政权濒临险境，这支军队并没有特别出色——这种表现符合逻辑：赤贫时生无可恋，打战不惜命，到邺城后抢劫致富，要享受，自然舍不得死。石勒、石虎心里有数，因此，他们又陆续从各地迁来数十万羌人、氐人、巴氐等（数十万羌、氐百姓，并非数十万军队），拱卫京畿。

石虎又招募健勇，加以官爵，组成禁军，赐名"龙腾中郎"，同时让太子也招募，组成东宫高力军。异族人客居他乡，孤立无援，贫寒子弟需要摆脱贫寒、出人头地，都不会不拼命。

整个邺城，召之能战、战之能胜的，大概只有四支军队：石虎的"龙腾中郎"禁军、太子的"东宫高力"军、氐人的军队、羌人的军队——氐、羌军队分别屯集在邺城南边的枋头与北边的滠头，听命于氐人酋长蒲洪与羌人酋长姚弋仲，前秦、后秦政权即脱胎于此。

如今东宫高力叛变，地方守军、邺城派去的普通军队根本不是对手，叛军将要渡过黄河了，但龙腾中郎是石虎最后的王牌，而且需要守卫京师，不可能派出去平叛，那么，只好求助于氐人、羌人。

这实在是不得已。石虎迁徙这些氐、羌到肘腋之下，一方面固然是想强壮京畿军事，但更重要的原因是忌惮这两支势力强大难制，迁到身边，就近监视。如今反而要向他们开口借兵，自曝虚弱，恐怕将有后患。但是，顾不得了。

永和五年（349年），羌人姚弋仲七十岁、氐人蒲洪六十五岁，他们从太康盛世（280-289年，"太康"是晋武帝的年号）一直活到西晋覆灭，都是乱世里成精的人物，手握强兵，窥视乱世。对于未来，石虎相信二人各有打算。蒲洪城府难测，已经称病许久，不来朝觐，石虎只能期待姚弋仲。

当初石虎篡位杀石弘，满朝文武都上表称贺，及时站队，唯有姚弋仲称病不上朝。石虎召唤他好几次，怏怏而来，劈头就问：弋仲一直以为大王是当世英雄，怎么能做篡夺的事情，辜负先帝临终把臂相托的期望呢？令石虎好不尴尬，要不是忌惮羌人军事强大，早就将这老羌腰斩了。

乱世里，这样的人已经很稀少了吧？或许可以信任。石虎召姚弋仲来邺城觐见。

当时石虎的病已经很重，姚弋仲到了邺城，石虎又拒而不见，只派人赐予自己所用的御膳——身体如此虚弱，石虎害怕姚弋仲知道实情后会生异心。姚弋仲大怒：主上召我来，肯定是要面授方略，我难道是为了吃饭而来的？不见面，我怎么知道主上是死是活！

石虎只好召入相见。姚弋仲看到石虎一脸病容，说：儿子死了，愁出病了吧？儿子幼时不教，长大谋逆，你又迁怒于下人，责罚太过，所以他们要造反。你病成这样，新立的太子年幼，万一病好不了，天下必定大乱。你安心养病，不要忧心叛贼。老羌替你平贼。

臣子对皇帝如此说话，大不敬，不过姚弋仲风格如此，无论尊卑，开口都是你呀我呀，没有忌讳。石虎挨这顿数落，默然无语，一来有求于人，二来人家说得对。姚弋仲有四十二个儿子,与这些虎子相比,石虎的儿子们止犬豕耳。

石虎封姚弋仲为使持节、征西大将军,赐以铠马。姚弋仲盘马于殿前,笑道:"你看老羌这身手,还能破敌杀贼否!"说罢策马南奔,不辞而出。跟在他身后的,是八千精锐羌族骑兵。

这一刻,石虎或许有些失落。他比姚弋仲年轻十五岁,但是已经连战马都骑不上了。石虎年轻时,可是以弓马娴熟闻名于军中的。

平叛军队的主力是羌军,挂名统帅则是石虎的儿子石斌。石虎任命石斌为大都督中外诸军事,率领姚弋仲部、蒲洪部,南渡黄河,邀击梁犊。

双方在荥阳决战,梁犊在装备上吃了大亏。

马镫大概是在东汉晚期发明,然后被迅速广泛运用的,这项发明改变了古代战争的形式。在没有马镫的时代,骑兵在马上只能靠双腿夹住马鞍来稳定身姿,这个姿势限制住骑兵的战术动作(动作太大会摔下马),也限制了骑兵的装甲重量(铠甲太重容易失去重心摔下马)——严格来说,战马只能算运输工具,骑兵到了战场,还得下马厮杀。而马镫则解放了骑兵,大大降低坠马的危险,骑兵可以在马上灵活使用各种兵器,即使他们什么都不做,仅凭战马奔腾的强大动能,就足以冲垮对方的阵形。于是诞生了全新的兵种:重装骑兵,当时称作甲骑具装。十六国到隋唐的四百年,是甲骑具装的天下。骑兵们不仅自己全身披挂,还给战马也披上马铠。人、马、铠甲的重量加起来有数百斤重，一旦战马全速奔跑，就是一辆微型坦克，碾压那个时代的一切对手。冲锋的骑兵手持马槊，锋刃长而沉重，足以贯穿任何盾牌、铠甲和躯体。特别是在适合冲锋的平原作战，成千上万匹铠马组成阵型往前冲，地动山摇，简直是无敌的力量。

不过甲骑具装有一个缺点：它太贵了。培育战马本来就非常费钱，以当时的工艺条件，打造覆盖人、马全身的铠甲更是一笔庞大的支出。此外，高机动的作战方式对于兵器的质量提出更高要求，仅仅是制作一支合格的马槊，就要耗时良久，选材、成本都远非普通枪矛可比。

威力惊人、造价昂贵，决定了甲骑具装只能装备最精锐的军队。这一次后赵的军队里，有一万重装骑兵。

梁犊的军队全是轻装步兵，之前遇上的后赵军队，装备虽然比他精良，但毕竟不是代际间的差异，可以用体能、士气来弥补，而这一次，悬殊实在太大了。况且后赵守军尽管屡战屡败，但成皋关等关隘险要并没有丢，梁犊数量庞大的叛军游荡在无险可守的平原——这是重装骑兵最喜欢的战场。

战役的结局没有悬念，骑兵碾压步兵，重甲碾压轻甲。

梁犊的首级被送往邺城，换来三个公爵：石虎封姚弋仲为西平郡公、蒲洪为略阳郡公、冉闵为兰陵郡公——因为有谶言"灭石者陵"，石虎将兰陵郡改名为武兴郡，冉闵于是又成为武兴郡公。

李农率部返回邺城，冉闵与姚弋仲、蒲洪等人继续向西，寻找并消灭梁犊余党。

前线战事很顺利，后方出了大事。

石虎死了。

新君的废立

后赵君臣商议新太子人选时，有人提名石斌、石遵。石虎在世的儿子中，这两位最年长，而且都有处理政务、领兵打仗的经验。乱世之中，国赖长君。

然而石虎心存疑忌。在他看来，石斌、石遵与其兄长石邃、石宣没什么不同，甚至更加糟糕。石斌早年曾经犯下过失，被石虎鞭挞三百，差一点杀掉，其母齐氏也因此被杀；石遵则是石邃的同母弟弟，石邃被废被杀，母亲郑氏和石遵都受到牵连——石虎不能确定这两个儿子是否心怀怨恨。他的儿子们，就如中了诅咒一样，"年过二十就想谋杀老父"。

石虎中意的人选是石世。石世的母亲是前赵安定公主，前赵君主刘曜的幼女，前赵灭亡时，她只有十二岁，被石虎收入后宫。石虎之前两任皇后都是倡伎出身，石虎觉得，儿子没教育好，或许与母亲有关系，所以这次他想挑一个贵族出身的皇后。更令石虎安心的是，石世只有十岁，还没有弑父的能力，而等他长到二十岁，石虎说：我差不多都快要死啦！于是永和四年（348年）十月，石虎策立石世为太子，并任命汉人条攸、杜嘏为太子太傅、太子少傅，郑重嘱咐要将太子教好——杜嘏是当年石弘的老师。石虎瞧不起文弱的石弘，可到头来还得承认，汉人的教育方法是正确的。在此之前，石虎的皇子们都是养在佛寺里的。

暴君独夫，大都讳言死亡。石虎自认为起码还有十年寿命，后赵臣子想必也没人敢于直言他的病情。到永和五年（349年）四月，石虎已经卧床不起。

权力难以和平交接，是专制政权无法治愈的痼疾。当专制君主的躯体接近死亡，是历代宫廷政变的高发时段。后赵的故事毫无新意，故事一方的主角，是戎昭将军张豺与新晋皇后刘氏。

张豺本是广平郡的大坞堡主，手下有兵数万，三十年前石勒扫荡司州、冀州时，投降石勒，算来也是后赵老臣。张豺是汉人，但读书少，短于谋略，不如张宾、程遐等谋士，打仗又不如那些胡人将军，是靠资历混饭吃的庸庸之辈。当年石虎攻灭前赵，张豺随军出征，在乱军中俘获年仅十二岁的安定公主，看公主长得美丽，于是送到石虎帐中——这本是一次无意的献媚，但后来随着刘氏生下石世，就奇货可居。而刘氏以亡国后裔，孤身生活在敌国宫廷，当然也需要外援，于是与张豺结盟。

得知要立新太子，张豺说动石虎选择石世。他的心思，是看石虎不久于世，以后石世幼主继位，必定需要大臣辅政，以自己与刘氏的关系，辅政大臣的人选非己莫属。当时张豺已年过五旬，或许正是这年龄让刘氏产生信任感。但严重的内忧外患被视而不见了：外患是当时石虎好几个儿子手中有兵，石鉴率羌、氐精兵在河南平叛，石遵镇守着北方蓟城，石苞镇守着西方长安；而内忧则来自张豺与刘氏的民族，他们一个是汉人、一个是匈奴，素无威望，如今骤得权力，后赵的勋臣宿将不会服，邺城内外的羯人百姓也不会服——别说羯人，汉人也不服。比如李农，他是当初促成石世立为太子的重要人物，但张豺与李农的关系迅速恶化，到了你死我活的地步。

这里里外外的不服，仅凭"太子"二字是压制不住的。石虎在世，无人敢违忤他的心意，可石虎马上就要死了，孤儿寡母何以自存？张豺应该没有考虑过这个问题。

石虎陷入间歇性昏厥，张豺与刘氏拦住了所有试图探视的臣子，外臣无法知晓石虎的真实病情。

四月乙卯，内廷传出诏令：任命彭城王石遵为大将军，镇守关右；燕王石斌为丞相，录尚书事；张豺为镇卫大将军、领军将军、吏部尚书，三人一起受遗诏辅政。这道诏书的用意，是让张豺掌握禁军与人事任免权，将石遵赶到关中去，同时稳住石斌。

石遵从蓟城赶到邺城朝觐，但没能见到石虎。张豺给他调配禁军三万，说是护送去关中，实际就是押解。石遵没有办法，哭泣而去——他不敢质疑诏令的真伪，也知道石虎不喜欢自己。石邃、石宣的死法，令石虎的儿子们不敢对父亲有半点违忤。

石斌更好对付，他当时在襄国，手中无兵无权。刘氏说石斌在父亲重病时期纵酒打猎（纵酒打猎或许真的有，石斌原本就是不知轻重的人），无忠孝之心，免去官职，软禁家中，派由五百龙腾中郎监视居住。石斌同样不敢质疑反抗，他也知道父亲不喜欢自己。

石遵抵达邺城那一天，石虎的神志稍微有所恢复。他知道糟糕了，自己旦夕且死，没有时间等待石世成长为合格的统治者。自己死后，政权会被篡夺，石世会像当年石弘一样被人杀死……所以，必须要更换太子。

石虎依稀记得曾经召唤石遵来邺城，便问左右：石遵来了没有？左右都是刘氏与张豺的人，当然不会让他们父子相见，说来了，不过已经去关中了。石虎叹口气，说，好遗憾，不能相见。很快，又神志不清了。

石虎再次醒来，已是回光返照，不仅神志清醒，还能下床走动。左右搀扶着他，挪到好久没有驾临的太武殿西阁。此前石虎形同被软禁，不仅外臣见不到他，儿子见不到他，连守卫宫殿的龙腾中郎也见不到。太武殿里有两百多名龙腾中郎是石斌的党羽，此刻孤注一掷，围过来齐刷刷下跪，说，陛下圣身不安，请召燕王（石斌）职掌禁军、守卫宫城。有的甚至直接喊"请立燕王为皇太子"。

石虎很奇怪，他一直以为石斌就在宫里候旨。或许他曾经召石斌入宫，但显然这道旨意没有得到执行。石虎问：燕王不在宫中么？快叫他过来。左右无人行动，那两百多名龙腾中郎也不敢动——太武殿里数千禁军，两百人稍有异动，立毙刀下——有人讪讪答道，燕王喝醉了，不能觐见。

这是构陷，真当石虎老病得糊涂了。石虎压住怒气，赌上自己的威严，最后一搏：快，用步辇将燕王抬过来，我要传授他玺绶！

依然无人行动。石虎赌输了，他彻底失去权力，一个垂死老匹夫而已。

石虎又一阵眩晕，左右趁机搀他回寝殿。张豺派人杀死了石斌。刘氏矫诏任命张豺为"太保、都督中外诸军、录尚书事，如霍光故事"。

四月己巳，石虎咽下最后一口气，想必死得并不甘心。太子石世即位。

刘氏与张豺松了一口气。刘氏临朝称制，直接掌握朝政。张豺着手清除异己，他想杀李农。李农是乞活军领袖，闻讯连夜逃到乞活军的聚集地广宗。乞活军生于忧患，居安思危，在居住地附近的上白修筑了坚固的堡垒。张豺派遣龙腾中郎追杀到广宗，乞活军退守上白，龙腾中郎攻克不下，双方陷入相持僵局。

石遵、石鉴也松了口气，父亲已死，没有什么可怕的了。押解石遵的龙腾中郎原本就三心二意，走走停停，在河内郡平皋县的李城,他们遇上了平叛归来的石鉴大军——说是巧遇,肯定是事先约好了的。石鉴见到石遵,说,殿下年长并且贤能,先帝原本就打算以殿下为嗣君,晚年受张豺那奸人蛊惑,才错误选择了石世。如今女主临朝,奸臣当道,禁军相持于上白,邺城空虚,殿下如果进兵邺城,声讨张豺的罪行,邺城臣子必定开门倒戈迎接殿下。

有人要拥戴自己做皇帝,石遵当然说好。

当时石鉴麾下主要是这样几支军队:姚弋仲的羌人军队、蒲洪的氐人军队、匈奴刘宁的军队、段氏鲜卑段勤的军队与羯人养孙冉闵的军队。对于羌人、氐人、匈奴、段氏鲜卑而言,这是你们羯人的家务事,没必要掺和进去,因此进攻邺城的事只能拜托冉闵。

石遵对冉闵说:努力!事成之后,立你为储君。

于是向邺城进发,黄河南岸镇守洛阳的洛州刺史刘国听说了,率领洛阳军队也加入进来,石遵的军队达到九万,冉闵为前锋开路,直逼邺城。消息传到城内,后赵的勋臣宿将乃至普通羯人士兵都说,天子的儿子来奔丧,我们应当去迎接,何必要替张豺守城?纷纷翻墙出城,张豺当场斩杀几个逃兵,但无济于事。到最后,连张豺的副手张离都倒戈,率领两千龙腾中郎打开城门,迎接冉闵入城。

刘氏与张豺都慌了神。刘氏哭着问怎么办?给石遵加官加爵,有用么?张豺失魂落魄,话都不会说了,只说唯唯,表示遵命。于是刘氏任命石遵为丞相,领大司马、大都督、督中外诸军事、录尚书事，加黄钺、加九锡。刘氏把军政大权全都交给石遵，想保住母子性命，但在此时，其可得乎？

石遵从凤阳门入邺城，先到太武殿哭灵，然后下令将张豺拖到邺城平乐市上斩首，夷三族。然后逼刘氏下懿旨，石世退位，石遵即位为帝。

这是石虎死后第二十三天的事。没过多久，石遵杀掉刘氏、石世母子。

石遵即位的第五天，一场暴风雨袭击了邺城，雷电交加，狂风拔断大树，混杂在暴雨中砸下来的冰雹，据说有装米一升的钵盂那么大。

那天，邺城皇宫两大主殿，太武殿、琨华殿，都发生火灾，火势蔓延到其他楼阁，半条街连同皇帝出行的乘舆，均荡然无存。邺城皇宫以水景丰富著称，又有数万精壮把守，发生这么严重的火灾并不寻常。究竟是纯粹的天灾、是肃清宫内异己的杀伐，还是一场未遂的兵变？已无从知晓。

石遵的统治就如这天气，风雨如晦。他的困境在于缺乏足够的政治、军事实力，又因为杀石世上位，合法性遭到挑战——后赵并不讲究嫡庶之分，石世死后，与其他兄弟相比，石遵并没有特别的优先权，而石世毕竟是石虎钦定的嗣君。石遵的兄弟们会这么想，如果你杀了石世便可取而代之，那杀了你石遵，我是否就能上位？石遵给几个有实力的兄弟，石鉴、石冲、石苞、石琨，加官晋爵。大概是为吸纳石斌的余党，他策立石斌的儿子石衍为太子，似乎忘掉了在李城对冉闵的诺言。

石遵任命冉闵为辅国大将军、都督中外诸军事、录尚书事。这是将军权、政权都交给了冉闵，显示他毫不怀疑冉闵的忠诚。这或许与冉闵善于逢迎，尤其是获得石遵母亲郑氏的信任有关，但也有可能是石遵视冉闵为家奴（冉闵毕竟不是真的姓石），一开始就没想兑现诺言，他根本没在乎对方的想法，就如后世满清主子对包衣的态度。另一方面，石遵确是无人可用，兄弟们觊觎着他的位置，勋臣宿将们各怀肚肠，他必须依赖冉闵。

不久，镇守蓟城的石冲以弑杀石世为名，发兵攻打邺城。李农、冉闵邀击于半路，俘获并赐死了石冲，坑杀其士卒三万余人——损失这么多士卒，蓟城防守必定削弱，一年后，前燕攻占蓟城，几乎没有遭遇抵抗。

石遵的另一个兄弟、镇守长安的石苞，也在筹划军队出关，去攻打邺城。以长安军队的实力，这是不可能实现的目标。下属纷纷劝他放弃，而石苞大有乃父之风，一口气杀掉了一百多个劝谏者。消息就此走漏，石遵派羯人王朗率领两万骑兵到长安，将石苞押回邺城。

旁观者清，后赵大乱将至。

蒲洪、姚弋仲以及麾下氐人、羌人，当初受后赵胁迫，被强迁到河北平原。他们怀念远在关陇的故乡，但此时羁縻松了，却又舍不得走。中原鹿正肥呀，错过可惜。段氏鲜卑的段勤，其父辈、兄弟辈多被石勒、石虎所杀，段氏鲜卑的国家被石虎所灭，段勤不得已，降于后赵，此时屯于黎阳要津，筹划复国。这些军阀保存着实力，静观时变。他们观察的主要是冉闵。

冉闵已然是后赵最有权势的人，不过很显然，他并未满足。大家看到冉闵打开官仓，分发粮食给邺城内外的饥民；大家又看到冉闵将守卫殿中的龙腾中郎一万多人擢升为殿中员外将军，全部赐爵为关外侯，配以宫女。权臣树立私恩，甚至拉拢禁军，这是要做什么？更令人侧目与遐想的，是冉闵与李农的关系，这两位汉人将领走得太近了。

李农是后赵晚期的重要人物。这个名字首次出现于史籍是在咸康元年（335年，冉闵只有十几岁），当时石虎刚刚获得政权，李农被赋予特殊使命，代表石虎每天向高僧佛图澄问安。这是一个看似琐碎微小，却只有心腹才可以放心托付的任务。

李农当时的官衔是司空。司空是两汉魏晋的三公之一，一品官衔，到十六国时期已经只是表示荣誉的虚职，一般只授予有功有德的勋宿。石虎掌权伊始，就将此官衔授予李农，说明他在石虎篡位过程中立有功劳，这是报酬；另外也说明，李农有比较深厚的资历，他当时应该已经不年轻。此后十多年，李农一直得到石虎的信任，石虎时代的军国大事，比如南征东晋、东征段氏鲜卑慕容鲜卑、西征前凉、平定梁犊叛反等，李农都是重要的军事指挥者。石虎选择石世做太子，事前也专门咨询过李农的意见。

然而，李农对石虎的忠诚却十分值得怀疑。石虎选太子，满朝皆知不该选石世，然而除了一个不怕死的大司农曹莫，谁都不敢劝。李农在此事中尤其积极，他人只是从众附和，李农却与张豺、张举一起倡导，石虎心中大慰，说"张举、李农知朕意矣"——以石虎对李农的信任，石世能成为嗣君，李农的功劳恐怕更在张豺之上。两人日后迅速交恶，或许就是因为张豺想独吞权力，拒绝支付李农的酬劳。

本质上讲，李农与姚弋仲、蒲洪是同一类人，只是更加隐蔽。十六国盛产这种忠心耿耿的背叛者，形势一变，立场随时可以切换。如果前秦没有淝水之败，慕容垂、姚苌大概就会以前秦忠臣良将的身份，留诸史籍。然而，用"背叛"这个词，又不够准确，毕竟前秦攻灭了慕容垂的故国，杀死了姚苌的兄长，谁欠谁更多一点，不容易算清。乱世，本就是一笔乱账。

李农与冉闵都是乞活军后裔，冉闵是豫州乞活那一支，李农是冀州乞活那一支。冀州乞活归附石勒后，一部分由郭敬统领，被派往南方，驻守在长江北岸，与东晋争夺樊城、襄阳。郭敬担任后赵荆州刺史近十年，卒年不详，后来有一个前秦的荆州刺史也叫郭敬，两个郭敬现于史书的年份相隔二十三年，想必不是同一人。冀州乞活的另一部分，应该一直生活在北方据点广宗。李农与乞活军的早期首领李恽应该存在亲属关系，李恽与羯人交战时战死，李农继承了领导权，归附石勒，被划到石虎麾下，这份经历几乎与冉瞻一样。

石虎生前，君主过于强大，压得各族都透不过气，民族间的冲突反而不明显。石虎一死，陡然轻松，各族军阀想要伸伸腿，这时就感觉隔壁的异族人挤占了自己的空间。非我族类，其心必异，于是很自然的，冉闵、李农彼此感到亲切，他们都是汉人，他们都来自乞活军。

杀胡令

永和五年（349年）十一月的一天，石遵秘密召集兄弟石鉴、石苞、石琨、石昭，到郑太后跟前开会。最高权力的闭门会议，往往涉及生死。石遵说，冉闵谋反的迹象越来越明显，我打算杀了他，如何？

其他人都说好，郑太后舍不得，说，李城回师，没有棘奴，哪有我们母子今日？年轻人得意时难免会骄纵一点，不要动不动就想杀人。棘奴，是冉闵的小名。

郑太后显然不知道宫外的形势。几天后，等她意识到错误，已经来不及了。一伙禁军士兵冲入寝宫，拖走郑太后，连同石遵的皇后张氏、太子石衍，全部处死。

另有禁军将领苏亥、周成，奉冉闵与李农的命令，率领三千禁军去捉石遵。石遵正与宫女玩弹棋，看到周成满脸杀气,自知死之将至,倒也不慌,问,我死之后,谁做皇帝?

周成回答:义阳王石鉴当立!

原来是这个兄弟泄露会议的消息,出卖了自己。石遵叹息说,我尚且如此,石鉴能做几天皇帝呢?

这个问题周成回答不了,他抽出刀,将石遵砍死在琨华殿内。石遵在位一百八十三天。

石鉴即位,任命冉闵为大将军,封为武德王,任命李农为大司马,两人并录尚书事,共同执政。此外,又任命郎闿为司空,刘群为尚书左仆射,卢谌为中书监。

这些人事任命严重刺痛了羯人的神经:冉闵与李农,来自羯人的世仇乞活军;刘群与卢谌,来自石勒当年的劲敌、西晋并州都督刘琨的军队,他俩一个是刘琨的儿子,一个是刘琨的姨甥,刘琨死后,他们投奔段氏鲜卑,公元338年,石虎消灭段氏鲜卑,逼于无奈,这才归顺后赵——这不是羯人的朝堂,这是汉人的朝堂,而且这些汉人,都曾视羯人为死敌。

邺城的羯人愤懑并且惶恐,他们被称为"国人",然而这个国,眼看就不是他们的了。

而在冉闵这一方,肯定也无法忘怀半年前兵临邺城时,羯人士兵纷纷翻墙而出,"不替张豺守城"的场景。

这种局面,双方都觉得,大概只能动刀子了。邺城变得如此不安全,令人忍不住想逃离。

十二月的某一个深夜,石鉴派遣石苞袭击冉闵、李农所在的琨华殿，不胜，石苞反被擒获。石鉴立刻假装不知情，杀石苞灭口。

石虎的另一个儿子石祗人在襄国，冉闵控制不到。石祗联合蒲洪、姚弋仲，传檄四方，号召攻进邺城，诛杀冉闵、李农。

冉闵与李农派石琨、张举、呼延盛等人率领步骑七万，去讨伐石祗等人——石祗、石琨不可能为了冉闵手足相残，冉闵的真实目的是支开这支军队，进一步削弱邺城内石氏的力量。这些离开邺城的人中，张举是石氏的死忠，呼延盛是匈奴。

石琨离开邺城，果然没去攻打襄国，而是直奔军事重镇信都，观望形势。

邺城皇宫内，忠于石氏的臣子又发动了数次未遂的袭击，他们要铲除的对象不包括弑君上位的石鉴，只有冉闵、李农。这说明冲突的主要诱因还是民族对立。

三千羯人士兵在宫中拜祭胡天神的寺庙中聚集。羯人与他们的中亚祖先一样，信奉拜火教，拜胡天神，选择这个地点集合，是祈求神灵赐予力量。这是羯人最大规模的一次袭击，宫城被迅速占领，石鉴在高台上隔空鼓励他们："卿等都是功臣，好好替朕效力。别担心没有回报。"不过当冉闵、李农的军队攻破金明门，石鉴又派人向冉闵示好："有反贼！爱卿快讨伐他们！"

战斗很快溢出宫外，宫中琨华殿到城北凤阳门，尸体相枕，街面上血流成渠。全城观望，冉闵很紧张，邺城异族人基数庞大，此时只要有一部分上街响应，就会如雪山崩溃，小小一撮，引发全面的塌陷。

羯人失败了。冉闵立即传令城内外："六夷敢称兵仗者，斩！"——禁六夷，不禁汉人。

这道命令引发了大逃亡。那些忠于石氏但在犹豫中错失机会联合起来反击的后赵臣子，有羯人、汉人、匈奴以及其他异族人，或翻越城墙，或硬闯城门关卡，逃离邺城，投奔襄国。仅仅龙腾中郎，就逃走一万多人。

这个数据令冉闵震惊，他大开城门，取消关卡，传令：叛乱已经平定，其他人概不追究，从今往后，与我同心者留下，不同心者随意去留。

这是一个阳谋。冉闵想知道城中是否还有潜在的敌人，如果有，让他们自己站出来。

城里的羯人举家携口，纷纷向城外涌去，城门因此堵塞；而城外汉人闻讯，即使在百里之外，也纷纷赶来。看来，羯人的敌意是无法消除了。邺城内部，有几十万羯人百姓，邺城之外，还有十几万羯人军队……邺城是冉闵唯一的据点——既然不能为我所用，杀光他们吧！冉闵颁布了一道严酷的命令，鼓动汉人不论文武，都上街去杀人，"斩一胡首送凤阳门者，文官进位三等，武官悉拜牙门（将）"。

此时，邺城的羯人能逃的都逃走了，剩下不能逃的，主要是老弱妇孺。冉闵的军队堵着城门，向城里搜索。羯人是中亚人面相，高鼻梁、深眼眶、多须，这降低了辨别难度，杀羯人，就变成杀高鼻梁、深眼眶的人，只要长这副模样，不分贵贱、不分男人女人、不分老人小孩，皆可杀了去换官爵——以成建制全副武装的军队，对付一团散沙的平民，这富贵来得太轻易。

冉闵亲自率领屠杀，成果斐然，"一日之中，斩首数万"，几天累积下来，达二十余万。尸体被抛弃到城外荒野，喂饱了附近的野狗豺狼。

屠城在当时，就如地震在今日，稀少但时有发生，令人惊骇但并不十分意外。杀人盈城盈野的时代，自己的性命看得轻，别人的性命也看得轻。那个大乱世里，胡人屠过汉人，胡人屠过胡人，汉人屠过汉人。这一次很难得，是汉人屠胡人，于是后世有了叫好声，似乎扬眉吐气了一回。

羯人，起码有些羯人，确实有该死的理由。

战争时期，石勒屠过的城池，杀死的晋朝公卿百姓，为诸胡之冠。仅是永嘉五年（311年）豫州宁平城一役，石勒以骑兵围猎步兵，晋军主力十余万人无一幸免，随军的晋朝公卿及宗室四十八王，都被活埋——东晋的公卿百官，几乎家家与石勒有仇。石勒造成的间接死亡，或许更在直接杀戮之上。很长一段时间里，他都没有固定根据地，一直是流寇式作战，每到一处，劫掠一空，时人称之为"胡蝗"。乱世之中被抢走粮食，就是被判了缓慢的死刑，那种死法，还不如一刀抹喉。

后来，后赵统一北方，社会秩序有所恢复。羯人成为新政权的特权阶层，横行无忌，石勒要求各族百姓称羯人为国人，不许提"羯"字与"胡"字。后赵设有专门的司法机构，处理与羯人相关的讼诉，主持这个机构的官员，也是羯人。这个机构应该没有发挥什么作用，因为当时羯人与其他民族（主要是汉人）打交道并不会吃亏，而吃亏的一方经过理性思考，绝大多数也会选择忍气吞声。

史书不止一处留下羯人抢劫的记录，受害者多是汉人，其中不乏石勒身边的汉人官员。石勒获知羯人抢劫之后，并没有去制裁抢劫者，而只是赐予受害者财物，补偿其经济损失，最高统治者如此为抢劫行为背书。当然，石勒也下过命令"不得侮易衣冠华族"，不过羯人们显然知道这些命令是可以不遵守的。汉人程遐的妹妹替石勒生下世子石弘，他本人也是石勒后期最为倚重的谋臣，然而，当程遐得罪了石虎，石虎派人洗劫其家宅、奸淫其妻女时，程遐甚至都不敢向石勒告状。石勒身边的人都有此遭遇，普通汉人是怎样的处境，就不难想象了。相对开明的石勒时期尚且如此，到石虎时期，普通汉人是怎样的处境，就更不难想象了。

怨恨如雨水渗透到地下，看不见，但一直在。积攒多了，总会溢出地面。然而，扬眉吐气却是个错觉。

屠城的一方，是石氏豢养多年的爪牙，战争时期攻陷城池，杀戮晋朝官民，他们有份；后赵统一北方，统治者率兽食人，他们就是马前驱使的那些兽。或许，他们也时时刻刻受着羯人的欺压，但转过身来对付汉人百姓的时候，嘴脸并不比羯人善良。而被屠的一方，几乎都是没有抵抗能力的羯人普通官吏与百姓，他们处于特权阶层的中下层，对于上层政治的疾风骤雨反应迟钝，又因为小有家产，恋恋不舍，自以为局外之人，足以避祸，不想刀斧就砍上门来。而那些有能力作恶的羯人权贵消息灵通，大多已经逃出城去。还有许多人并非羯族，只是鼻子长得高了一点，眼眶深了一点，被误认为羯人，因而被杀。临死之前他们肯定大声申辩，但也肯定不起作用。刀在他人手上，头颅一样拿去换取官爵。另外还有一些人，是羯人与汉人的混血。毕竟胡汉杂居已数十年，出现这种混血并不意外。倘若有汉人女子，家贫无以聊生，鬻于羯人，生下子女——在奴隶合法存在、蓄养家伎成风的时代，这种现象也不意外——以中亚人的强大基因，这些子女必有羯人面相，在当日，也是被一刀砍了，头颅拎去领赏。

一城鲜血，户户响起绝望的哀嚎，全身铠甲的士兵摁住尖叫的儿童，抽出利刃，一劈两段，尖叫声戛然而止……这种场景，与永兴元年（304年）鲜卑、乌桓屠邺城无不同，与永嘉五年（311年）匈奴屠洛阳无不同。

在胡汉杂居的区域，胡人的汉化与汉人的胡化是同时发生的。从野蛮到文明，是艰难地向上攀岩，而从文明到野蛮，只需堕落地纵身一跃。

真正在天崩地坼之时毁家纾难，守卫华夏，明知不可为而为之，最后身死族灭的英雄，如刘琨、祖逖、李矩、邵续、魏浚等，除了刘、祖略为人所知，其余，连名字都没有被记住吧。

石氏的灭亡

羯人的数量，史籍上没有明确的记载。

户籍人口，关乎国家税赋来源，本是历朝历代都最为关注的数据。秦汉执行上计制度，每年年末，各州郡都要将当年地方的户口、垦田、钱谷、税赋等数据编制为计簿，派遣上计吏到京师汇报，以作为朝廷考核地方官员的依据。东汉末年天下大乱，中原十室九空，连选拔官员的察举制都无法持续，上计制度当然也废弛了。到魏晋两朝，朝廷恢复上计制度。然而时代已经变化，先前的战乱与饥荒使太多人无以聊生，只能依附于豪强大户，或自鬻为奴，或沦为部曲家兵，成为脱离编户齐民户籍的灰色人口。即使社会秩序恢复，他们也不容易恢复人身自由，况且魏晋两朝税赋沉重，做朝廷的子民还不如做豪强的奴仆来得轻松，因此，上计制度名存实亡。

东汉永寿三年（157年），官方户籍人口为五千六百四十八万。西晋太康年间（280-289年），也就是晋武帝统一全国之后，官方户籍人口却只有一千六百一十六万，不足东汉晚期人口的三成。这个数据明显严重失真，有大量的隐匿人口没有被统计。其中并州的人口约在六万户，以一户五口人计，只有约三十万人，很明显，这个数字也严重偏小，除了没有包含隐匿在豪强庄园中的众多部曲、奴隶，也没有包含从塞外陆续迁来的少数民族。

羯人因此游离于官方视野之外，他们是少数民族中的少数民族，总人口并不多，入塞之后的前数十年，屡经天灾、战争损耗，后赵建国以来三十年间，养尊处优，人口恣意繁衍，到冉闵动刀的这一年，总人口估计也只有小几十万。一次屠城，减损二十多万，对羯人而言，确实是个大灾难，但说羯人因此灭族，则言过其实。

从邺城逃走的羯人，大部分到襄国投奔石祇，其余追随石琨去了信都，这些羯人，冉闵杀不到。当时有羯人张沈屯兵滏口，张贺度屯兵石渎，这两支军队，冉闵一时也消灭不了。

冉闵传令四方军镇，号召他们也杀羯胡。这道命令，在黄河以南区域应该得到较好的执行，黄河以南没有羯人聚集地，羯人都是监军的角色，汉人将领当然很乐意宰掉监军，自己掌握权力。而在黄河以北，胡人掌握着绝对的武力优势，冉闵的命令只使汉人处于更加危险的境地。

此外，在太行山以西，还有许多羯人留守并州故乡。这些羯人丝毫未受冉闵杀胡的影响，他们的后代中出了个尔朱荣，将北魏的太后、皇帝扔进黄河，一日杀死朝臣王公两千余人，使北魏王朝名存实亡；又出了个跛足的侯景，祸乱南朝萧梁，活活饿死梁武帝，杀得富庶的江南"千里绝烟，人迹罕见，白骨成聚如丘陇焉"。

所以，说冉闵"屠尽羯人"，并不是事实。与同时代的匈奴、鲜卑、氐人一样，羯人是慢慢消逝在历史的迷雾中的。

或许，冉闵杀胡另有一层深意。当时形势，邺城陷于各异族人的包围圈中。除了上述四支羯人军队：襄国的石祗、信都的石琨、滏口的张沈、石渎的张贺度，还有段氏鲜卑的段勤屯兵黎阳，氐人杨群屯兵桑壁，匈奴刘国屯兵阳城，段氏鲜卑的段龛屯兵陈留，羌人姚弋仲屯兵滠头，氐人蒲洪屯兵枋头。这些异族人彼此不相容，但令他们更加感到危险的，是冉闵。而陷于"非我族类"包围的冉闵，想必也有深深的不安全感。杀胡，可以将不安全感均摊给邺城的每一个汉人。大家都是屠过城的，胡人杀回来势必报复，诸位敢不拼命？

果然，异族人很快联合起来。接下来的两年多，冉闵"与羌、胡相攻，无月不战"，直到最后灭亡。

在此期间，冉闵试图修复胡汉关系。他恢复胡汉分治制度，重新设立大单于台，任命自己的儿子冉胤担任大单于，抓到羯人俘虏不杀，分配到冉胤麾下。然而仇恨已经不可消弭，这些俘虏趁冉闵前线失利，挟持冉胤献给同族，由此引发的混乱，又导致十余万汉人的死亡。

在战争的间隙，冉闵杀死了石鉴，连同留在邺城的石虎的二十八个孙子。石鉴这位皇帝生前被囚禁在一座楼观中，与世隔绝，饮食依靠绳索悬挂吊入。死亡发生在他继位的第一百零三天，当时早已被世人遗忘。

因为有谶文"继赵李"，冉闵将国号更改为"卫"，将自己的姓改为"李"。这等于在宣告，他想改朝换代了。

于是群臣劝进，冉闵假意推举李农，李农以死相辞。于是冉闵称帝，定国号为"魏"，恢复冉姓。冉闵封李农为齐王、太宰、领太尉、录尚书事，授予军政大权，李农的三个儿子也都被封为公爵。父子显赫如此，其实背后潜伏着猜忌与杀心，不久，冉闵族灭李农及其党羽，彻底铲除了李农的势力。

石祗获悉石鉴死讯，宣布自己是后赵政权的新皇帝，"诸六夷据州郡拥兵者皆应之"。

冉闵和石祗两个皇帝在邺城、襄国之间的狭小战场上往来拉锯，双方兵力投入数十万，拿鲜血将这数百里方圆洗了一遍。

更大的灾难来自社会的再次失序。先前石勒、石虎从关中、长江中游、东北迁徙到河北平原的各族百姓数百万口，此刻失去羁縻，各还家乡，"道路交错，互相杀掠，其能达者什有二三"，"中原大乱，因以饥疫，人相食，无复耕者"。

冉闵最终赢得了与羯人的战争，但他实际的统治区域，只留下邺城、襄国,其余版图,重新成为令枭雄食指大动的无主之地。

石虎的子孙被彻底清除。石虎有十三个儿子,其中一个石挺战死于早先的内战,其余十二个,石虎自己杀死两个、手足相残杀死三个、冉闵杀死六个,最后还剩下一个石琨,在襄国城破时,带着妻儿逃到江南,寻求东晋的庇护。他真是慌不择路,东晋君臣与石勒石虎不仅有亡国之恨,而且几乎都有家仇,当年许多亲人死于北方,尸骨无存,只能实行招魂葬。这无穷的仇恨,都着落在石琨身上,石琨全家被斩于建康市集,"石氏遂绝"。

图书在版编目(CIP)数据

读库. 2304 / 张立宪主编. —— 北京：新星出版社, 2023.8
ISBN 978-7-5133-5274-1

Ⅰ.①读… Ⅱ.①张… Ⅲ.①中国文学－当代文学－作品综合集
Ⅳ.①I217.61

中国国家版本馆CIP数据核字(2023)第135553号

读库2304

主　　编	张立宪
责任编辑	汪　欣
责任印制	李珊珊
出 版 人	马汝军
出版发行	新星出版社
	(北京市西城区车公庄大街丙3号楼8001　100044)
网　　址	www.newstarpress.com
法律顾问	北京市岳成律师事务所
印　　刷	北京雅昌艺术印刷有限公司
开　　本	787mm×1092mm　1／32
印　　张	11
字　　数	220千字
版　　次	2023年8月第1版　2023年8月第1次印刷
书　　号	ISBN 978-7-5133-5274-1
定　　价	42.00元

版权专有，侵权必究。读者服务：010-57268861　315@duku.cn

我们把书做好　等待您来发现

读库微信

读库天猫店

读库App

读库微博：@读库
读库官网：www.duku.cn
投稿邮箱：666@duku.cn
客服邮箱：315@duku.cn